Oetinger

Weitere Jugendbücher von Kirsten Boie (Auswahl):

Alhambra
Ich ganz cool
Monis Jahr
Nicht Chicago. Nicht hier

Kirsten Boie

VORBEI IST EBEN NICHT VORBEI

Verlag Friedrich Oetinger · Hamburg

Triggerwarnung:

Dieser Text enthält rassistische Sprache, welche die Lebenswirklichkeit der Nachkriegsjahre in Deutschland widerspiegelt. In keiner Weise entspricht diese den Überzeugungen der Autorin und des Verlags und dient nur dazu, die damalige Realität abzubilden.

Klimaneutral
Druckprodukt
ClimatePartner.com/53248-2011-1002

Dieses Buch wurde klimaneutral produziert. Dadurch fördern wir anerkannte Nachhaltigkeitsprojekte auf der ganzen Welt. Erfahre mehr über die Projekte, die wir unterstützen, und begleite uns auf unserem Weg unter www.oetinger.de

FSC www.fsc.org
MIX
Papier aus verantwortungsvollen Quellen
FSC® C014496

Überarbeitete Neuausgabe
1. Auflage

Die Originalausgabe erschien 2010 unter dem Titel »Ringel, Rangel, Rosen« in der Verlag Friedrich Oetinger GmbH
Umschlaggestaltung: Weiß-Freiburg GmbH
Druck und Bindung: GGP Media GmbH,
Karl-Marx-Straße 24, 07381 Pößneck, Deutschland
Printed 2022
ISBN 978-3-7512-0287-9

www.kirsten-boie.de
www.oetinger.de

Teil 1

DAS PARADIES

Sommer 1961

1.

Der Sommerabend ist lau, die Wärme hängt in den Gärten. Über den Wettern spielen die Mücken. »Das ist der Nachteil, wenn man so nah am Wasser wohnt«, sagt Mutti.

»Ach was«, sagt Vati. »Die paar Mücken. Würdest du deswegen lieber in der Stadt wohnen wollen, in den großen Kästen da?«

Waldemar spielt auf dem Schifferklavier, er kennt die ganzen alten Hans-Albers-Lieder. »Nicht solche moderne Negermusik«, sagt Waldemar.

Aber wenn Karin mal ihren eigenen Plattenspieler kriegt, spielt sie Elvis Presley. Den Plattenspieler kauft sie sich vielleicht von ihrem Konfirmationsgeld. Das dauert aber noch ein bisschen.

»Auf der Reeperbahn nachts um halb eins!«, singt Waldemar und die Erwachsenen schunkeln. Die Männer haben schon Bier getrunken und die Frauen ein Likörchen.

Uwe spielt auf dem Weg mit dem Hund von Heinekes. Mutti hat Nudelsalat gemacht.
»Müsst ihr zwei nicht langsam mal ins Bett?«, fragt Lotti. Jetzt spielt Waldemar »Die Zuckerpuppe aus der Bauchtanztruppe«, das ist schon besser. Moderne Schlager kennt er auch, zum Glück.
»Nö, nicht an Muttis Geburtstag«, sagt Karin.
»Sind doch Ferien«, sagt Regina. »Onkel Waldemar, kannst du auch ›Ich bin ein Mädchen aus Piräus‹?«
Aber Waldemar hat sie nicht gehört. Oder vielleicht will er sie nicht hören, weil er das »Mädchen aus Piräus« nicht spielen kann. Es ist auch nicht so wichtig, richtig schön wären Elvis oder die Blue Diamonds. Aber so was spielt Waldemar nicht.
»Und, was hast du deiner Süßen geschenkt?«, fragt Herr Heineke Vati. Heinekes wohnen nebenan, ihr Haus ist noch kleiner als Karins Haus. Behelfsheime alle, aber so nennt das in der Siedlung keiner. Ein Haus ist ein Haus, das wäre ja wohl noch schöner.
Herr Heineke will auch keine Wohnung in der Stadt.
»Dazu reicht bei denen das Geld doch nie und nimmer«, sagt Mutti. »Wo die das Auto haben, und ihren Otto müssen sie auch immer noch durchfüttern, den Taugenichts.«
Mutti schwenkt einen Schal, Kunstseide. »Und das andere Geschenk verrat ich nicht!«, ruft sie.
Mutti hat auch schon ein Likörchen getrunken.

»Oh, là, là!«, ruft Onkel Heinrich und pfeift durch die Zähne.
»Jetzt hast du uns aber neugierig gemacht!«, sagt Reginas Mutter. Karin schämt sich ein bisschen.
»Ach Gott, nur ein Nachthemd!«, sagt Mutti und wird rot, und die Männer lachen und drohen mit dem Finger.
»Na, du bist mir vielleicht ein Schwerenöter, Alfred!«, ruft Herr Heineke. »Dürfen wir mal sehen?«
»Aber am Modell!«, ruft Onkel Heinrich und wirft Mutti wieder so einen Blick zu. »Am lebenden Modell!« Und alle lachen.
»So weit kommt es noch!«, sagt Vati und zwinkert ihm zu. »Was ich meinem Mädchen schenke, geht nur uns zwei beiden was an, was, Gerda?«
»Wie sieht es aus?«, flüstert Regina.
Karin zuckt die Achseln. »Langweilig«, sagt sie. »Die tun nur so.«
Aber Vati redet schon weiter. »Das Hauptgeschenk kommt ja erst noch!«, ruft er. »Da haben wir ja nun lange genug drauf gewartet!« Er macht eine dramatische Pause.
»Kriegt ihr ein Auto?«, flüstert Regina.
Karin schüttelt den Kopf. »Besser!«, sagt sie.
»Damit mein lütt Schieter sich nicht mehr immer so langweilen muss, wenn ich Nachtschicht hab ...«, sagt Vati, und Herr Heineke ruft: »Im Nachthemd!«,

und da wird Mutti noch röter und alle lachen wieder.
»… hab ich schon einen Fernseher angezahlt!«, sagt Vati. »Was sagt ihr jetzt?«
»Vornehm geht die Welt zugrunde!«, sagt Oma Domischkat beeindruckt.
»Ihr könnt natürlich auch alle gerne gucken kommen!«, sagt Vati.
Heinekes haben schon lange einen Fernseher, aber Lotti und Waldemar nicht und Oma Domischkat auch nicht. Auf die Fernsehabende freut Karin sich.
»Na, darauf stoßen wir aber noch mal an!«, sagt Waldemar und hält Mutti sein leeres Bierglas hin.
»Dann musst du ja jetzt nicht mehr immer zu mir rüberkommen, wenn du gucken willst«, sagt Regina, und Karin ist sich nicht sicher, ob das nett gemeint ist oder nicht. Regina muss nicht neidisch sein, sie haben schon lange einen Fernseher.
Karin lehnt sich mit ihrem Kopf gegen den Apfelbaum und schließt die Augen. In der Dunkelheit ist die Luft warm auf ihren nackten Armen. Im Kaninchenkäfig rascheln Fritz und Fratz im Stroh. Waldemar versucht jetzt den »Babysitter-Boogie« zu spielen und am Tisch lachen die Erwachsenen und stoßen an.
Sommer, denkt Karin. Sommer, Sommer, Sommer.
Wie es bloß kommt, dass einen das Glücksgefühl manchmal so plötzlich überfällt, dass man es kaum ertragen kann.

Die Fernsehtruhe holt Vati mit Herrn Heineke zusammen. Sie transportieren sie auf der Rückbank von Heinekes Käfer, in den Kofferraum passt sie nicht.
Es regnet, als sie die Truhe in die Wohnstube tragen, aber Mutti hat Vatis alten Regenmantel darübergelegt, da schadet es nicht.
»Wohin damit?«, fragt Herr Heineke. Es stimmt, es ist eng im Wohnzimmer, die Schallplattentruhe haben sie ja auch noch und den Wohnzimmerschrank, echt Eiche. Und das Sofa und die Sessel und den Wohnzimmertisch.
Aber Vati hat vorher alles ausgemessen, wenn sie die Fernsehtruhe ganz eng neben die Schallplattentruhe stellen, klappt es.
»Schön!«, sagt Mutti. Herr Heineke dreht an der Antenne. »Wollen wir gleich mal gucken?«
Uwe hüpft auf und ab.
»Na, da hast du ja Glück, Jung!«, sagt Vati, als auf dem Bildschirm eine Pferdeherde durch ein Tal galoppiert. Die Hufe donnern auf dem Boden. »Ist grade Kinderprogramm!«
Aber die Erwachsenen setzen sich auch dazu, schließlich müssen sie alle gucken, ob der neue Fernseher funktioniert. Und Karin guckt »Fury« sonst sowieso immer bei Regina. Regina findet auch, dass man mit dreizehn noch nicht zu alt dafür ist, es ist außerdem amerikanisch.

Uwe drängt sich mit dem Rücken gegen Muttis Beine und starrt auf den Bildschirm. Seine Augen sind weit aufgerissen, und er steckt einen Daumen in den Mund, mit fast fünf sollte er das nicht mehr tun. Aber Fernsehen ist einfach zu spannend.

»Na, macht das Spaß?«, fragt Vati. Karin sieht, wie sehr er sich freut, dass er seiner Familie so etwas Schönes kaufen kann. »Und heute Abend holen wir gleich mal Oma Domischkat, dann kann die auch mitgucken. Moderne Zeiten!«

Karin seufzt. Wie schön das alles ist. Sommerferien und ein Fernseher, und wenn es regnet, macht das jetzt gar nichts mehr aus. Wenn man nicht baden gehen kann, kann man fernsehen, um fünf Uhr geht es ja schon los. Wenn man einen Fernseher hat, muss es einem nie mehr langweilig sein.

»Danke schön, Vati!«, sagt Karin.

Später wird sie manchmal denken, ob ohne den Fernseher alles genauso gekommen wäre.

Mit dem Wetter hat Fernsehen ja nichts zu tun. Aber mit dem Begreifen.

2.

Sie sind baden gewesen, unten an der Dove Elbe, jetzt schlendern sie müde über die staubigen Wege nach Hause zurück zum Abendbrot. In der Dove Elbe baden alle Kinder, wenn es heiß ist, Thomas Riebister hat davon Kinderlähmung gekriegt. Das kann man kriegen, wenn man im Sommer badet. Dann liegt man hinterher in der eisernen Lunge, Karin hat keine Ahnung, wie die aussieht. Damit man atmen kann. Und wenn man aus dem Krankenhaus kommt, muss man im Rollstuhl sitzen, wie Thomas Riebister, das ist traurig und unpraktisch auf den Sandwegen. Oder man hinkt, wie Anni Schusslack, die war im Krankenhaus, aber nicht in der eisernen Lunge.

»Passt wenigstens auf die Seerosen auf!«, ruft Mutti ihnen hinterher, wenn Karin und Regina sich auf den Weg machen. In den Seerosen kann man sich unter Wasser verfangen, dann lassen sie einen nicht mehr los, und man ertrinkt, wie Karl-Heinz Schnedewind.

Der war aber auch erst fünf, »verantwortungslos von den Eltern«, sagt Mutti. Uwe muss zu Hause bleiben, wenn Karin mit Regina zum Baden geht. Uwe darf nur, wenn Vati mitkommt.
Karin hat sich ihr feuchtes Handtuch um den Nacken gehängt. Ihre Haare sind nass, da hilft noch nicht mal die Badekappe.
Regina ist ohne Badekappe geschwommen, das sieht schöner aus. Regina hat auch einen neuen Badeanzug, Stretch, der ist ganz erwachsen. Karins Badeanzug schlottert immer so, wenn er nass ist. Aber leider passt er ihr noch gut. Wenn sie Pech hat, kriegt sie noch nicht mal im nächsten Jahr einen neuen.
Die anderen alle haben ja auch keine schöneren. Und heute waren sowieso keine großen Jungs da, da ist es auch ziemlich gleichgültig. Die kleinen Jungs interessieren Karin nicht und die großen sind viel zu lange bei der Arbeit. Die gehen nur am Wochenende runter ans Wasser. Vielleicht kann sie sich einen Stretchbadeanzug zum Geburtstag wünschen, auch wenn der erst im November ist. Sie muss es nur jetzt schon sagen, im November kann man ja keine Badeanzüge kaufen.
Sie bückt sich, am Wegrand hat der Löwenzahn ganz große Blätter. Wenn sie da jetzt gleich ein paar pflückt, schickt Mutti sie nicht nachher noch mal los, Futter für die Karnickel holen. Mutti will nie, dass

die Karnickel Namen kriegen. Dann gibt es nachher bloß Geheule, wenn sie geschlachtet werden, sagt sie. Sind doch keine Kuscheltiere.
Vati hat nichts dagegen, dass Karin den Kaninchen Namen gibt. Er passt auch auf, dass sie nicht sieht, wenn er sie zwei Gärten weiter zu Onkel Heinrich bringt. Sie sind eben irgendwann einfach weg. Hat mir jemand abgekauft, sagt Vati.
»Na komm, das ist Rindfleisch«, sagt er und lacht, wenn es am Sonntag danach Braten gibt mit viel Soße. »Doch, wirklich, Karin! Probier mal!«
Jetzt bin ich alt genug, denkt Karin, als sie sich nach dem Löwenzahn bückt. Ich weiß ja, wie es ist. Aber solange sie leben, können sie ruhig Fritz und Fratz heißen. Schadet doch niemandem. Und Uwe versteht sowieso noch nichts.
»Kommst du morgen mit zur Bücherhalle?«, fragt Regina. »Ich hab meine alle durch.«
»Och, bei diesem Wetter«, sagt Karin. Karin liest nicht so viel wie Regina, Regina liest und liest. Fast hätte Regina auch die Prüfung für die Mittelschule gemacht, aber dann war ihr Vater doch dagegen. Man soll den Mädchen keine Flausen in den Kopf setzen, sagt er.
Regina hat aber trotzdem Flausen im Kopf.
»Das eine Buch da«, sagt sie.
Obwohl es schon halb acht ist, ist der Sand an den

Stellen, wo kein Schatten fällt, noch ganz warm unter ihren nackten Sohlen. In den Sommerferien kann man auch mit dreizehn noch ganz gut barfuß gehen, wenigstens in der Siedlung. Das finden sie beide.

Aus den offenen Küchenfenstern hört man Radiomusik und die Stimmen von Müttern, die mitträllern, während sie das Abendbrot vorbereiten. »Ramona«. Aus manchen Gärten kommt das schabende Geräusch von Besteck auf Geschirr und dann Lachen und Kinderstimmen. Sommer. Sommerferien. Glück.

»Ich wollte das zuerst gar nicht weiterlesen«, sagt Regina. »Ich hatte nur sonst nichts mehr.«

Mutti hat versprochen, dass Karin heute Abend fernsehen darf. Es gibt »Die Firma Hesselbach«, davon hat Regina immer so geschwärmt. Jetzt kann Karin es bei sich zu Hause gucken.

»Das handelt von diesen Judensachen«, sagt Regina. »Wie mit diesem Eichmann, weißt du.«

»Eichmann?«, fragt Karin, und dann begreift sie, dass Regina immer noch von ihrem Buch erzählt. Sie hebt ihren rechten Fuß und sieht unter die Sohle, hat sie es doch gewusst, es blutet. Dass auch immer Scherben irgendwo rumliegen müssen. Sie hüpft auf dem linken Fuß, um das Gleichgewicht zu halten. »Mist!«, sagt sie und schlüpft in ihre Sandalen. Es muss ja nicht auch noch Sand in die Wunde kommen.

»Schlimm?«, fragt Regina.
Karin schüttelt den Kopf.
»Der in Jerusalem!«, sagt Regina, und Karin denkt einen Augenblick an den Religionsunterricht, bevor sie begreift, dass das jetzt die Antwort auf ihre Frage ist. »Ich denk, ihr habt jetzt auch einen Fernseher! Den sie da verurteilen wollen. Wegen diesen Judensachen.«
»Wir gucken Filme«, sagt Karin. »So was gucken wir nicht.« Sie hinkt ein bisschen. Richtig nötig ist das nicht. Aber die Wunde tut wirklich ein kleines bisschen weh, sie stellt sich nicht an.
»Glaubst du, wir?«, fragt Regina. »Aber das war doch in den Nachrichten. Das ist mir wieder eingefallen, wie ich das da in dem Buch gelesen hab.«
Auf dem Fahrrad kommt ihnen Harald entgegen und winkt kurz und gelangweilt. Harald ist schon siebzehn, er hat eine Rockerfrisur, Tolle, »Mein Gott, wie primitiv«, sagt Mutti. Karin wird rot. Wenn Harald mit zum Baden geht, zieht sie ihren Schlabberbadeanzug bestimmt nicht an.
»Blöd, dass der ausgerechnet Ritas Bruder ist, was?«, sagt Karin. »Wieso haben ausgerechnet die blödesten Mädchen die besten Brüder?«
Rita mit der Toupierfrisur, die schon so jugendlich aussieht. »Richtig eine schicke junge Dame«, sagt Oma Domischkat, wenn Rita an ihrem Garten vor-

beigeht im engen Rock und mit hohen Absätzen, und Karin fühlt sich ganz klein mit ihren Zöpfen. Die müssen jetzt bald mal ab. »Na, da passt deine Mutti schon auf, dass du nicht so eine wirst, was, Marjellchen?«

Regina hakt ihre Pforte auf. »Wenn du mal *ein*mal zuhören könntest!«, sagt sie. »Also, kommst du nun morgen mit zur Bücherhalle oder nicht?«

»Mal sehen«, sagt Karin.

Von drüben winkt Vati ihr schon zu. »Beeilung, Beeilung, Madam!«, ruft er. »Wir haben schon gewartet!«

»Tschüs, Regina!«, ruft Karin. Mutti und Vati fangen nie an zu essen, bevor nicht alle da sind. Ihre Mahlzeiten nimmt eine Familie ja wohl gemeinsam ein, sagt Vati.

Und jetzt müssen sie sich ihretwegen mit dem Abendbrot beeilen. Sonst verpassen sie nachher noch »Die Firma Hesselbach«.

»Entschuldige bitte, Vati!«, sagt Karin und hinkt noch ein bisschen stärker. »Aber ich hab mir eine Scherbe in den Fuß getreten.«

»Ach, du jemine!«, sagt Vati und hebt sie hoch, als wäre das nichts und als wäre sie nicht längst dreizehn. »Mein armer, verletzter Schietbüdel!«

Dann trägt er sie lachend in die Küche und setzt sie auf einen Küchenstuhl, und bevor es Abendbrot gibt,

wäscht Mutti die Wunde aus und klebt ein Pflaster darauf.
»Alles wieder gut«, sagt sie.
Karin liebt die Sommerferien. Und Mutti. Und Vati. Und ein bisschen vielleicht Harald. Und alle großen Jungs.
Das ganze Leben.

3.

Bevor es losgeht, bringt Mutti noch schnell Uwe ins Bett, der schreit und schreit.
»Das ist noch nichts für dich!«, sagt Mutti. »Um acht gehören kleine Mäuse in die Heia. Das verstehst du noch gar nicht.«
»Aber Karin darf aber!«, schreit Uwe, als ob Karin auch erst fünf Jahre alt wäre. »Aber Karin darf das aber!«
»Na, da werdet ihr aufpassen müssen, was«, sagt Oma Domischkat. Sie sitzt schon am Wohnzimmertisch und hat Salzstangen mitgebracht für den Fernsehabend.
Natürlich ist Oma Domischkat nicht Karins wirkliche Oma. Nicht Karins und nicht Uwes. »Nenn-Oma«, sagt Mutti immer. »Oma Domischkat ist nur eine Nenn-Oma. Ihr dürft sie nicht zu sehr strapazieren, man kann von ihr nicht verlangen, dass sie für uns tut, was eine echte Oma täte.«

Das verlangt Karin auch nicht. Aber Oma Domischkat hat viel mehr Erdbeeren in ihrem Garten, nicht nur so saure alte Stachelbeeren wie Mutti, Stachelbeeren und Johannisbeeren, alles immer nur für Saft und Marmelade. Oma Domischkat hat nichts dagegen, wenn Karin kommt und ihre Erdbeeren pflückt und isst und isst.

»Iss du dir ruhig satt, Marjellchen!«, sagt sie. »Schad' ja nuscht! Ist ja sonst keiner da, der sich an den Erdbeeren freut!«

Und das ist die Wahrheit. Weil ja nicht nur Opa Domischkat gestorben ist, sondern auch Oma Domischkats Karl, das ist lange her.

»Auf dem Felde der Ehre«, sagt Oma Domischkat. »Fürs Vaterland. Ja, und siehst du nu? Wo ist das Vaterland nu? Nuscht mehr von nachgeblieben. Und der Karl ist auch nicht mehr da. Mein kleiner Karl.«

Früher hat Karin gedacht, dass es schön wäre, wenn es Oma Domischkats kleinen Karl noch gäbe, dann könnte sie mit ihm spielen. Das war, als sie ein Kind war. Aber jetzt hat sie längst verstanden, dass Karl inzwischen ein Mann wäre, ein ziemlich alter sogar, da macht es nichts aus, dass Oma Domischkat ihn nicht mehr hat. Nur für Oma Domischkat ist es schade. Nun freut sich niemand außer Karin über ihre Erdbeeren.

»Uwe auch!«, sagt Karin. Immer darf sie dann Oma

Domischkats geblümte Schüssel voller Erdbeeren für Uwe mit nach Hause nehmen.

Durch das geöffnete Fenster kommen Sommergeräusche aus den Gärten. »Ja, passt lieber gleich auf! Sonst schreit der Jung nachher immer. Das muss der gleich lernen, Fernsehen ist nuscht für ihn.«
Vati geht und schaltet den Fernseher ein, immer noch Tagesschau. Erst, als er das Fenster zugemacht hat, kann man den Sprecher richtig verstehen.
»Ach, ich seh die Lotti!«, ruft Oma Domischkat. Sie hat aus dem Fenster geguckt, nicht auf den Fernseher. »Huhu, Lotti! Da werden wir ja eine große Runde heute Abend!«
Waldemar klopft mit der Faust gegen die halb offene Wohnzimmertür, als wollte er sie zertrümmern. »Hallo, hallo!«, ruft er mit seinem lauten Bass. Sein Schifferklavier hat er nicht dabei, das würde ja auch nicht passen. »Alle schon versammelt? Wir sind doch nicht zu spät?«
»Am besten, ihr setzt euch zu Oma Domischkat aufs Sofa«, sagt Vati und stellt die Flaschen auf den Tisch. »Karin, mach mal Platz.«
Karin steht auf und holt sich den Küchenhocker. Irgendwas ist wieder in der Ostzone los, sie hat nicht genau gehört, was. Da wird es ja immer schlimmer und schlimmer, man muss keine Nachrichten gu-

cken, um das zu wissen. Über die Ostzone weiß jeder Bescheid.
»Na, ist der Bengel im Bett?«, fragt Waldemar, als Mutti sich auf ihren Sessel setzt.
»… Beweisaufnahme beendet«, sagt der Tagesschausprecher. »… das Gericht heute in Jerusalem …«
Jerusalem, denkt Karin. Jetzt versteht sie von den Nachrichten nicht mehr nur die Ostzonensachen. Jerusalem, das ist dieser Eichmann. Das hat mit Judensachen zu tun.
»Was hat der eigentlich gemacht?«, fragt Karin. Auf dem Bildschirm liest der Sprecher schon die nächste Nachricht vor. »Dieser Eichmann?«
Vati hat Lotti einen Johannisbeerlikör eingeschenkt, Aufgesetzten, den macht Mutti immer selbst. Die Männer kriegen wieder Bier.
Lotti nippt an ihrem Glas. »Den kriegst du wirklich immer hin, Gerda«, sagt sie. Oma Domischkat nickt.
»Na, dann prost!«, sagt Waldemar und hebt sein Glas.
Auf dem Bildschirm kommt jetzt die Wetterkarte, das ist ja noch langweiliger.
»Prost, prost, Kameraden!«, sagt Vati und alle stoßen sie an. Nur Karin hat kein Glas.
»Guten Abend, meine sehr verehrten Damen und Herren«, sagt die wunderschöne Ansagerin.

Bei »Firma Hesselbach« verlieben sich zwei, so was guckt Karin gerne. Auch wenn die natürlich schon steinalt sind, das ist ja peinlich. Sie passt ganz sicher auf, dass es bei ihr mal schon vorher klappt.

Am nächsten Morgen wird Karin davon geweckt, dass irgendwer von draußen gegen ihr Fenster klopft. Uwe ist schon längst aufgestanden, das hat sie mit einem Ohr gehört. Aber nur mit einem. Sie hat trotzdem weitergeschlafen.

»Nun lass sie doch!«, sagt Vati, wenn Karin an freien Tagen plötzlich schläft und schläft. »Sie wird erwachsen, unsere Deern, was, Karin? Und sind doch Ferien! Solange sie in der Schulzeit pünktlich aus den Federn kommt!« Mutti hat ein bisschen gemault, das geht doch nicht, dass man bis neun Uhr im Bett bleibt! Aber jetzt darf Karin in den Sommerferien doch.

Draußen vor dem Fenster ist Regina in die Hocke gegangen, damit sie reingucken kann. Will Regina nicht länger schlafen oder lassen ihre Eltern sie nicht? Jetzt hebt sie ihre Schultasche hoch und tippt mit einer übertriebenen Geste dagegen.

Einen winzigen Augenblick bekommt Karin einen Schrecken. Ist Schule? Hat sie verschlafen?

Dann zieht Regina ein Buch aus der Tasche und Karin versteht. »Och, nö!«, sagt sie und will sich einfach noch mal auf die Seite drehen.

Aber natürlich funktioniert das jetzt nicht mehr, jetzt ist sie wach. Sie steht auf und zeigt Regina einen Vogel. Regina lacht.

Als Karin angezogen ist, sitzt Regina vor dem Haus auf Vatis neuem Klappstuhl und hält das Gesicht in die Sonne. »Dann denken alle, ich war in Italien!«, sagt sie.

»Mach das nicht noch mal, du!«, sagt Karin. »Du spinnst wohl! Mich zu wecken!«

Regina lacht schon wieder. »Wie fandest du ›Hesselbach‹?«, fragt sie.

Karin hat Muttis Einkaufstasche mitgenommen, da kann sie die Bücher auch reintun. Die ist nicht so peinlich wie ihre Schultasche. Wenn man mitten in den Ferien mit einer Schultasche durch die Gegend läuft, denken ja alle, man ist ein Streber.

Sie holt ihr Fahrrad aus dem Schuppen. Bis hoch zum Deich schieben sie. Da kann man sich besser unterhalten.

»Ich hab das gestern in den Nachrichten auch gesehen«, sagt Karin. Regina braucht nicht zu glauben, dass sie hinter dem Mond lebt. Jetzt, wo sie auch einen Fernseher haben. »Mit Jerusalem.«

»Da hatten wir noch nicht eingeschaltet«, sagt Regina. »Aber weißt du was, Karin? Nach dem Buch konnte ich wirklich fast nicht schlafen. Lies das auch mal.«

Plötzlich fällt Karin auf, dass ihr Fuß gar nicht mehr wehtut. »Wie heißt das denn?«, fragt sie.
Regina kramt in ihrer Schultasche. Das ist gar nicht so einfach, weil sie sie auf dem Gepäckträger festgeklemmt hat wie morgens immer, wenn sie zur Schule fahren. Karin hat die Einkaufstasche an den Lenker gehängt.
»›Sternkinder‹«, sagt Regina und hält es hoch. Das Buch ist gelb und zwei Kinder sind in Schwarz daraufgetuscht. Das sieht ganz komisch chinesisch aus. »Ich hab es mitgenommen, weil es so schön klingt irgendwie. Aber es hat gar nichts mit Sternen zu tun. Es ist, weil die Juden immer so einen Stern auf ihre Jacken nähen mussten. Und Mäntel.«
Karin überlegt, was sie davon schon mal gehört hat. »Das war im Krieg, oder?«, sagt sie.
Vom Krieg erzählt Mutti manchmal, dann kriegt sie eine ganz andere Stimme. Man musste in den Luftschutzbunker gehen, Flugzeuge haben Bomben abgeworfen. Die Menschen haben die ganze Zeit gehofft, dass sie lebend wieder rauskommen. Dass ihr Haus noch steht. Dass ihre Freunde noch leben.
»Nacht für Nacht«, sagt Mutti. »Ihr wisst gar nicht, wie gut ihr das habt.«
Mutti hat Glück gehabt, sie hat ja überlebt. Aber einmal, als sie aus dem Luftschutzbunker gekommen ist, war ihre Wohnung weg.

»Was man da gesehen hat!«, sagt Mutti. Aber was man gesehen hat, erzählt sie nicht. Karin will es auch gar nicht hören. Krieg ist schrecklich.
Manchmal denkt sie aber auch, dass es vielleicht ein Glück war, dass Mutti und Vati ausgebombt sind. Sonst würden sie jetzt in der Stadt wohnen. Mutti hat ihr die Straße gezeigt, da stehen lauter neue Häuser. Karin wohnt lieber in der Siedlung.
»Ja, im Krieg war das auch«, sagt Regina, und Karin weiß, dass sie dann darüber gar nichts lesen will. Das ist ihr viel zu traurig. Lieber über Abenteuer. Oder über Liebe, das findet sie auch gut. Da gibt es in der Bücherhalle aber nicht so viel in der Kinderabteilung. Und in die Erwachsenenabteilung darf man mit dreizehn ja noch nicht.
Auf dem Weg spielt eine Gruppe kleiner Kinder barfuß im Kreis, man kommt mit dem Fahrrad gar nicht daran vorbei. »Ringel, Rangel, Rosen!«, singen die Kinder. »Schöne Aprikosen!«
»Weg da, sieben Zwerge!«, sagt Regina.
Ein kleiner Junge streckt ihnen die Zunge raus.
»Bäh, noch so klein und schon so verdorben!«, sagt Regina. Jetzt singen die Kinder hinter ihnen. »Veilchen und Vergissmeinnicht! Alle Kinder setzen sich.«
Sommer, denkt Karin.
Dann kommt die Senke, bevor es hochgeht zum

Deich. »Aber eigentlich hat es mit Krieg nicht so viel zu tun, nur mit diesen Juden«, sagt Regina. Dass sie gar nicht aufhören kann, davon zu reden. »Mit den Kindern davon. Die haben sie eingesperrt. Die Frau schreibt, dass das alles die Wahrheit ist. Sie haben sie sogar umgebracht, stell dir das mal vor! Das waren ja richtige Verbrecher, die das gemacht haben. Kein Mensch bringt doch Kinder um!«
»Nee«, sagt Karin. Das waren wahrscheinlich dieselben, die auch die Bomben geschmissen haben. Jetzt weiß sie endgültig, dass sie das Buch nicht lesen will.

Karin hat sich die spannenden Geschichten von den Lockett-Kindern ausgeliehen, die liest sie gerne. Die Lockett-Kinder leben in England, da ist natürlich alles ganz anders. Sie gehen auf ein Internat, weil ihre Eltern die ganze Zeit in Indien sind, das sind in England viele Eltern. Jedenfalls hat Karin schon mal ein Buch gelesen, da waren die Eltern auch in Indien. Oder in Burma. Jedenfalls viel zu weit weg.
In den Ferien sind die Kinder darum immer alleine und dann erleben sie Abenteuer. Karin liest die Bücher jetzt schon zum dritten Mal. Früher hat sie gedacht, dass es vielleicht gar nicht so schlecht wäre, in England zu leben. Wenn man da ins Internat gehen müsste. Und in den Ferien Abenteuer erleben würde.

Inzwischen weiß sie natürlich, dass das Blödsinn ist. Die Bücher liest sie aber trotzdem noch gerne. Jedenfalls lieber als traurige Geschichten von toten Kindern.

Und bestimmt nicht, wenn das Wetter so schön ist wie heute. Da geht sogar Regina lieber runter zum Baden, und natürlich sind am Sonnabendnachmittag auch die großen Jungs alle da und machen Arschbombe von der schiefen Weide, und Karin und Regina stehen im flachen Wasser und gucken ihnen zu. Aber so, als ob es sie langweilt.

»Kindisch!«, sagt Karin. Jetzt springt gerade Harald, er hält sich mit einer Hand die Nase zu.

»Angeber!«, sagt Regina.

Karin passt auf, dass sie weit genug weg steht, damit ihr Badeanzug nicht nass wird und schlabberig, wenn das Wasser spritzt. Das wäre dann vielleicht peinlich.

»Alle Jungs sind Angeber«, sagt Karin. »Dass denen das nicht mal langsam langweilig wird! Das haben die doch jetzt schon bis zur Vergasung gemacht!«

»Nö, solange wir zugucken, machen die weiter«, sagt Regina. »Jede Wette. Wollen wir nach Hause?«

Aber Karin will noch ein bisschen bleiben und zugucken. Wenn ihr Badeanzug trocken ist, sieht sie darin vielleicht doch gar nicht so peinlich aus. Sie hat es zu Hause vor dem Spiegel ausprobiert. Natürlich ist es ein Kinderbadeanzug, mit seinem Gummizug-Smok, aber wenn sie sich von der Seite anguckt, sieht sie trotzdem schon fast aus wie eine Frau. Sogar mehr als Regina in ihrem Stretch.

Vom anderen Ufer kommt Gelächter herüber, da baden die Kinder auch. Zwei kleine Jungen haben ein winziges Schlauchboot, mit dem fahren sie fast bis in die Seerosen, und weil die Paddel fehlen, müssen sie ihre Hände nehmen. Sie lachen und kreischen und spritzen sich nass.

»Nee, ich bleib noch«, sagt Karin.

Genau so muss das Leben sich anfühlen. Jetzt müsste nur noch Harald kommen und sich zu ihr stellen. Oder sie angucken und durch die Zähne pfeifen.

Später wird Karin sich an diesen Abend erinnern, gerade an diesen Abend. An die Jungs mit ihren Arschbomben von der Weide und an das Gelächter in der Luft. An den warmen Sand unter ihren nackten Sohlen auf dem Weg nach Hause, als die Sonne schon langsam hinter den Häusern vor dem Bahndamm verschwand und der Himmel kupferrot war. Und an das Glücksgefühl, das sie kaum ertragen konnte und das ihr ganz selbstverständlich erschien. Und sie wird staunen, dass es das gegeben hat.

4.

In der Nacht gibt es ein Gewitter und am Sonntagmorgen ist der Himmel bedeckt. Da liest Karin auf ihrem Bett eben das Buch von den Lockett-Kindern im Moor. Wenn man es schon kennt, ist es manchmal fast noch spannender. Weil man ja weiß, was alles noch passieren wird, dann kann man sich schon freuen.

Im Wohnzimmer kann sie nicht lesen, da sitzt Vati und repariert Muttis Bügeleisen. Dabei guckt er Fernsehen, ein dicker Mann trinkt Wein und redet mit fünf anderen Männern über Politik.

»Das interessiert dich doch gar nicht, Vati!«, sagt Karin.

»Ich sitz hier doch auch nicht, weil ich das gucken will!«, sagt Vati. »Siehst du nicht, dass ich für Mutti die Schnur heile mache? Und woher weißt du denn, was mich interessiert, Schietbüdel?«

Die Männer auf dem Bildschirm sind aufgeregt, das

sieht Karin auch. »Wieder mit der Ostzone?«, fragt sie.

Vati flucht. Vielleicht ist es mit der Schnur nicht so einfach, wie er gedacht hat. »Bring mir mal das scharfe Messer aus der Küche!«, sagt er. »Ja, der Ulbricht baut jetzt auch noch eine Mauer durch Berlin. Der Spitzbart ist doch bekloppt.«

»Kann ich mir eigentlich die Zöpfe schneiden lassen, Vati?«, fragt Karin. Deshalb ist sie ja ins Wohnzimmer gekommen. »In meiner Klasse haben die alle keine Zöpfe mehr! Ich bin schließlich dreizehn!«

»Was, willst du auf einmal eine junge Dame sein?«, sagt Vati und lacht. »Schietbüdel? Damit warte du man noch.« Er sieht auf den Fernseher. »Man kann doch keine Mauer mitten durch eine Stadt bauen!«

Karin versucht sich vorzustellen, wie es wäre, wenn sie das in Hamburg machen würden. Wo würden sie die bauen? Würde sie dann vielleicht nur noch nach Harburg fahren können und nicht mehr zur Mönckebergstraße, wo die ganzen Geschäfte sind?

»Das ist ja blöde!«, sagt sie. Aber in der Ostzone ist natürlich immer alles blöde. Da geht sie lieber wieder in ihr Zimmer und liest weiter. Und wegen den Zöpfen kann sie ja auch noch mal Mutti fragen.

Nachmittags hören Vati und Uwe im Radio Oberliga.

Mutti hat Weißbrot mit Marmelade gemacht und in Viertel geschnitten, das ist fast so gut wie Kuchen. Aber wenn man dabei immer Sport hören muss, ist das Sonntagskaffeetrinken nicht richtig schön.
»Das versteht der doch noch gar nicht!«, sagt Karin und zeigt Uwe einen Vogel. Uwe sitzt auf Vatis Knien und hat den Kopf an Vatis Schulter gelehnt. Sie begreift gar nicht, warum Uwe sich das die ganze Zeit anhört. Und Vati schimpft nicht mal, wenn er was fragt, er sagt nicht mal, Uwe soll leise sein.
»Nun lass die Männer doch!«, sagt Mutti. Zu Weihnachten hat Mutti von Vati ein Radio für die Küche gekriegt, damit sie es sich sonntags nachmittags auch gemütlich machen kann. Da gehen Mutti und Karin jetzt hin und hören Wunschkonzert.
Aber als Vati später den Fernseher einschaltet, setzt Karin sich doch zurück ins Wohnzimmer. Auch wenn es nur Sportschau gibt.
»Für welche sind wir, Vati?«, fragt Uwe aufgeregt. »Welche sind unsere?«
Karin findet, dass die Fußballer alle genau gleich aussehen. Sie versteht nicht, wieso der Sprecher so hysterisch berichtet, als würde die Welt untergehen. Aber Vati hat einen Zettel, da schreibt er alle Ergebnisse auf, Oberliga Nord. Zwischendurch stöhnt er. Er ist für *Altona 93,* für die sieht es nicht so gut aus.
»Erzähl bloß den andern nicht zu viel von deiner

schicken Fernsehsportschau«, sagt Mutti, als sie den Abendbrottisch deckt. Der Fernseher läuft immer noch, ohne Ton. Nach der Tagesschau gibt es eine Musiksendung. »Du kennst doch den Waldemar, den haben wir dann hier jeden Sonntag schon nachmittags auf unserem Sofa sitzen, weil der das sehen will. Und Heinrich kommt womöglich auch noch. Mir reicht es schon, dass die jetzt abends so oft kommen, um zu gucken.«

Vati nickt und streicht sich noch ein Brot. Mutti hat Sauerfleisch gemacht, das macht sie manchmal zum Wochenende. Karin stibitzt sich ein bisschen Gelee.

»Schon wieder diese Mauer!«, sagt Vati und zeigt auf den Bildschirm. »Dreh mal lauter, Karin.«

Tatsächlich haben sie angefangen, eine richtige Mauer quer durch Berlin zu bauen. Dann können die Leute von der einen Seite nicht mehr auf die andere Seite, es gibt ja Westberlin und Ostberlin. In der Tagesschau bringen sie Interviews, manche Menschen fahren noch schnell irgendwie um die Mauer rum, weil sie im Westen bleiben wollen. Eine Frau weint. Sie hat ihre Wohnung zurückgelassen und ihre Möbel und eigentlich alles.

»Aber immer so eingesperrt leben!«, sagt sie und wischt sich mit dem Handrücken über die Augen.

Ein Mann sagt, dass er seine ganze Familie im Westen hat, die hatte er gerade zum Kaffeetrinken besucht,

und wenn er nun zurückfährt, ist seine Familie für immer futsch. »Aber würd ick ja och nich wollen, det is doch een Kommunistenstaat!«, sagt er.
Karin überlegt einen Augenblick, wo genau die Mauer in Hamburg verlaufen müsste, damit sie deswegen von zu Hause wegziehen würde. Natürlich wäre es nicht so schön, wenn sie nicht mehr in die Stadt zum Schaufensterbummel könnte. Oder auf die andere Seite, nach Harburg, das wäre ihr nicht ganz so wichtig. Aber sie weiß, dass sie überhaupt nicht weggehen würde, niemals. Diese Menschen in Berlin hatten es bestimmt nicht so schön wie sie hier in der Siedlung, sonst würden die doch bleiben.
»Das sind doch alles Verbrecher!«, sagt Vati und schüttelt den Kopf. »Die da in der Zone am Ruder sind. Arme Brüder und Schwestern, kann man ja gar nicht mit ansehen.«
Karin nimmt sich noch ein bisschen Gelee, mit den Fingern. Natürlich hat Vati keine echten Brüder und Schwestern in der Zone. So nennt man *alle* Leute, die da leben, eigentlich komisch. Karin leckt sich die Finger ab, aber keiner schimpft. Sie starren nur auf den Bildschirm.
Manchmal interessieren Mutti und Vati sich also doch für Politik, das ist merkwürdig. Sonst sagen sie doch immer, von der Politik soll man die Finger lassen.

»Die hat uns nur Unglück gebracht!«, sagt Mutti dann.
»Geh mir los mit Politik!«, sagt Vati.
»Wieso?«, fragt Karin.
»Die ist doch schuld, dass unsere Wohnung futsch ist«, sagt Mutti. »Und Oma Domischkats Ostpreußen. Das könnt ihr Kinder noch gar nicht verstehen. Von Politik soll man die Finger lassen. Gebranntes Kind scheut das Feuer.«
Darum wollten sie Karin im letzten Jahr nicht mal erlauben, dass sie am Bahnhof mit der Sammeldose für das Müttergenesungswerk sammelt. Das mussten sie früher auch immer, sagt Mutti. Sammeln. Und hinterher war dann alles falsch.
Aber dann durfte Karin doch, zum Glück. Sammeln macht Spaß, und außerdem wäre es ja peinlich gewesen, wenn sie nicht gedurft hätte. In ihrer Klasse haben alle gesammelt.
Auf dem Bildschirm springt jetzt ein Mann in Uniform und mit Gewehr über die Mauer, wo sie noch ganz niedrig ist. Eigentlich sollte er ja die Bauarbeiter bewachen, damit die so was nicht machen, das ist doch witzig.
Wenn sie solche Sachen zeigen, ist die Tagesschau gar nicht so langweilig.

Am Montag fängt die letzte Ferienwoche an.

»Oh nee!«, sagt Karin, als Mutti sie um neun Uhr weckt. »Lass mich doch wenigstens die letzten Tage noch mal richtig ausschlafen!«

Mutti reißt das Fenster auf. Gnadenlos. »Die Regina hab ich schon vor einer Stunde hoch zum Bus gehen sehen«, sagt sie. »Die ist nicht so eine Schlafmütze wie du!«

»Die besucht ja heute auch ihre Oma!«, sagt Karin. »Da muss sie ja aufstehen.«

Natürlich, Regina ist doch heute in Eimsbüttel. Da weiß Karin gar nicht richtig, was sie tun soll so alleine. Die ganzen Ferien hat sie jeden Tag was mit Regina gemacht.

Sie setzt sich auf. »Findest du nicht auch, dass ich mir langsam mal meine Zöpfe abschneiden kann, Mutti?«

Mutti guckt sie skeptisch an. »Und dann?«, fragt sie. »Etwa so eine neumodische Frisur, wie die Rita sie hat? Die machen sich doch die ganzen Haare kaputt mit diesem Toupieren! Du hast so schöne Haare, Karin!«

Aber heute würde es mit dem Friseur gerade so gut passen. Wenn Regina dann morgen zurück ist, staunt sie bestimmt.

»Bitte, Mutti, bitte!«, sagt Karin. »Zöpfe sind so kindisch!«

»Dann mach dir von mir aus einen Pferdeschwanz!«,

sagt Mutti. »Das ist doch auch modern. Da müssen die Haare nicht für ab.«
Karin macht den Mund ganz schmal. Vor einem Jahr hätte sie sich bestimmt gefreut, wenn Mutti ihr einen Pferdeschwanz erlaubt hätte. Aber jetzt will sie kurze Haare. Wie Rita.
»Wenigstens einen Pony!«, sagt sie.
Mutti starrt sie an. »Pony ist ordinär!«, sagt sie. »Guck dir doch mal an, wie die alle aussehen mit ihren amerikanischen Ponyfrisuren! Und nachher willst du dich womöglich auch noch schminken!«
»Ihr erlaubt mir auch gar nichts!«, sagt Karin. Aber sie quengelt nicht mehr weiter, das hat ja doch keinen Sinn.
»Weißt du, was wir früher gesagt haben?«, sagt Mutti, bevor sie aus dem Zimmer geht. »*Die deutsche Frau raucht nicht, trinkt nicht und schminkt sich nicht.* Das haben wir früher gesagt! Und da waren wir stolz darauf, wenn wir anständige Mädchen waren. Es war ja nun nicht alles schlecht, was damals war!«
Draußen ist es immer noch grau. Vielleicht auch ganz gut so. Dann muss man nicht so unglücklich sein, dass die Ferien zu Ende gehen.

Karin hat den ganzen Vormittag gelesen, nun hat sie kein Buch mehr. Sie hätte es auch so machen sollen wie Regina, die holt sich aus der Bücherhalle immer gleich einen ganzen Stapel. Aber Karin liest sonst ja nicht so viel. Sie konnte doch nicht ahnen, dass es heute so ein langweiliger Tag werden würde.

Mittags, als sie Mutti beim Kartoffelschälen geholfen hat und hinterher beim Abtrocknen, hat sie noch mal vom Haareschneiden angefangen. Aber Mutti ist hart geblieben. »Du kennst unsere Meinung zu dem Thema«, hat sie gesagt, und Karin weiß, dass sie danach besser nicht noch mal davon anfängt. Wenn Mutti und Vati »Du kennst unsere Meinung zu dem Thema« sagen, ist wirklich Schluss. Dann werden sie nur böse, wenn man weiter versucht, sie rumzukriegen.

»Ich soll wohl noch mit Zöpfen rumlaufen, wenn ich hundert bin!«, murmelt Karin.

»Hast du was gesagt?«, fragt Mutti.

»Nee, hab ich nicht«, sagt Karin und geht ins Kinderzimmer. Da fängt sie die *Lockett*-Kinder noch mal von vorne an. Aber jetzt ist es doch langweilig.

Wenigstens einen Spiegel will sie in ihrem Zimmer haben. Dann könnte sie Frisuren ausprobieren. Wenn sie das vor dem Küchenspiegel macht, sieht Mutti ja alles und mischt sich ein.

Da setzt sie sich eben im Garten neben dem Kaninchenstall auf Vatis Klappstuhl und palt Erbsen aus. Dann hat sie wenigstens was zu tun.

»Danke schön, Karin!«, ruft Mutti aus dem Küchenfenster. Am Vormittag hat sie die Erbsen gepflückt,

das hatte sie vorher viel zu lange nicht gemacht. Jetzt sind es eine ganze Menge.
Zum Glück mag Karin Erbsen. Die leeren Hülsen wirft sie auf Zeitungspapier auf dem Boden und die Erbsen in Muttis oranges Plastiksieb. Zwischendurch isst sie ab und zu eine Handvoll. Darum passt sie nicht auf, wer den Weg entlangkommt. Und darum bemerkt sie ihn nicht rechtzeitig.
»Oh, sieh da, das Aschenbrödel!«, sagt Harald und bleibt einen Augenblick am Zaun stehen. Er kaut ein Kaugummi, das tut er immer, und trägt eine Nietenhose. Karin findet amerikanisch schön. »Wo sind denn deine Tauben, Aschenbrödel?« Aus seiner Jackentasche kommt Musik, die großen Jungs haben alle ein Transistorradio.
»Bei der waren das Linsen!«, sagt Karin und spürt, wie sie rot wird. Ausgerechnet jetzt muss Harald sie sehen, wo sie in Muttis Kittel dasitzt mit ihren hässlichen Zöpfen und blödsinnige Küchenarbeit macht. »Bei Aschenbrödel waren das keine Erbsen.«
Harald lacht, und Karin merkt, dass es freundlich gemeint ist und lustig. Er lacht sie nicht aus.
»Nee, stimmt, aber alles andere ist bei dir ja auch nicht wie bei Aschenbrödel, nä?«, sagt er. »Oder tanzt du heute Nacht mit einem Prinzen?« Er zwinkert ihr zu.
Karin spürt, dass sie jetzt so rot im Gesicht ist, dass

Harald es nicht mal mehr übersehen kann, wenn sie die ganze Zeit nach unten auf ihre Erbsen guckt. So redet er nur mit mir, weil ich ein Kind für ihn bin, denkt Karin. Wenn ich keine Zöpfe mehr hätte, dann würde er ganz anders reden. Er nimmt mich nicht ernst.

»Krieg ich ein paar?«, fragt Harald.

»Bitte«, sagt Karin und greift ins Sieb, ohne ihn anzusehen.

Harald klebt sein Kaugummi unter die Klappe von seiner Tasche, dann zwinkert er ihr wieder zu.

»Wer weiß, wer weiß!«, sagt er. »Prinzen laufen hier doch haufenweise rum!«

Dann wirft er sich die Erbsen mit Schwung in den Mund und geht.

Karin sieht ihm hinterher, wie er mit seiner Nietenhose und dem wiegenden Gang in seinem Garten verschwindet. Er hat sich *doch* über sie lustig gemacht. Sie hasst Mutti und Vati.

5.

Natürlich geht es in den Abendnachrichten wieder immerzu um diese Mauer, sie haben im Radio ja schon den ganzen Tag von nichts anderem mehr geredet. Jetzt zeigen sie auch Bilder.

Während vor ihnen Bauarbeiter die Betonteile aufrichten und Soldaten mit ihren Gewehren danebenstehen, lehnen sich in den Häusern dahinter Menschen aus den Fenstern und winken. Manche weinen auch. Politiker sagen etwas und Leute auf der Straße werden interviewt. Mutti hat aufgehört, ihr Brot zu streichen, und auch Vati isst nicht weiter. Dass Politik sie so interessieren kann.

Da wäre es nicht klug, jetzt wieder von den Zöpfen anzufangen, Karin wartet lieber. Vielleicht gibt es nach der Tagesschau eine langweilige Sendung, sie fragt lieber dann.

Als der Bericht von der Mauer vorbei ist und die Nachrichten aus aller Welt kommen, beißt Vati end-

lich in sein Brot. »Wollen wir mal hoffen, dass jetzt keiner durchdreht«, sagt er. »Wenn der Amerikaner sich das nicht gefallen lässt …«
»Mal nicht den Teufel an die Wand!«, sagt Mutti und schenkt noch Tee nach.
»Krieg?«, fragt Karin erschrocken. »Meinst du, die machen wieder Krieg?«
Vati nimmt sich den allerletzten Rest Sauerfleisch vom Wochenende. »Kann ja kein Mensch wissen, was der Amerikaner sich gefallen lässt«, sagt er. »Und was der Iwan dann macht. Und wir immer mittenmang.«
»Nein!«, sagt Karin. Ihre Zöpfe hat sie ganz vergessen. Und auch, als der Nachrichtensprecher jetzt etwas von Jerusalem sagt, hört sie nicht mehr richtig zu, das tut bestimmt niemand. Das Gericht hat sich zur Beratung zurückgezogen. Dann ist das mit diesem Eichmann vielleicht jetzt erst mal vorbei, Karin weiß nicht, wie lange sich so ein Gericht zur Beratung zurückzieht.
»Wie war das eigentlich genau mit den Juden?«, fragt Karin.
Mutti schneidet Uwe sein Brot klein. Uwe hibbelt auf dem Stuhl.
»Wie kommst du da denn jetzt drauf?«, fragt Mutti. »Uwe, sitz still! Und wo hat ein liebes Kind beim Essen seine Hände?«

»Wegen dem Eichmann!«, sagt Karin.
Vati hat sein Sauerfleisch gegessen, jetzt guckt er, was danach kommen kann.
»Das war wohl schlimm, wie man hört«, sagt Mutti. »Das hat man ja hinterher erst gemerkt, dass der Hitler ein Verbrecher war. Hat uns ja alle ins Verderben gestürzt. Vati an der Ostfront, unsere Wohnung weg, Oma Domischkats Ostpreußen weg, das konnte ja vorher keiner ahnen. Hier, Uwe, nun iss mal.«
»Ach so«, sagt Karin.

Am nächsten Tag ist Regina wieder da. Karin darf Muttis Wolldecke nehmen, dann gehen sie runter zum Wasser. Handtücher und Badeanzüge packen sie auch ein. Man kann nicht wissen, ob die Sonne nicht doch noch rauskommt.
Aber die großen Jungs müssen heute natürlich arbeiten und bei diesem Wetter ist es überhaupt ganz ruhig. Irgendein Kind hat am Wochenende eine Socke im Gras vergessen, da hat es zu Hause bestimmt Ärger gegeben.
Ein Stück weiter sitzt Rita mit einem Jungen, den Karin nicht kennt, und lacht. Rita hat einen echten Bikini an, das würden Mutti und Vati niemals erlauben. Aber Karin weiß auch gar nicht, ob sie das möchte. Da kann man ja alles sehen. Kein Wunder, dass Harald sie für ein Baby hält, wenn er sie in ihrem Smok-

Badeanzug gesehen hat. Wenn seine Schwester sogar schon einen Bikini hat.

»Wir waren in der Stadt!«, sagt Regina, als sie mit Karin zusammen die Wolldecke auf dem Boden ausbreitet. »Schaufensterbummel.«

Regina hat es gut, dass ihre Oma noch lebt und dass sie sogar in Hamburg wohnt. Und dass sie so eine merkwürdige Oma ist, Mutti schüttelt immer den Kopf, wenn die Oma Regina mal besucht.

»Hat sie dir wieder was gekauft?«, fragt Karin. Reginas Oma schenkt Regina oft was. Keine großen Sachen, sie ist ja nicht reich. Aber meistens Sachen, die Regina sonst nicht kriegen würde.

Regina guckt geheimnisvoll. »Tätärätääå!«, sagt sie dann und hebt ihr Handtuch hoch, als wäre sie ein Zauberer, der sein Kaninchen aus dem Hut holt.

In der linken Hand hält sie ein kleines Kästchen.

»Wimperntusche?«, fragt Karin ungläubig.

Natürlich ist Reginas Oma schon alt, aber wenn sie Regina besuchen kommt, ist sie immer geschminkt. Und sie trägt Kleider, wie Omas sie sonst nicht tragen, und schicke Hüte.

»Es ist schon eine Schande!«, sagt Mutti dann. »Da tut mir deine Regina leid. Dass ihre Oma rumläuft wie eine Puffmutter! Sprich sie bloß nicht darauf an, das Kind kann ja nichts dafür und die Eltern auch nicht. Sie schämen sich so bestimmt schon genug.«

Aber Regina schämt sich gar nicht. Sie sagt, ihre Oma erzählt immer ganz spannend von ihrer Jugend, das war eine Zeit, die sie die wilden Zwanziger nennt. Da hatte sie einen Bubikopf und ihre Röcke waren ganz kurz, und einmal hat sie im Garten versucht, Regina einen ulkigen Tanz beizubringen, der hieß Charleston. Vor Lachen sind die beiden beinahe umgekippt. In solchen Augenblicken kann Karin sich vorstellen, dass Reginas Oma mal jung war und wild. Bei Oma Domischkat kann man sich das zum Beispiel nicht vorstellen. Bei Mutti auch nicht.

»Willst du mal probieren?«, fragt Regina und hält Karin das Kästchen hin.

Die wilde Zeit von Reginas Oma war natürlich noch vor dem Krieg, lange vor dem Krieg. Regina hat erzählt, dass ihre Oma immer sagt, dafür hat sie den Anstreicher abgrundtief gehasst, dass das dann plötzlich alles vorbei sein sollte. Der Anstreicher war dieser Verbrecher Hitler.

»Wo habt ihr das gekauft?«, fragt Karin. Sie hat noch nie Wimperntusche in der Hand gehabt. Das Kästchen ist klein und schwarz und der Deckel ist durchsichtig. Dadurch sieht man den schwarzen Wimperntuscheblock, der ist noch nicht mal angekratzt, so neu ist er noch. Und daneben liegt die kleine Bürste.

»Alsterhaus!«, sagt Regina. »Du musst draufspucken.«

Sie nimmt Karin das Kästchen wieder aus der Hand und zeigt es ihr. Wenn man zwischen den Zähnen durch auf die Bürste spuckt, dass sie gerade mal feucht ist, kann man damit über den Block streichen. Dann entsteht ein schwarzer Matsch, der an der Bürste hängen bleibt. Damit bürstet man sich dann die Wimpern.

»Igitt!«, sagt Karin. »Jetzt hast du das alles unter den Augen!«

»Ich hab ja auch keinen Spiegel!«, sagt Regina und rubbelt mit dem Handtuch über ihr Gesicht. Um das linke Auge herum ist sie jetzt ganz grau. »Willst du auch mal?«

Karin nickt. Sie kann es ja wieder abwischen, bevor sie nach Hause geht. Mutti muss gar nichts davon mitkriegen.

»Ich frag Rita!«, sagt Regina und springt auf. »Wetten, die hat alles dabei?«

Als sie wiederkommt, schwenkt sie triumphierend einen kleinen Klappspiegel.

»Aber erst mal wisch ich mich wieder sauber«, sagt sie.

Rita winkt ihnen von ihrer Wolldecke aus zu. Der fremde Junge hat ihr seinen Arm um die Schultern gelegt. Jetzt, wo sie Wimperntusche haben, findet Rita sie vielleicht auch erwachsen.

»Jetzt du!«, sagt Regina. »Ich halt den Spiegel.«

Wimpern antuschen ist ziemlich schwierig, findet Karin. Man darf nicht zu viel spucken und nicht zu wenig. Und wenn man nicht aufpasst und zu viel Matsch aufträgt, klebt die Wimperntusche nach dem ersten Wimpernschlag schwarz auf dem Oberlid.

Aber dann ist sie fertig.

»Toll siehst du aus!«, sagt Regina. »Wie fünfzehn!«

Karin lässt sich rückwärts auf ihre Wolldecke fallen. Sie könnte sich auch Wimperntusche kaufen, schließlich hat sie Taschengeld. Sie könnte sie zu Hause verstecken, da fällt ihr schon was ein. Und wenn sie auch so einen Klappspiegel hätte wie Rita, könnte sie sich auch draußen irgendwo schminken, wo Mutti und Vati nichts davon merken. Dann würde Harald sie nicht mehr Aschenbrödel nennen. Nur die Zöpfe müssten dann natürlich auch noch ab.

»Lippenstift hast du aber nicht?«, fragt Karin. Das ist eigentlich kein so großes Problem, einen Lippenstift benutzt sogar Mutti. Lippenstift durften früher vielleicht auch anständige Mädchen haben.

»Den kauft meine Oma mir bestimmt, wenn wir das nächste Mal auf den Swutsch gehen«, sagt Regina.

Karin stützt sich auf einen Ellenbogen. Jetzt fällt es ihr wieder ein.

»Stell dir vor, die würden hier auch so eine Mauer bauen!«, sagt sie. »Dann kämst du überhaupt nicht mehr ins Alsterhaus und aus der Traum.«

»Nee«, sagt Regina. »Dann würden wir den Lippenstift eben in Harburg kaufen.« Sie lacht.

»Aber da käme dann ja deine Oma nicht hin«, sagt Karin.

Regina rollt sich auf der Wolldecke zu ihr rüber. Zwischen den Wolken schiebt sich vorsichtig die Sonne heraus, vielleicht können sie gleich doch noch schwimmen.

»Ach, da würde uns schon was einfallen«, sagt sie. »Meiner Oma und mir! Machen wir uns die Schminke ab, bevor wir ins Wasser gehen? Die verschmiert sonst so!«

»Mit diesem Eichmann ist jetzt Pause«, sagt Karin.

Regina grunzt. Sie kann gerne wissen, dass Karin sich mit solchen Sachen genauso gut auskennt wie sie selbst.

Dann fängt die Schule wieder an.

»Wenn das Wetter jetzt noch länger gut ist, haben wir gar nichts mehr davon!«, sagt Karin und schleudert ihren Pferdeschwanz über die Schulter.

Aber das stimmt natürlich nicht, nachmittags können sie immer noch an die Dove Elbe gehen. Sie sind ja zum Glück noch nicht in der Lehre wie Harald und die anderen Großen.

In der Pause reden sie über die Mauer, gleich am ersten Tag.

Sybille hat eine Tante in Ostberlin, die ist manchmal zu ihnen zu Besuch gekommen, und jetzt weiß sie gar nicht, ob das noch geht.

»Nee, das geht nicht mehr!«, sagt Carina. »Da kommt jetzt keiner mehr raus. Meine Mutti hat geweint, weil meine Oma doch in der Zone wohnt, die hat uns Ostern immer besucht, immer über Berlin. Grüne Grenze ging ja nicht mehr.«

»Grüne Grenze?«, fragt Karin.

»Und jetzt kann sie nie mehr kommen!«, sagt Carina. »Das geht doch nicht! Die Oma muss einen doch besuchen können!«

Susanne kichert. »Mein Vati hat gesagt, er macht drei Kreuze, dass uns jetzt mein Onkel Friedrich mit seiner Bagage nicht mehr belästigen kann!«, sagt sie. »Die sind doch immer nur zu Besuch gekommen, um zu schnorren! Beim letzten Mal wollten sie eine elektrische Kaffeemaschine, dabei hat meine Mutti selbst noch nicht mal eine!«

Über diesen Eichmann reden sie in der Pause nicht, von dem weiß in der Klasse bestimmt niemand was, das interessiert ja keinen. Und wenn man über solche Sachen im Unterricht reden würde, das wäre ja noch schöner. Aber er fällt Karin wieder ein, als sie vier Tage später mit Regina in der Bücherhalle ist. Es ist kühl draußen, als hätte der Sommer sich verabschiedet, und irgendwas muss man ja tun, wenn das

Fernsehprogramm noch nicht angefangen hat. Die *Lockett*-Kinder will sie wirklich nicht schon wieder ausleihen, und sie hat ziemlich lange nach einem Buch über Liebe gesucht; aber da gibt es absolut gar nichts.

»Wie hieß das noch mal, was du in den Sommerferien gelesen hast?«, fragt Karin. »Mit diesen Kindern?«

»Mit welchen?«, fragt Regina und sieht nicht auf von dem Buch, das sie gerade aus dem Regal gezogen hat. Regina entdeckt meistens ein Buch, das sie spannend findet, das ist komisch. Dabei hat sie doch schon viel mehr gelesen als Karin, da müsste es für sie doch eigentlich schwieriger sein.

»Mit diesen Judenkindern«, sagt Karin. »Die sie umgebracht haben.« Es war ein schöner Titel, das weiß sie noch. Als würde es in dem Buch um schöne Dinge gehen.

»Hast du das immer noch nicht gelesen?«, fragt Regina und jetzt guckt sie hoch. »Ich glaub einfach nicht, dass das stimmt. Aber meine Oma sagt, doch, das ist schon alles die Wahrheit. Dieser Anstreicher war der größte Verbrecher des Jahrhunderts.«

Karin nickt. So was Ähnliches sagen Mutti und Vati und Oma Domischkat ja auch über diesen Hitler. Der war schließlich schuld am Krieg und an den Bomben, und Vati musste nach Russland, da hat der Iwan ziemlich gemein gegen die Deutschen gekämpft.

»Das waren doch keine Menschen, diese Sowjets!«, hat Waldemar gesagt. »Die waren doch wie die Tiere!« Der Iwan ist schrecklich mit den deutschen Soldaten umgegangen, das weiß Karin auch, vor allem, wenn er sie gefangen genommen hat. Obwohl Vati nicht so viel vom Krieg redet. Nicht wie die anderen Männer, wenn sie im Sommer sonntags morgens im Garten ihren Frühschoppen trinken. Da erzählen sie und erzählen, Karin geht dann immer weg. Krieg ist doch nichts Schönes. Auch wenn sie da bis nach Paris gekommen sind, *oh, là, là!,* und Herr Heineke war sogar in Nordafrika. Trotzdem.
Dieser ganze Krieg war eine schreckliche Sache, es ist komisch, dass sie da plötzlich so oft drüber nachdenken muss. Jedenfalls will sie das Buch jetzt lesen.
»›Sternkinder‹ heißt das«, sagt Regina und geht zielstrebig zu dem Regal, in dem das Buch steht. »Da. Du hast Glück, dass es nicht ausgeliehen ist. Wenn du das durchhast, kannst du es mir gleich noch mal geben. Da ist diese Geschichte von der Mutter, die ihr Kind wegbringt, um es zu retten, und sie sagt, sie gehen zum Kasperletheater. Da muss ich immer weinen.«

Das muss Karin am Abend vor dem Einschlafen fast auch. Dass es so schrecklich war damals, hat sie gar nicht gewusst. Natürlich hat sie mal von den Juden gehört, irgendwie. Aber nicht so viel. Mutti hat ja immer von den Bomben erzählt und Oma Domischkat von der Flucht über das Haff und der verlorenen Heimat. Und Waldemar fängt immer vom Iwan an. Wenn kein Nachbar ein Jude ist, erzählt auch kein Nachbar von Judensachen, das ist schon klar. Aber Juden gibt es jetzt ja keine mehr, wie schrecklich. Dabei hat es die mal gegeben, bestimmt auch in Hamburg.

Wie kann man denn kleine Kinder einsperren? Und Menschen umbringen, nur weil sie irgendwas sind, Juden oder rothaarig oder Neger oder Chinesen? Dieser Hitler war wirklich ein Verbrecher. Da kann einem jeder leidtun, der da leben musste.

Wenn ich damals gelebt hätte, denkt Karin. Und wenn ich einen von denen gekannt hätte! Den hätte ich versteckt.

Sie dreht sich auf die Seite und schließt die Augen. Im Keller hätte ich den versteckt, wenn ich einen Keller gehabt hätte, oder im Schrank. Dann wären vielleicht eines Tages die Hitlerleute gekommen und hätten mit ihren Gewehrkolben gegen meine Tür geschlagen. Aber ich hätte die Tür nicht aufgemacht, niemals.

Das Bett ist warm und kuschelig und Uwe murmelt im Schlaf.

Dann hätte ich meinem Juden geholfen zu fliehen. Nach Amerika zum Beispiel. Dann wäre er gerettet gewesen. Ich hätte die Menschen gerettet damals, bestimmt.

Der Gedanke fühlt sich gut an, Karin weiß genau, dass sie es so gemacht hätte. Fast ist es ein bisschen schade, dass sie jetzt erst lebt. Jetzt kann sie niemanden mehr retten, das Leben ist langweilig. Es gibt nichts mehr, wo man etwas Großes vollbringen könnte. Wie die Lockett-Kinder zum Beispiel, die erleben in allen Ferien Abenteuer. Das hat sie jetzt verpasst. Immer nur Kaninchen füttern und Erbsen auspalen und Schule. Aber vielleicht hätten sie mich dann auch mit abgeholt, wenn sie die Tür eingetreten hätten, kann sein, denkt Karin. Dann wäre es auch mit mir zu Ende gewesen. Aber mein Leben hätte einen Sinn gehabt, mein Leben wäre groß gewesen. Das ist es doch wert. Immer nur Kaninchen füttern und Erbsen auspalen und Schule.

Vielleicht gibt sie Mutti das Buch auch mal zu lesen, die findet das bestimmt interessant. Sie hat im Krieg doch selbst so viel Schreckliches erlebt.

6.

Am Wochenende scheint wieder die Sonne, aber so warm wie in den Ferien wird es nicht noch mal.
»Der Sommer geht zu Ende«, sagt Mutti. »Das ist jetzt schon fast Altweibersommer, guck mal.«
Karin nickt. Als sie am Morgen früh los war, um Eier zu besorgen, hingen schon überall Spinnweben in den Büschen, und die kleinen Kinder, die vor Heinekes Haus *Ringel, Rangel, Rosen* spielen, *schöne Aprikosen,* tragen Schuhe und Strümpfe.
Mutti steht drüben bei Oma Domischkat am Zaun und klönt. Lotti und Frau Heineke sind auch gekommen, Lotti hat sich bei C&A im Schlussverkauf ein Sommerkleid gekauft, das führt sie jetzt vor. Es ist in der Taille ein bisschen zu weit, das soll Reginas Mutter einnähen. Mutti hat auch eine Nähmaschine, aber so gut wie Reginas Mutter kann sie das nicht.
»Zwei Zentimeter weg und das sitzt!«, sagt Frau Heineke. »Wirklich schick, Lotti!« Raudi wuselt um ihre

Füße, und Uwe versucht, ihn mit einem Stock wegzulocken.
Drüben bei Onkel Heinrich im Garten treffen sich die Männer und trinken ihren Frühschoppen. Vati sagt irgendwas, das Karin nicht verstehen kann, und alle lachen.
»Ich glaub, das wird mal langsam Zeit, dass das Essen auf den Tisch kommt, was?«, sagt Frau Heineke. »Wenn die Männer noch viel länger sitzen, geraten sie uns noch ganz außer Rand und Band!«
Irgendeine von den Frauen sagt das an jedem Sonntag, und dann gehen sie alle zurück in ihre Küchen und setzen die Kartoffeln auf.
Karin versucht sich vorzustellen, wie es sein wird, wenn sie selbst erst eine von den Müttern ist. Harald würde bestimmt nicht den ganzen Sonntagmorgen sitzen und Bier trinken.
Neulich hat sie ihn auf der Promenade am Wasser mit einem Mädchen mit hochtoupiertem Haar und schwarzem Lidstrich gesehen. Vielleicht würde er das doch.
»Komm mit, Karin!«, sagt Mutti. »Du kannst mir helfen.«
Karin seufzt. Mutti schält die Kartoffeln und sie schneidet die Gurken für den Salat in ganz feine Scheiben. Im Küchenradio läuft das Wunschkonzert.

»Ich hab ein Buch über den Krieg gelesen!«, sagt Karin. Jetzt muss sie auch noch Zwiebeln schneiden, da tränen ihr immer die Augen. »Aus der Bücherhalle. Willst du das auch mal lesen, Mutti? Das ist so traurig!«

»Nein, besten Dank!«, sagt Mutti. »Ich hab den Krieg erlebt, da muss ich nicht auch noch darüber lesen.«

»Das ist nicht über die Bomben!«, sagt Karin. »Das ist über die Juden! Wie sie die abgeholt haben, und dann haben sie sie umgebracht. Und manche Eltern haben versucht, ihre Kinder ins Ausland zu schmuggeln ...«

»Na, da konnten wir ja nun nicht hin!«, sagt Mutti und sieht auf einmal ganz böse aus. »Was hast du denn plötzlich immer damit? Sei froh, dass du das nicht miterleben musstest! Das ist ja furchtbar, was für ein Schmutz da jetzt neuerdings immer hochgezerrt wird! Wer das nicht mitgemacht hat, der soll mal ganz still sein!«

Und sie wirft eine Kartoffel ins Wasser, dass es spritzt.

Karin versteht nicht, warum Mutti auf einmal so böse ist. Sonst fängt sie doch immer selbst von der Zeit an.

»Und wenn du die Zwiebeln so grob schneidest, isst Vati den Salat nachher nicht!«, sagt Mutti.

Mit der Schneiderschere hat Karin sich vorne heimlich ein paar Strähnen kürzer geschnitten. Wenn sie jetzt einen Pferdeschwanz trägt, muss sie auch einen Pony haben, wenigstens ein bisschen. In der Schule kämmt sie sich die Strähnen in die Stirn, und zu Hause schiebt sie sie, so gut es geht, unter die anderen Haare. Aber natürlich bemerkt Mutti es doch, ausgerechnet am Nachmittag, als sie alle zusammen vor der Sportschau »Am Fuß der Blauen Berge« gucken. Sie trinken jetzt nicht mehr bei der Oberliga Kaffee, zum Glück. Seit sie den Fernseher haben, ist »Am Fuß der Blauen Berge« sonntags nachmittags immer die schönste Zeit.
»Du hast dir ja die Haare geschnitten!«, sagt Mutti.
Karin greift sich mit der Hand ins Gesicht. Natürlich. Eine Strähne ist ihr zurück in die Stirn gerutscht.
»Nur so ein kleines bisschen«, sagt Karin.
»Ich hab dir doch gesagt, dass wir Pony ordinär finden!«, sagt Mutti. »Mit dreizehn musst du dich weiß Gott noch nicht so zurechtmachen! Immer dieses Amerikanische, nachher kaust du auch noch Kaugummi! Hast du das schon gesehen, Alfred?«
Vati guckt vom Fernseher weg und zu Karin hin. Er seufzt. »Nun lass sie man«, sagt er. »Das sieht doch ganz nett aus«, und einen Augenblick lang glaubt Karin fast, dass er ihr zuzwinkert. Aber das tut Vati dann doch nicht.

Trotzdem, Vati ist der Beste.
»Darf ich mir einen ganzen schneiden lassen?«, fragt Karin schnell. »Einen ganzen Pony? Bitte, Vati, bitte!«
»Ich will das sehen mit den Männern!«, ruft Uwe. »Seid doch mal leise!«
»Nein, das darfst du nicht!«, sagt Mutti energisch. »Nicht mit dreizehn und Punkt.«
»Vati?«, sagt Karin.
Aber Vati schüttelt den Kopf. »Wenn Mutti Nein sagt, dann heißt das auch Nein«, sagt er. »Bei solchen Frauensachen halt ich mich raus.«
»Ihr seid so gemein!«, ruft Karin und springt auf. Dann guckt sie den Film eben nicht mit ihnen zu Ende, ihr doch egal, wenn sie hinterher sagen, sie hat ihnen mit ihrem Trotz die ganze schöne Sonntagsstimmung kaputt gemacht. Mutti und Vati sind so ungerecht, in letzter Zeit sind sie immer so ungerecht.
In ihrem Zimmer wirft Karin sich aufs Bett. Auf dem Kopfkissen liegt noch das Buch, eigentlich sollte sie es ja an Regina weitergeben. Aber sie musste immer noch mal darin lesen, so traurig ist es, und dann hat sie sich hinterher vorgestellt, wie sie all die Menschen gerettet hätte.
Warum haben das eigentlich die anderen Leute nicht getan, die damals gelebt haben? Es gab doch auch an-

dere Menschen damals, normale, alle waren ja keine Juden. Die haben doch gewusst, dass ihre Nachbarn umgebracht werden, wenn sie ihnen nicht helfen. Da sind sie doch mit schuld! Wenn man weiß, dass so was passiert, da muss man doch was tun! Warum haben die denn die Juden nicht versteckt, so wie sie es getan hätte? Feiglinge. Alles Feiglinge.
Und dann weiß sie plötzlich, wer all die anderen Menschen damals waren. Mutti und Vati und Oma Domischkat und Heinekes und Onkel Heinrich. Und Waldemar und Lotti und Reginas Eltern und Reginas Oma. Und alle Lehrer in der Schule und die nette Bibliothekarin in der Bücherhalle. Die Frau im Milchgeschäft, die Uwe immer eine Scheibe Käse schenkt, und Bäcker Puttkammer oben am Deich. Der Busfahrer. Alle. Von den Erwachsenen alle, die mindestens dreißig sind. Die waren damals sogar schon älter als sie.
Karin starrt auf ihre Bettdecke. Hat es kein Einziger von denen versucht? Keiner von all den Leuten in der Siedlung? Keiner von denen, die sie kennt? Und Mutti? Und Vati?
Sie dreht sich auf den Rücken und starrt an die Decke. An einer Stelle ist die Farbe abgeblättert. Ich hätte es versucht, denkt sie. Auch wenn sie mich dann vielleicht abgeholt hätten. Aber Mutti hat ihnen nicht geholfen und Vati auch nicht, nicht mal Vati.

Warum haben sie mir das nie erzählt, das von den Juden? Immer nur die Bomben und die Bomben. Haben sie sich geschämt, dass sie niemanden gerettet haben? Sie waren alle so feige, so schrecklich feige.
Sie steht auf und zögert einen Moment. Sie weiß, dass nicht klug ist, was sie jetzt tut, aber sie kann nicht mehr warten. Sie geht ins Wohnzimmer.
»Ich hab das gelesen!«, sagt Karin. Vati hat schon wieder die Sportschau eingeschaltet. »Was der Hitler mit den Juden gemacht hat! Warum habt ihr denen nicht geholfen? Ihr habt da doch gelebt! Warum habt ihr keine versteckt? Die sind alle gestorben!«
Mutti starrt sie an und Vati dreht sich zu ihr um. »Wie kommst du da denn jetzt drauf, Schietbüdel?«, fragt er. Ganz lieb.
Aber Mutti ist überhaupt nicht so lieb. »Ach, jetzt ist das auf einmal dran?«, sagt sie. »Weil wir dir deine Haare nicht erlauben wollen, was? Ich hab dir vorhin schon gesagt, wer damals nicht dabei war, der soll mal gar nicht reden! Das könnt ihr heute doch gar nicht verstehen! Wir haben davon doch nichts gewusst! Woher denn auch wohl?«
Karin holt tief Luft. Als sie losgegangen ist aus ihrem Zimmer, war sie noch ganz voll von diesem Gefühl; von diesem ungläubigen Zorn und dieser Verzweiflung. Doch nicht Mutti und Vati! Aber jetzt ist das Gefühl plötzlich ganz verpufft. Wenn Vati so lieb

mit ihr redet und jetzt ist ein ganz normaler Sonntag und hier ist ein ganz normales Wohnzimmer, dann kann sie nicht mehr wütend sein. Das kann doch gar nichts miteinander zu tun haben, das Schreckliche damals und das Normale jetzt, ihr ganz normales Leben. Und Mutti und Vati.

»Die jüdischen Mädchen aus deiner Klasse waren dann doch plötzlich weg«, sagt Karin und merkt, dass ihre Stimme kippt. »Und außerdem hatten die doch alle einen Stern. Das hat man doch gesehen. Auf der Straße.«

Fast hätte sie es nicht gesagt. Das muss für Mutti ja wie eine Beschuldigung klingen, und dabei kann das doch gar nichts miteinander zu tun haben, die schrecklichen Geschichten aus dem Buch und das ganz normale Leben. Mutti und Vati. Aber sie muss das jetzt sagen. Sie muss hören, wie Mutti es erklärt. Sie muss wissen, dass es eine Erklärung gibt dafür, dass Mutti und Vati damals gelebt und einfach nur zugeguckt haben. Bestimmt gibt es eine Erklärung.

»In meiner Klasse gab es keine Juden«, sagt Mutti. »Überhaupt, wo wir gewohnt haben, nicht. Da konnte man auch auf der Straße nichts davon mitkriegen, so war das! Du solltest dich mal lieber informieren, bevor du mit Beschuldigungen loslegst!« Und da weiß Karin, dass sie jetzt heute Abend sicher nicht mit fernsehen darf. Sowieso wäre da die Stimmung bestimmt ganz fürchterlich. Und lesen mag sie jetzt auch nicht mehr, nicht dieses schreckliche Buch. Mutti und Vati erlauben ihr nicht, sich die Haare zu schneiden, und bei diesem Hitler sind sie feige gewesen. Warum hat sie vorher denn nie gemerkt, was für Eltern sie hat.

»Karinmädchen!«, sagt Vati plötzlich. Sie hat nicht gehört, wie er ins Zimmer gekommen ist. Vom Weinen schläft sie manchmal ein. »Schietbüdel! Du darfst Mutti nicht so traurig machen, Mutti tut doch alles für euch. Das waren ganz andere Zeiten damals, das könnt ihr heute wirklich nicht verstehen. Ihr hört jetzt immer nur das Schreckliche, aber davon haben Mutti und die Menschen damals doch gar nichts mitgekriegt. Mutti war beim BDM, das war so ähnlich wie bei den Pfadfindern, da haben sie Fahrten gemacht und Lieder gesungen, und was in der Politik passiert ist, dafür haben sie sich doch gar nicht interessiert! Du interessierst dich doch auch nicht für Politik, Karin, das war bei Mutti damals genauso! Du darfst Mutti nicht so traurig machen.«

Karin sieht nicht zu ihm hoch. Aber vielleicht würde ich mich dafür interessieren, wenn plötzlich Menschen verschwinden würden, denkt sie. Mädchen aus meiner Klasse. Und Leute aus unserer Straße. Und wenn ich plötzlich Menschen sehen würde, die einen Stern an der Jacke tragen.

Aber Mutti hat gesagt, dass es in ihrer Klasse keine Juden gab. Überhaupt nicht da, wo sie gewohnt hat. Da konnte sie gar nichts davon mitkriegen.

»Versprichst du mir das, Karinmädchen?«, sagt Vati. »Dass du Mutti nicht mehr wieder so aufregst?«

Karin nickt.

»Willst du heute Abend mit Fernsehen gucken?«, fragt Vati. »Oder willst du lieber noch ein bisschen hier liegen bleiben und schmollen?«

»Vielleicht«, sagt Karin, ohne zu lächeln. Und das kann heißen, dass sie vielleicht fernsehen will oder vielleicht noch ein bisschen schmollen.

Vati lacht. »Na, nun komm schon, Schietbüdel!«, sagt er. »Jetzt sind wir wieder vertragen!«

Karin nickt.

Als Vati aus dem Zimmer gegangen ist, guckt sie wieder an die Decke, wo an einer Stelle schon die Farbe abgeblättert ist. Waren bei Lotti in der Klasse auch keine Juden? Und bei Oma Domischkat in der alten Heimat? Bei den anderen Leuten in der Siedlung? Morgen muss sie mit Regina darüber reden.

Plötzlich hat sie gar keine Lust mehr fernzusehen. Aber sie will auch nicht, dass Mutti und Vati sagen, sie schmollt.

7.

Karin findet es gut, dass ihr Schulweg nicht so kurz ist, eine Viertelstunde gehen sie bestimmt. Ihretwegen könnte er gerne noch länger sein. Auf dem Weg kann man sich immer so gut unterhalten.
Auf dem Nachhauseweg haben sie über den neuen Rechenlehrer geredet, der ist noch ganz jung. Er hat schwarze Haare wie ein Italiener, aber er heißt Kröger. Das eine Bein zieht er ein bisschen nach, aber gerade nur ein ganz kleines bisschen; man kann sich trotzdem noch in ihn verlieben.
Regina hat gesagt, von allen Männern, die sie kennt, sieht Herr Kröger am besten aus. Dazu gehört natürlich auch nicht viel, wen kennt Regina schon.
Aber wenn Karin ehrlich ist, sieht Herr Kröger sogar besser aus als Harald. Und so kindisch ist er auch nicht, der würde doch nie mit einer mit hochtoupiertem Haar und schwarzem Lidstrich spazieren gehen. Vielleicht würde so eine aber auch gar nicht mit Herrn Kröger spazieren gehen wollen. Wegen dem Bein. Vielleicht ist Herr Kröger darum eher einsam.

Das glaubt Karin eigentlich. Sie hat sich heute ganz viel gemeldet.

Das Buch fällt Karin erst wieder ein, als sie vom Deich nach unten in die Siedlung abbiegen. In Riebisters Garten sind die Pflaumen reif, ein Ast reicht bis auf den Weg. »Ich hab da gestern mit meinen Eltern drüber gesprochen«, sagt Karin und spuckt einen Kern auf den Boden. »Über diese Sachen mit den Juden. Meine Mutter sagt, bei ihr gab es gar keine. In der Schule nicht und in der Straße auch nicht. Sie hat gar nichts davon gewusst.«

Regina nickt. »Das sagt meine Oma auch«, sagt sie. Sie ist schnell die paar Schritte zurückgelaufen und hat sich noch ein paar Pflaumen gepflückt. »Hmmm, willst du auch noch?«

Karin greift zu. »Bei deiner Oma auch nicht?«, sagt sie. »Wieso, die war damals doch schon viel zu alt für die Schule!«

»Na, Tüdelpott!«, sagt Regina. »Meine Oma sagt auch, dass alle das sagen. Dies muss ein merkwürdig judenfreies Land gewesen sein, sagt sie. Wo die alle hergekommen sind, die dann hinterher in den KZs verschwunden sind, das wüsste sie doch gerne mal. Sie kennt jedenfalls auch niemanden, der Juden kannte. Was merkwürdig ist, wenn sie bedenkt, wie viele allein in ihrer Gegend gewohnt haben und waren plötzlich weg.«

»Ja?«, sagt Karin und bleibt stehen. »Sie sagt, die Leute lügen alle?«
Regina hat ihre letzte Pflaume gegessen. »Was denn sonst?«, sagt sie. »Wo meine Oma wohnt, gab es vielleicht besonders viele, aber dass es woanders nun gar keine gegeben haben soll …«
»Nee«, sagt Karin. Wenn die anderen alle lügen, muss das ja noch lange nicht bedeuten, dass Mutti und Vati auch lügen. Bestimmt hat es Leute gegeben, die wirklich keine Juden kannten. Dann kommt ihr ein neuer Gedanke. »Und deine Oma?«, fragt sie. »Wenn die doch so viele kannte? Hat die was gemacht?«
Regina schüttelt den Kopf. »Sie sagt, das können wir uns heute gar nicht vorstellen, wie das war«, sagt sie, und Karin denkt, dass das nun wenigstens genau dasselbe ist wie das, was Mutti immer sagt. »Man hatte ja sein eigenes Leben, und da ging es um all die ganz gewöhnlichen Dinge, um die es immer geht, Geld verdienen und neue Gardinen und Streit mit dem Mann, und wenn man da dann mal so was gehört hat«, Regina zuckt die Achseln, »dann wollte man das vielleicht gar nicht so genau wissen. Um alles kann man sich ja nicht kümmern. Aber heute schämt sie sich, sagt meine Oma. Obwohl sie gar nicht weiß, was sie hätte tun können. Sie hatte da ja nun schon die drei Kinder, da konnte sie sich ja auch nicht in Gefahr bringen.«

Wenn das sogar Reginas Oma sagt, die doch damals schon richtig erwachsen war, viel älter als Mutti und Vati; und die diesen Hitler gehasst hat, weil er die wilden Tänze verboten hat. Vielleicht kann sie das wirklich alles nicht so richtig verstehen. Trotzdem, sie ist sich ganz sicher, dass sie den Juden geholfen hätte.

»Aber Onkel Heinrich«, flüstert Regina, und jetzt hakt sie Karin ein, damit sie sie trotzdem versteht. »Der wusste das! Der war bei der Waffen-SS. Ehrlich.«

»Keine Ahnung, was das sein soll«, sagt Karin.

Onkel Heinrich ist auch nicht wirklich Karins Onkel, nur ein Nenn-Onkel, wie Oma Domischkat eine Nenn-Oma ist, aber ihr Lieblingsonkel ist er trotzdem.

Bestimmt sagen das alle Kinder in der Siedlung, Onkel Heinrich ist so lustig, obwohl er ein Holzbein hat, das kommt vom Krieg. Er wohnt ganz alleine in dem kleinen Haus hinter Reginas Garten; früher hat da auch noch Tante Ilse gewohnt, aber die ist dann weggezogen. Die Leute haben getuschelt. Tante Ilse war gar nicht Onkel Heinrichs echte Frau, die waren gar nicht wirklich verheiratet. Das war nur ein Bratkartoffelverhältnis, hat Mutti gesagt.

Die Erwachsenen mögen Onkel Heinrich nicht so gerne wie die Kinder, Karin weiß nicht genau, warum. Weil sie nicht so gerne lachen, vielleicht. Onkel Heinrich lacht immerzu, so ein großes, lautes Lachen, bei dem er einem fest in die Augen sieht, und dann zieht er einem plötzlich ein Radiergummi aus dem Ohr.

»Nanu, nanu!«, sagt Onkel Heinrich. »Wo bewahrst du denn deine Schulsachen auf?«

Und dann lacht er wieder sein großes Lachen, und wenn man ihn fragt, wie er das gemacht hat, *bitte, Onkel Heinrich, sag mal!*, dann lacht er nur noch lauter.

»Wie, gemacht?«, fragt Onkel Heinrich. »Kann ich was dafür, wenn du dein Radiergummi im Ohr aufbewahrst?« Und lacht und lacht.

»Waffen-SS?«, sagt Regina. »Das waren die, die das alles in den KZs gemacht haben. Und im Krieg haben sie in den anderen Ländern ganz normale Menschen erschossen, Kinder zum Beispiel, und sie haben Dörfer angezündet …«

»Das sagt deine Oma!«, sagt Karin.

»Aber das stimmt!«, sagt Regina. »Die hat schließlich damals gelebt!«

»Doch nicht Onkel Heinrich!«, sagt Karin. »Das glaubst du doch wohl selber nicht!«

Von Onkel Heinrich hat Karin »66« gelernt, das ist nicht so schwierig wie Skat. Alle Kinder haben das von Onkel Heinrich gelernt, sogar Uwe kann das jetzt schon spielen. Dabei geht er doch noch gar nicht zur Schule und die Zahlen kennt er auch nicht richtig.

»Oh, oh, oh, da kommt schon wieder deine feine Madam angelatscht!«, sagt Onkel Heinrich, wenn Karin ihre Pikdame auf seine Pikneun klatscht, und er verzieht ganz verzweifelt das Gesicht. »Na, nu hast du mir aber eingemacht, was, Marjellchen?«

Onkel Heinrich kommt auch aus Ostpreußen, aber übers Haff geflohen ist er nicht, das hätte er mit seinem Holzbein vielleicht auch gar nicht geschafft. Fünfundvierzig, da war er in Gefangenschaft beim Iwan. »Wie macht ihr Gören das bloß? Immer schlagt ihr mich, na, da will ich aber Revanche!«

Und die geben sie ihm gerne und wieder verliert Onkel Heinrich: gegen Karin, gegen Regina, sogar gegen Uwe; und lacht und lacht. Und natürlich weiß Karin, dass er schummelt, immerzu schummelt Onkel Heinrich, damit die Kinder gewinnen können, und zaubert ihnen Radiergummis aus dem Ohr.

»Der hätte doch so was nicht gemacht!«, sagt Karin und denkt an die Kinder mit dem Stern, denen hätte Onkel Heinrich doch bestimmt geholfen. Radiergummis hätte er ihnen aus den Ohren gezaubert und sie gewinnen lassen, Onkel Heinrich hätte nichts Schreckliches gemacht.

Regina lacht. »Da fragst du vielleicht lieber nicht nach!«, sagt sie. »Ich sag ja nicht, dass er direkt was

gemacht hat. Ich sag nur, dass er bei der Waffen-SS war, und was die gemacht hat, sagt meine Oma, das ist nun wirklich ziemlich unvorstellbar.«
»Aber bestimmt nicht alle!«, sagt Karin. »Doch nicht alle davon, du, Regina!«
Und sie denkt, dass die, die etwas Schlimmes getan haben, dann doch bestimmt auch bestraft worden sind. Wenn Onkel Heinrich nicht im Gefängnis sitzt, hat er auch nichts Schlimmes getan.
Regina zuckt die Achseln. »Mutti sagt, sie will das alles lieber gar nicht so genau wissen«, sagt sie. »Wir sind nun mal alle Nachbarn und gute Nachbarschaft ist wichtig. Und vorbei ist vorbei.«
Karin öffnet die Gartenpforte. Vorbei ist eben nicht vorbei, denkt sie. Nicht, wenn man etwas erst mal weiß. Dann ist es da, für immer.
Mutti sitzt auf Vatis Gartenklappstuhl und schnippelt Stangenbohnen für ihre Einmachgläser.
»Noch fünf Minuten, dann können wir essen!«, sagt sie und steht auf. Sie wischt sich die Hände an der Schürze ab.
Bei Mutti haben keine Juden gewohnt, denkt Karin. Und Vati war nicht bei dieser Waffen-SS, nur ein ganz normaler Soldat, und hat an der Ostfront gegen den Iwan gekämpft. Gut. Gut, gut, gut. Da muss sie keine Angst davor haben, was er getan hat, er hat ja nur zurückgeschossen. Man darf sich verteidigen.

»Und wasch dir noch schnell die Hände!«, sagt Mutti. Aus dem Küchenfenster kommt Radiomusik, »Zwei kleine Italiener«, und auf dem Weg spielen die Kleinen schon wieder im Kreis.

Teil 2

DIE VERTREIBUNG

Februar 1962

8.

»Ist schon wieder die Heimat futsch, nu«, sagt Oma Domischkat, dann muss sie husten. »Nu, schon wieder, Marjellchen. Ja, wenn der Herrgott das will – nu, wir leben ja. Wir leben.«

Dabei glaubt Oma Domischkat ja gar nicht an Gott, nur wenn es schlimm ist. Ihr Arm in der fremden Wolljacke greift nach Karin auf der Strohschütte nebenan. »Wird alles wieder gut, Marjellchen«, sagt sie. »Wirst schon sehen. Wird alles wieder gut.«

Karin rührt sich nicht. Vielleicht, wenn Mutti jetzt da wäre. Ihr den Arm um die Schultern legen würde, wenn sie sagen würde, wie sie das oft tut: »Nun reiß dich aber mal zusammen, Karin, was soll die Anstellerei! Den andern geht es auch nicht besser!«

Aber Mutti ist nicht da, *Ringel, Rangel, Rosen.*

An der gegenüberliegenden Wand hustet ein Kind so sehr, dass es würgt. Oder Vati könnte sie trösten, im-

mer ist es Vati, der sie tröstet. Wenn er da wäre. Er ist noch nicht da. Noch nicht.
»Karin!«, sagt Oma Domischkat. So schlimm ist ihr Husten längst nicht. »Marjellchen! Sieh mir mal an, hast noch gar nicht gemerkt: Wir sind gerettet!«
Karin dreht sich zu ihr hin. Sie lächelt ein bisschen, doch, das geht.
Das kann sie. *Ringel, Rangel, Rosen.*

»Der Schock«, sagt der Mann, der mit seiner Familie die Lager neben ihnen belegt hat. Sie haben eine Wäscheleine gespannt zwischen den Schlafplätzen, über die Leine haben sie eine Wolldecke gehängt. So ist es fast, als ob jede Familie einen Raum für sich alleine hätte. »Das Mädel hat einen Schock.«
Wieso ist er hier? Die Männer sind alle helfen.
Karin kennt ihn nicht, aber sie weiß, dass sie sein Gesicht schon einmal gesehen hat, früher. Vielleicht an der Straßenbahnhaltestelle oben am Deich. Das heißt jetzt früher.
Und das mit den Wolldecken ist auch nur Betrug. Die Decke zwischen ihnen und dem Mann ist grau und rot schottisch kariert und verwaschen. So ein altes Ding. Dass die Leute sich nicht schämen, so ein altes Ding zu bringen. Jetzt hängt sie zwischen dem Mann und Karin, und obwohl sie verwaschen aussieht, riecht sie merkwürdig. Natürlich hatten die

Leute keine Zeit, ihre Decken noch schnell zu waschen. Aber trotzdem. Dass die sich nicht schämen. Das mit den Wolldecken an der Leine ist Betrug. Man hört dahinter jeden Laut. Man riecht auch alles. Zu Hause hat Karin mit Uwe zusammen schließlich beinahe ein eigenes Kinderzimmer. Nur der Kleiderschrank musste da natürlich auch noch mit rein, wie hätten Mutti und Vati den wohl noch ins Wohnzimmer quetschen sollen. Da ist es sowieso eng, jetzt, wo sie auch noch den Fernseher haben und die Musiktruhe. Wenn Mutti und Vati nachts das Sofa ausklappen, muss ja sogar der Tisch zur Seite geschoben werden.

Musste. Der Tisch *musste* zur Seite geschoben werden.

»Wird alles wieder gut!«, sagt Oma Domischkat und legt sich zurück. »Wirst schon sehen! Kommt schon wieder, die Mutti.«

Ringel, Rangel, Rosen, alles wird wieder gut. Mutti zurück, Vati zurück, *Ringel, Rangel,* sei still, Oma Domischkat, *Ringel, Rangel, Rosen,* sei still.

»Wirst schon sehen.«

Oma Domischkat hat keine Leine gespannt. Sie hat mit Karin zusammen auf dem Dach gewartet, jetzt gehören sie zusammen. Oma Domischkat hat ja sowieso sonst niemanden, das war schon immer so, fast

immer. Opa Domischkat ist doch gestorben, als Karin noch ganz klein war.
»Das Herz«, hat Oma Domischkat gesagt. »Sein Herz war gebrochen, weil er die Heimat nun niemals wiedersehen sollte. Nu, nu, nu. Einfach gebrochen.«
Mutti hat gesagt, vielleicht war es tatsächlich sein Herz, woran er gestorben ist, aber bestimmt nicht, weil es gebrochen war. Er hatte auch Wasser in den Beinen. Und dann fünfundvierzig die Flucht über das Haff, da war er ja auch schon bald sechzig. Das steckt in dem Alter keiner mehr so weg.
Karin wirft einen Blick zur Seite, wo Oma Domischkat an ihrer Wolldecke zupft, schwarz mit komischen gelben und roten Balken. Zupf, zupf, zupf. Die ist auch nicht neu, die Decke. Vielleicht haben die Leute einfach eingepackt, was sie gerade hatten, als sie den Aufruf im Radio gehört haben. Eingepackt und an den Sammelstellen vorbeigebracht. Hat ja nicht jeder nagelneue Wolldecken zu Hause, das kann man nicht erwarten. Dann ist es doch nett von den Leuten, auch wenn die Decken alt sind und riechen.
Und Oma Domischkat ist ja wirklich fast wie eine Oma, es ist ganz in Ordnung, dass sie jetzt mit Karin im selben Wolldeckenabteil wohnt. Wolldeckenabteil, so kann man das nennen.
»Nenn-Oma«, sagt Mutti immer.
Hat gesagt. Ringel, Rangel, Rosen.

Irgendwo in der Turnhalle hört Karin jemanden schluchzen.

»Die kommen gerade von der Eisbahn«, sagt der fremde Mann. Vielleicht kennt sie ihn ja von der Straßenbahnhaltestelle oben am Deich. Nicht ganz fremd. »Da kann man schon heulen.« Seine Hose rutscht. Sie ist zu groß, aber sie sieht neu aus. Die Leute sind *doch* nett. Großzügig.

»Karin, sieh mir mal an!«

Sie muss sich zusammenreißen.

»Musst nicht immer daran denken, hörst du? Haben viele was gesehen hier. Musst nicht dran denken. Wird alles wieder gut.«

Karin nickt. Sie lächelt, doch, das kann sie.

»Na, Gott sei Dank!«, sagt der fremde Mann. »Deine Mutti wird schon kommen. Dein Vati auch. Zergrübel dir mal nicht den Kopf. Ist ja noch nicht lange. Man muss nicht immer gleich das Schlimmste denken.«

»Nee«, flüstert Karin. »Ich lauf mal ein bisschen rum.«

»Ja, das tu du man«, sagt Oma Domischkat. »Erzähl mir, wen du triffst. Deine Regina haben wir hier auch noch nicht gesehen, was, Marjellchen, und Waldemar und Lotti. Na. Geh du mal gucken. Und dann gibst Bescheid.«

Karin nickt. »Ja«, flüstert sie.

»Werden ja wohl nicht alle auf der Eisbahn sein«, murmelt Oma Domischkat in ihre Wolldecke.
Ringel, Rangel, Rosen.
Bestimmt sollte Karin das nicht hören.

Das Wasser ist schnell gekommen, man glaubt gar nicht, wie schnell das Wasser kommen kann. Das hätte niemand geglaubt, sonst wären sie doch nicht alle noch ins Bett gegangen. Sonst wäre Vati doch nicht noch zur Arbeit gegangen, Nachtschicht, und hätte seine Familie alleingelassen.
Sturmflutwarnung für die Nordseeküste, haben sie am Nachmittag im Radio gesagt. *Wasser bis zu drei Meter über Normalnull. Orkan, Windstärke elf bis zwölf.*
»Die armen Menschen!«, hat Vati gesagt. »Na, sind wir froh, dass wir hier im Trockenen sitzen, was, Schietbüdel?«
Im Fernsehen in der Tagesschau war nichts, so was interessiert Karin auch nicht. Wasser über Normalnull ist oft. Windstärke sonst was auch. Sie hat das nur geguckt, weil gleich »Familie Hesselbach« kommt, das darf sie sehen, auch wenn morgen Schule ist. Oma Domischkat guckt auch wieder bei ihnen und Waldemar und Lotti. Vati kann nur den Anfang sehen.
»Nee, wie die babbeln!«, sagt Waldemar und wischt sich eine Lachträne aus dem Gesicht. »Babbeln!«

Vati und er haben ein Bier aufgemacht, für die Damen gibt es ein Likörchen. Oma Domischkat hat wieder Salzstangen mitgebracht, und Mutti hat vorhin noch schnell Fliegenpilze gemacht aus Eiern und Tomaten und Mayonnaise, die sehen immer so schön aus. Nur dass Karin keine Tomaten mag. Und auf die Spießchen mit dem Käse soll sie sich nicht gleich stürzen, hat Mutti gesagt. Die sind abgezählt. Schweizer Käse kostet Geld, und ein Glück, dass man im Februar keine Weintrauben kriegt, sonst hätten die auch noch draufgemusst. Jetzt hat Mutti einfach Apfelsine genommen, das ist billiger, das geht auch.

»Ja, die babbeln hessisch!«, sagt Vati und trinkt den letzten Schluck aus seiner Flasche. Er wischt sich mit dem Handrücken über den Mund. »Ich muss jetzt.«

Waldemar hat sich schon den zweiten Fliegenpilz genommen, Mutti kriegt ganz schmale Augen. »Wir hatten so einen bei uns in der Kompanie, an der Ostfront war das«, sagt er. »Alfons hat der geheißen, kann ich mich noch gut erinnern. Was ist aus dem geworden? Bauchschuss, glaub ich. Hast du noch ein Bierchen, Gerda?«

Mutti nickt. Ihr Mund ist jetzt auch ganz schmal. Wenn sie sich jedes Mal so über Lotti und Waldemar ärgert, soll sie sie doch nicht immer einladen.

»Einladen, die!«, sagt Mutti. »Das sind Schmarotzer. Die laden sich selber ein, wenn es was gibt, was sie gucken möchten. Selbst haben sie ja immer noch keinen Fernseher. Aber revanchieren könnten sie sich schon mal mit einer Gegeneinladung. Oder was mitbringen, wie Oma Domischkat das macht. Zwar immer nur Salzstangen, aber na ja.«

Karin hat nichts dagegen, dass Waldemar noch ein Bierchen will. Dann redet er wenigstens nicht weiter vom Krieg. Das stört doch, wo Mama Hesselbach jetzt wieder so schimpft. So eine schrille Stimme hat sie. »Ei, Babba!«, das sagt sie immer. Man muss sich nur mal vorstellen, dass Mutti das zu Vati sagen würde. »Ei, Babba.«

Vati hat Waldemar auch gar nicht geantwortet. Er ist aufgestanden, er muss zur Schicht, aber er guckt von der Tür aus immer noch auf den Fernseher. »Hier, Waldemar, dein Bier!«, sagt Mutti.

»So, jetzt muss ich wirklich!«, sagt Vati und gibt Karin einen verrutschten Kuss auf den Kopf. Uwe ist ja bei Hans-Jürgen Kandzien, der hat Geburtstag.

Oma Domischkat lacht und zeigt auf den Bildschirm. »Nee aber auch!«, ruft sie. »Die Mama!«

Jetzt hat Karin gar nicht mitgekriegt, was die Mama wieder gesagt hat. Nur wegen Waldemar.

So ist das gewesen, genau wie immer. Lotti und Waldemar sind dann auch bald gegangen, gleich nachdem der Film zu Ende war. Waldemar hat Früh-

schicht, *ja, Sonnabend, was heißt schon Sonnabend im Hafen, was? Da kann dein Mann doch auch ein Lied von singen, was, Gerda?*
Oma Domischkat ist noch geblieben, abwaschen helfen.
»Telefonitis!«, sagt sie und lacht. »Ja, die modernen Zeiten!«
»Telefonitis«, so hat die »Hesselbach«-Folge geheißen. Karin hätte auch gerne ein Telefon. In ihrer Klasse haben manche eins, aber hier in der Siedlung nicht.
»Hört ihr das auch?«, fragt Mutti. Mit dem Küchenhandtuch in der Hand geht sie ans Fenster. »Du meine Güte, der Sturm wird immer noch nicht weniger. Die armen Leute an der Küste, was? Ich glaub, das ist der Karnickelkäfig, Karin. Geh mal nachgucken. Da scheppert die Tür. Hast du vorhin den Haken nicht vorgemacht? Aber zieh dir die Jacke an.«
»Ach, nee!«, sagt Karin. »Nee, Mutti, der ist zu! Das scheppert bloß!«
»Geh nachgucken, hab ich gesagt!«, sagt Mutti. »Und nicht in den Puschen! Zieh Schuhe an!«
Daran musste Karin in der Nacht plötzlich denken, *nicht in den Puschen. Zieh dir Schuhe an.* In der Nacht hat keiner mehr so was gesagt.
Der Sturm reißt ihr die Haustür aus der Hand, dass sie gegen die Wand schlägt, es ist sogar noch schlimmer

geworden als am Nachmittag. Am Nachmittag war es spaßig, sie hat mit Regina Fliegen gespielt, Mantel aufgeknöpft und Arme ausgebreitet und dann geflogen. Regina ist hingefallen, der Wind hat sie so vor sich hergetrieben, dass sie hingefallen ist, oben auf dem Deich. Unten in der Siedlung war es vielleicht nicht ganz so schlimm.

Mutti hat sie nichts davon erzählt, Mutti findet solche Spiele albern für ein Mädchen, das schon vierzehn ist. Aber so oft gibt es keinen Sturm, bei dem man Fliegen spielen kann, so doll ist er. Man muss es ausnutzen.

»Karin?«, ruft Mutti aus der Küche. »Was soll denn das? Mach die Tür hinter dir zu, das kühlt ja alles aus hier drin!«

»Geht nicht!«, ruft Karin. Der Wind drückt die Tür gegen die Hauswand, das hätte sie nie gedacht, dass sie es nicht schaffen kann, die Tür wieder zuzuziehen. Nicht mal, wenn sie beide Hände nimmt. »Ich komm nicht gegen an!«

Vielleicht hat Mutti sie in dem Sturmheulen nicht gehört. »Karin!«, sagt sie. Steht im Flur, Karin sieht, dass sie ärgerlich ist. »Briketts kosten Geld!«

Dann sieht sie, wie Karin am Türgriff zerrt.

»Du meine Güte!«, sagt Mutti. Plötzlich ist der Wind still, nicht für lange. Es reicht, dass Mutti die Tür zuziehen kann. Sie ruft Karin irgendwas hinterher.

Die Tür zum Kaninchenkäfig ist eingehakt, das hat Karin ja gewusst. Der Wind rüttelt daran, dass es scheppert. Fritz und Fratz sitzen mit dem Hinterteil zum Wind in der hintersten Ecke.
»Na bitte!«, sagt Karin. »Noch sicherer kann ja niemand sein, was, ihr zwei? Als ob ihr ausbüxen würdet!«
Aber Fritz und Fratz drehen sich nicht zu ihr um. Kommen nicht wie sonst, weil sie wissen, jetzt gibt es Futter. Vielleicht ist für Kaninchen so ein Sturm gruseliger als für Menschen. Die verstehen ja nicht, dass ihnen nichts passieren kann, wenn die Käfigtür zu ist. Vielleicht mögen sie das Heulen auch einfach nicht hören. Kaninchen haben ein besonders feines Gehör, sagt Oma Domischkat. In Ostpreußen hatten sie auch immer welche.
»Schlaft schön, Fritz und Fratz!«, sagt Karin und klopft auf das Käfigdach. Ihr ist bibberkalt, da hilft auch die Jacke nichts.
»Mutti!«, ruft Karin. Es ist doch verrückt, zuerst hat sie die Tür nicht zugekriegt und jetzt kriegt sie sie nicht auf. »Mutti!«
Aber dann ist der Wind wieder für einen Augenblick still und da schafft sie es doch.
»Brrr, bin ich durchgefroren!«, sagt Karin.
Sie weiß ja noch gar nicht, was Frieren heißt. Sie hat ja keine Ahnung.

Im Flur steht Oma Domischkat schon im Mantel. »Ja, dann dank ich euch für den schönen Abend, Gerda!«, sagt sie.
»Wir haben zu danken!«, sagt Mutti. »Die restlichen Salzstangen essen wir dann das nächste Mal, die tu ich solange weg. Nicht wieder extra welche mitbringen, hörst du!«
Darüber wird sich Oma Domischkat nun nie wieder Gedanken machen müssen.

9.

Manche Leute liegen nicht auf Stroh, es gibt auch welche, die Luftmatratzen haben. Sind die auch von den Sammelstellen gekommen? Haben sie im Radio auch dazu aufgefordert, Luftmatratzen zu bringen? Manche Leute haben ja ein Zelt, auch in der Siedlung, so was hätte Karin auch gerne. Manche Leute fahren im Urlaub bis nach Italien und bauen ihr Zelt auf.
Jetzt liegen ihre Luftmatratzen auf dem Turnhallenboden, vielleicht kommen die nie wieder nach Italien. Oder werden sie später an die Sammelstellen zurückgebracht, können die Leute sich ihre Luftmatratzen dann da wieder abholen? Und ihre Wolldecken.
»Mädchen!«, sagt eine Frau. Nicht alle Frauen sind Krankenschwestern, diese hier hat keine Haube auf und keine Schürze umgebunden. »Möchtest du was Heißes zu trinken? Du siehst ja ganz blass aus, Kind!«
Ganz normale Frauen schenken Tee aus, verteilen

Brot. Vielleicht haben sie im Radio auch dazu aufgerufen zu helfen, dann sind die Frauen gekommen. Die Frauen, bei denen zu Hause alles so ist wie immer, das gibt es.

In einem Klassenraum haben sie Klappliegen, die sind zum Zusammenfalten. Die Beine so gekreuzt und oben Segeltuch. Karin kennt auch hier niemanden, die Leute sehen fragend auf. Das ist jetzt ihr Raum, das ist jetzt ihr Zuhause, besser als nichts, das gehört jetzt ihnen. Karin gehört nicht dazu, das sehen sie, nachdem sie sie kurz hoffnungsvoll gemustert haben, jetzt fragt ihr Blick nicht mehr, jetzt wird er abweisend. Ich will doch gar nichts, ich will doch gar nichts. Ich suche doch bloß.

Wo kommen die Klappliegen her, die kommen bestimmt von den Soldaten.

Dies ist nicht Karins Raum, Karin gehört in die Turnhalle.

»Karin?«, ruft eine Stimme, die sie kennt, »Karin? Karin, hallo, hier sind wir!« Ganz aufgeregt.

»Rita!«, sagt Karin. Ritas Haare sind nicht toupiert heute, sie ist auch nicht geschminkt. In der Schule ist sie doch immer geschminkt und wenn sie zur Bank an der Dove Elbe geht. Da trifft sie sich mit den Jungs, dann hören sie Musik aus dem Kofferradio. »Igitt«, sagt Mutti, »und ist grade mal vierzehn.«

Hat getroffen. Hat gehört. Hat gesagt.

Jetzt sieht Rita ganz fremd aus, sie ist auch so freundlich. »Karin, hast du Harald gesehen? Meine Mutti ist schon ganz verrückt, weil sie nicht weiß, wo Harald ist! Der ist nicht mit uns zum Deich …«
»Weiß ich nicht«, sagt Karin. Harald ist ihr doch egal. Vielleicht hilft er bei den Männern, die Männer helfen doch alle. »Hab ich nicht gesehen.«
Sie wundert sich nicht, dass Harald ihr egal ist. Sie fragt nicht: »Und meine Mutti? Hast du meine Mutti gesehen? Und meinen Vati? Und Uwe?« Sie sucht lieber selbst.
»Karin!«, ruft die fremde Rita ihr hinterher. »Karin, wo gehst du denn schon wieder hin? Wir können doch …«
Karin dreht sich nicht um. In der Schule redet Rita auch nie mit ihr.
Als sie auf den Flur kommt, steht die Frau wieder da: »Mädchen!«, sagt sie. Es gibt so viele Klassenräume an diesem Flur, Karin hat ja längst noch nicht überall nachgeguckt. »Vielleicht kann ich dir doch helfen! Wen suchst du denn? Soll ich mal …«
Karin guckt in den nächsten Raum, wieder Klappliegen, wieder graue Wolldecken. Keiner, den sie kennt. Vielleicht findet sie nie mehr jemanden, den sie kennt. Nur Rita. Ausgerechnet Rita.
Die Welt dreht sich, alles wirbelt durcheinander. »Mädchen!«, ruft die Frau.

Sie haben sie auf eine Luftmatratze gelegt, jetzt liegt Karin auch auf einer Luftmatratze, wie in Italien. Das Letzte, was sie gedacht hat, war, dass sie sich übergeben muss. Aber sie hat sich nicht übergeben. Ihr war so übel, aber sie ist nur umgekippt, das ist besser. Nicht so eklig. Nicht so peinlich.

»Geht es besser?«, fragt die Frau.

Karin macht die Augen zu. Sie schüttelt den Kopf, aber das ist gelogen, man kann auch ohne Worte lügen.

Wenn man umgekippt ist und es noch nicht besser geht, lassen sie einen in Ruhe. Aber hinter den geschlossenen Augen kommt es alles wieder zurück.

Nicht.

Ringel, Rangel, Rosen.

Nicht.

Als sie ins Bett gegangen sind, war es schon spät. Wegen »Familie Hesselbach«. Und weil sie noch abgewaschen haben.

Aber morgen ist Sonnabend, da sind nur drei Stunden Schule.

»Dann macht es nichts, wenn du mal weniger Schlaf hast«, sagt Mutti. »Dass dieser Wind aber auch immer noch nicht aufhört!«

In ihrem Kinderzimmer ist Karin heute Nacht alleine, das ist schön. Uwe ist zum Geburtstag bei Hans-

Jürgen Kandzien, da darf er übernachten. Hans-Jürgen ist sechs geworden, er hat einen Schulränzel gekriegt.

Als das Licht aus ist, stellt Karin sich vor, dass sie das Zimmer ganz für sich alleine hat, immer. Seit dem Sommer wünscht sie sich das so doll, ein Zimmer ganz für sich alleine. Wie Katrin, die haben oben am Deich ein richtiges großes Haus. Oder sie könnte ein eigenes Zimmer in ihrer neuen Wohnung kriegen. Mutti will doch schon so lange eine Wohnung haben.

»Immer dieser Behelfskram!«, sagt sie.

»Was hast du?«, sagt Vati. »Haben wir hier nicht das Paradies?«

Dann macht Mutti die Lippen schmal.

Mutti möchte in eine richtige Wohnung ziehen, so viele Wohnungen werden doch gebaut.

»Das ist teuer«, sagt Vati.

Wohnungen kosten Miete und ihr Haus kostet gar nichts. Als sie es gekauft haben, hat es auch nicht viel gekostet, Behelfsheim, sagen die Leute, die in festen Häusern in den alten Stadtteilen wohnen, aber in der Siedlung sagt das keiner. Sind doch alle so, die Häuser. Und haben Gärten, da wachsen nicht nur Kartoffeln, auch Erdbeeren und Stachelbeeren und Johannisbeeren. Und ein Blumenbeet gibt es trotzdem überall.

»Kartoffeln müssen sein«, sagt Mutti. »Wenn wir in

der Hungerzeit unsere eigenen Kartoffeln gehabt hätten ...«

Die Hungerzeit war nach dem Krieg, da war Karin zum Glück noch nicht geboren. Eine Zeit, in der man sich sogar über Kartoffeln freut, hat sie ganz gerne verpasst. Und über Krieg und das alles damals will Karin sowieso lieber nicht mehr nachdenken, das hat sie sich im Sommer vorgenommen. Dann fallen ihr nur komische Fragen ein.

»Und was willst du dann mit einer Wohnung?«, fragt Vati. »Wo willst du da deine Kartoffeln pflanzen? Auf dem Balkon?«

Dann lacht er und Karin lacht auch. Dabei weiß sie gar nicht genau, wem sie nun recht geben soll, Vati oder vielleicht doch Mutti.

Eine richtige Wohnung wäre schön, mit einem richtigen Zimmer für Uwe und einem für sie. Und einem Wohnzimmer und einem Schlafzimmer, und alle Zimmer so lang, dass man richtige Betten reinstellen kann. In der Siedlung haben die meisten Behelfsheimlänge. Das kann man extra bestellen.

»Und was soll daran schlecht sein?«, fragt Vati.

Aber eine Wohnung hätte keinen Garten und Oma Domischkat wäre nicht mehr ihre Nachbarin und Onkel Heinrich zwei Gärten weiter. Auf Lotti und Waldemar könnte man natürlich gut verzichten.

Und im Sommer könnten die Männer da nicht sonn-

tags morgens im Garten sitzen und ihren Frühschoppen trinken, und Karin und Regina könnten nicht mehr unten in der Dove Elbe baden.
»Das Paradies«, sagt Vati und Mutti macht die Lippen schmal.
Adam und Eva sind auch nicht freiwillig aus dem Paradies verschwunden, vielleicht tut das niemand. Aus dem Paradies muss man vertrieben werden.

Und Karin hat versucht, ganz lange wach zu bleiben, um das Gefühl zu genießen. Ein eigenes Zimmer wie Katrin oben am Deich. Draußen hat der Wind geheult und Karin hat sich warm und kuschelig gefühlt unter ihrer Decke. Aber dann ist sie doch eingeschlafen, das tut man ja immer. Karin versteht nicht, warum Oma Domischkat ständig jammert, dass sie nicht einschlafen kann. Dabei nimmt sie schon Baldrian.
Vielleicht hat Oma Domischkat das an diesem Abend nicht getan, oder vielleicht war sie auch noch zu aufgekratzt, weil Mama Hesselbach immer so babbelt. Oder der Sturm hat sie wach gehalten mit seinem Heulen. Und plötzlich war sie da.
Plötzlich hat Karin gehört, wie sie von draußen gegen das Fenster geschlagen hat, nicht geklopft: getrommelt, wild. »Karin!«, hat sie geschrien. »Gerda!«
Zuerst wollte Karin glauben, dass es vielleicht nur in ihrem Traum war, sie hat sich auf die Seite gedreht.

Aber das Trommeln und Schreien ist weitergegangen. Dann hat sie plötzlich Mutti gehört, die hat auch gerufen.
»Karin!«, hat sie gerufen und Karin an der Schulter gezerrt. »Aufstehen! Mach schnell, Kind! Zieh dich an!«
Karin hat sich auf den Rücken gewälzt, ganz langsam ist ihr Traum verschwunden. Der Traum, in dem jemand an ihr Fenster geschlagen hat. »Ist was mit Oma Domischkat?«, hat sie gefragt. So müde wie immer, wenn Mutti sie weckt, nicht mal am Sonntag will Mutti sie richtig lange ausschlafen lassen. Ganz normal müde.
Mutti hat den Kopf geschüttelt. Warum hat sie denn nicht das Licht angeschaltet? »Mach schnell!«, hat sie gesagt. »Wir haben Wasser im Haus. Ich weiß auch nicht, wo das auf einmal herkommt!«
Einen Augenblick lang hat Karin wieder gedacht, dass das jetzt aber doch ein Traum sein muss, Wasser im Haus, wo gibt es denn so was. Aber dann hat sie die Augen aufgemacht und da hat sie es gesehen. Das Wasser war nicht hoch, so ungefähr bis zu Muttis Knöcheln.
»Draußen auch!«, hat Mutti gesagt. »Mein Gott, wo kommt das denn jetzt bloß so plötzlich her?«
Karin hat sich im Bett aufgesetzt. Muss man aufstehen, wenn ein bisschen Wasser auf dem Fußboden

steht? Es ist kalt im Kinderzimmer, sie feuern da nicht ein und unter der Bettdecke war es so schön warm. Das geht schon wieder weg, das Wasser. Das läuft in die Gullys. Warum hat Mutti sie geweckt.
»Karin!«, sagt Mutti und jetzt rüttelt sie richtig an ihren Schultern. »Nun schlaf mir doch nicht wieder ein! Reiß dich zusammen, Mädchen!«
Wahrscheinlich will Mutti, dass sie beim Aufwischen hilft, ja klar. Wenn das nicht nur in Karins Zimmer steht, in Karins und Uwes Zimmer, sondern im ganzen Haus. Dann ist das viel Arbeit. Aber das können sie doch auch morgen früh noch machen.
»Mein Gott, es steigt!«, sagt Mutti. »Karin! Man kann ja richtig zugucken, wie es steigt! Das muss ein Wasserrohrbruch sein! Was für ein Glück, dass Uwe bei Kandziens ist! Steh auf, Mädchen, wir müssen ins Trockene! Das gibt sonst eine Lungenentzündung! Komm ins Wohnzimmer, da setzen wir uns auf den Tisch, bis es wieder abläuft!«
Da ist Karin richtig wach geworden. Sie hat es auch gesehen, das Wasser ist gestiegen, ganz langsam. Wenn man einen Augenblick wegguckt und dann wieder auf dieselbe Stelle, dann steht es plötzlich höher. Die kleinen geschwungenen Füße vom Kleiderschrank sind schon ganz verschwunden.
Im Wohnzimmer sitzt Oma Domischkat auf dem Klappsofa. »Gerda!«, sagt sie. »Das ist der Weltunter-

gang, Gerda, glaub du mir! Haben ja immer alle gelacht, aber muss doch kommen, der Tag des Jüngsten Gerichts mit Heulen und Zähneklappern! Und werden sitzen die Gerechten zur Rechten Gottes …«

»Nun sei doch um Himmels willen still, Oma Domischkat!«, sagt Mutti. »Lass das Gerede!« Sie guckt sich um und Karin begreift: Mutti weiß auch nicht, woher das Wasser kommt. Was das alles bedeutet. Und was man jetzt tun muss.

Beim Wasserrohrbruch kann man auf den Tisch steigen. Beim Weltuntergang kann man nicht viel tun.

»Auf den Tisch, Karin«, sagt Mutti. »Es steigt immer noch weiter.« Auf einmal klingt sie ganz ruhig. Sie geht an den Wohnzimmerschrank, echt Eiche, den haben Mutti und Vati von Vatis Freund Gustav gekriegt. Gustav war ausgebombt, aber der Schrank ist heil geblieben, komisch. Echt Eiche hält was aus, aber seine Füßchen sind jetzt auch schon unter Wasser. Und die untere Kante der unteren Türen, gleich läuft das Wasser da rein. Holz verzieht sich, wenn es nass wird. Echt Eiche vielleicht nicht so schnell.

Mutti öffnet die rechte untere Tür. »Die Sachen«, sagt Mutti. »Nimm du mal, Karin, bevor mir das hier drin alles durchweicht.«

Als sie zum Tisch watet, um ihr die Tasche zu geben, sieht Karin, dass das Wasser ihr jetzt schon fast bis zum Knie reicht. Der Weltuntergang.

Die Tasche hat Mutti immer gepackt im Wohnzimmerschrank, das hat sie im Krieg gelernt. Da gab es nachts immer Alarm, dann musste man ganz schnell in den Luftschutzkeller, wenn die Bomben kamen. Da hatte man immer seine Papiere gepackt, hat Mutti erzählt, und sie hatte auch immer saubere Unterwäsche zum Wechseln und ihre Zahnbürste. Die wichtigsten Dinge eben, wenn hinterher die Wohnung weg war. Bei vielen Menschen war hinterher die Wohnung weg, bei Mutti ja auch. Da war es ein Glück, dass sie wenigstens ihre Tasche mit den sauberen Sachen und den Papieren bei sich hatte und mit den Feldpostbriefen von Vati aus Russland oder sonst wo. Nun denkt Karin doch an den Krieg.

Darum hat Mutti jetzt immer noch eine Tasche im Schrank, Reginas Mutter auch. Die Tasche ist blau-grün kariert. »Besser, man ist vorbereitet!«, sagt Mutti.

Karin hat das immer albern gefunden. Jetzt ist doch kein Krieg. Jetzt fallen doch keine Bomben. Wozu man da wohl die blau-grüne Tasche braucht.

»Nimm!«, sagt Mutti wieder und hält Karin die Tasche hin. Beim Weltuntergang hilft auch keine Tasche. Beim Weltuntergang hilft gar nichts.

Karin drückt die Tasche gegen ihren Schlafanzug. Ein Glück, dass es im Wohnzimmer noch so warm ist von ihrem gemütlichen Fernsehabend. Aber noch mal Briketts auflegen können sie nicht, das sieht sie. Das Wasser steht ja längst an der Ofentür.

Neben ihr auf dem Tisch sitzt Oma Domischkat mit ihrem grauen Wintermantel über dem Nachthemd. Sie hat die Knie angezogen wie Karin. Stehen geht nicht, dann stoßen sie mit dem Kopf oben gegen die Decke. Die ist auch Behelfsheimhöhe.

Oma Domischkat zittert, von der Kälte kann das ja nicht sein. »Das Jüngste Gericht!«, sagt sie zu Mutti. Oma Domischkat geht sonntags doch gar nicht in die Kirche. Wenn die Männer ihren Frühschoppen machen, steht sie mit den Frauen am Zaun und klönt oder sie kocht ihren Sonntagsbraten. Oma Domischkat ist nicht mehr in die Kirche gegangen, seit sie fünfundvierzig im Januar mit Opa Domischkat übers Haff geflohen ist.

»Haben ja manche danach erst recht gebetet, Marjellchen!«, hat sie Karin erzählt. »Haben dem Herrgott auch noch gedankt, dass er sie gerettet hat! Aber ein Gott, der das zulässt, nu, dass die Heimat futsch ist und mein kleiner Karl gefallen, wofür sollt ich dem wohl danken?« Darum macht sie sonntags nun ihren Braten, aus der Siedlung gehen sowieso nicht viele in die Kirche. Vielleicht, weil so viele aus Ostpreußen sind und alle ärgerlich auf Gott wegen der verlorenen Heimat. Warum redet Oma Domischkat dann plötzlich so? Das ist ja unlogisch. Es macht Karin Angst.

»Was noch?«, fragt Mutti. Sie hört gar nicht hin, was Oma Domischkat redet. »Falls wir hier länger auf dem Tisch hocken müssen? Ich hol mal schnell …«
Dann ist sie still. Sie sieht auf den Boden neben der offenen Wohnzimmertür, auf das Wasser neben der Wohnzimmertür. Und Karin sieht auch, was Mutti sieht, auf dem Wasser kommt der Flurläufer angeschwommen, ganz langsam, und daneben einer von Vatis guten schwarzen Schuhen: kommt angeschwommen wie ein kleines Boot, es ist ja fast zum Lachen, es sieht komisch aus.
»Nein!«, sagt Mutti. Ihre Stimme ist jetzt ganz ruhig. Ganz fest, zittert kein bisschen. »Nein, das geht nicht so. Es steigt ja immer weiter, Karin, das siehst du doch auch! Noch ein bisschen, dann schwimmt auch der Tisch. Dann bleibt ihr da oben auch nicht mehr trocken.«
Karin nickt. Das Wasser geht Mutti jetzt schon bis über die Knie, ihr Nachthemd hat sich vollgesogen. Bis hoch zum Bauchnabel ist das Nachthemd jetzt schon nass, aber vielleicht bemerkt Mutti das gar nicht. Jedenfalls interessiert es sie nicht. Sie watet auf den Flur, das ist jetzt schon nicht mehr so einfach. Überall schwimmen Sachen, Schuhe, Uwes gelbblauer Kipplader aus Plastik, der rote Ball mit den weißen Punkten.
»Nach draußen!«, ruft Mutti. »Karin! Oma Domisch-

kat! Wir gehen hoch zum Deich, bevor das Wasser noch weiter steigt!«
Karin springt vom Tisch, das Wasser spritzt. Die Tasche hält sie immer noch gegen ihre Brust gepresst. Bis zum Flur sind es nur ein paar Schritte, aber das Wasser ist eisig. Warum kommt Mutti ihr schon wieder entgegen?
»Die Haustür geht nicht auf«, sagt Mutti. »Da steht das Wasser schon gegen.« Vielleicht hört Karin in ihrer Stimme jetzt doch ein bisschen Angst. Die will sie nicht hören.
»Wir steigen aus dem Fenster!«, sagt Mutti. »Schaffst du das, Oma Domischkat?«
Sie hat das Wohnzimmerfenster noch kaum aufgehakt, da reißt der Sturm es ihr mit seinem lauten Heulen aus der Hand. Als es gegen die Hauswand schlägt, hört Karin das Klirren der Scheibe.
Und sie sieht. Der Weltuntergang.
Draußen, bis hoch zum Fenstersims, steht das Wasser. So weit sie sehen kann, alles unter Wasser, Oma Domischkats Garten, drüben Reginas Garten, Onkel Heinrichs Garten dahinter. Und aus dem Wasser ragen die Bäume mit ihren kahlen Ästen, an denen der Sturm rüttelt, und auf dem Wasser schwimmt der neue Gartenstuhl zum Klappen, auf den Vati so stolz war, und Uwes Sandförmchen, und mitten im Wasser steht Mutti, ganz starr.

»Das schaffen wir nicht mehr!«, sagt sie. Wieso kann Karin sie hören, wenn der Sturm so heult? »Bis hoch zum Deich kommen wir nicht mehr.«
Sie gibt Oma Domischkat die Hand, damit sie auch aus dem Fenster steigen kann, sie hockt ganz jammerig halb auf dem Fensterbrett. Und Karin sieht das Wasser und hört den Sturm, und dann hört sie auch noch etwas anderes, das sie bisher noch nicht bemerkt hat, dabei ist es doch bestimmt schon die ganze Zeit da gewesen.
Hilfeschreie. Die Menschen schreien um Hilfe.
»Ihr geht aufs Dach!«, sagt Mutti, und Karin sieht, wie sie zum Schuppen watet, da hängt die Leiter an der Wand. »Komm, Karin, hilf mir mal!«
Sie erinnert sich noch genau, an diese Minuten erinnert sie sich noch genau. Daran, dass das Wasser sich da noch kalt angefühlt hat und der Wind. Später nicht mehr.
Mit Mutti zusammen nimmt sie die Leiter aus den Haken und trägt sie die paar Schritte zum Haus. Und das Wasser saugt an ihren Beinen, und zum Glück ist das Haus nicht hoch, Behelfsheim, da schafft es sogar Oma Domischkat leicht die Leiter rauf; und zum Glück ist das Dach flach, Teerpappe, da kann man gut sitzen und rutscht nicht ab. »Hier, die Tasche, Karin!«, ruft Mutti.
Und Karin nimmt die Tasche, weil Mutti sie ihr hoch-

reicht, und dann zieht sie die Leiter hoch, weil Mutti sagt, dass sie das soll, und erst, als sie schon mit Oma Domischkat zusammen die Leiter aufs Dach gelegt hat, begreift sie, dass Mutti jetzt ja nicht mehr zu ihnen nach oben kann.

»Mutti!«, ruft Karin. »Mutti, komm doch!«

Aber Mutti watet schon auf den Zaun zu, dahin, wo früher die Pforte war, watet sie, und sie ist schon bis halb über die Oberschenkel im Wasser in ihrem nassen Nachthemd. »Ich muss Uwe holen!«, ruft sie, Karin glaubt, dass sie das ruft über dem Sturm. »Ich muss doch den Jungen holen!«

»Mutti!«, ruft Karin.

Auf dem Dach nebenan sieht sie Heinekes, Frau Heineke klammert sich an den Schornstein in ihrem Weihnachtspelzmantel, und ihr großer Sohn Otto, der mit dreißig immer noch zu Hause wohnt, weil er nicht arbeitet, *kann sich keine eigene Wohnung leisten, was, der Taugenichts!*, sitzt hinter ihr und hat die Arme um sie geschlungen.

So hat es angefangen. Und das war die Zeit, an die Karin sich noch genau erinnert.

10.

Die Frau hat eine Krankenschwester gerufen. Die hockt sich jetzt neben Karin, fühlt den Puls, legt Karin die Hand auf die Stirn; sie zieht ihr das Augenlid nach oben, sie schüttelt den Kopf. Sie ist in Eile. So viele Menschen hier, die Hilfe brauchen. Die wirklich Hilfe brauchen. »Da ist alles in Ordnung, soweit ich sehe«, sagt sie und ist schon wieder aufgestanden. »Nur die Erschöpfung. Und der Schock vielleicht. Woher kommt sie denn? Ist sie registriert?«
Karin sieht, wie die Frau die Achseln zuckt.
»Rufen Sie mich, wenn irgendwas ist«, sagt die Schwester und hat sich schon umgedreht. »Das ist einfach die Erschöpfung.«
Karin macht wieder die Augen zu. Wenn sie erschöpft ist, werden sie sie doch wohl in Ruhe lassen.
»Mädchen?«, sagt die Frau. Sie tippt ihr nur ganz sanft auf den Arm. »Bist du denn schon registriert? Wo sind denn deine Eltern?«

Karin weiß, dass sie jetzt antworten muss, sonst gibt die Frau keine Ruhe. »Nicht hier«, flüstert sie.
»Und registriert?«, fragt die Frau wieder. »Damit die dich finden können, wenn sie nach dir suchen?«
Wenn sie nach mir suchen. Falls.
Nicht: *Die suchen doch bestimmt nach dir.*
Wenn. Falls.
Wenn es sie noch gibt, *Ringel, Rangel, Rosen.*
»Als ich gekommen bin«, flüstert Karin. »Ein Mann hat alles aufgeschrieben.«
»Dann ist es ja gut!«, sagt die Frau. »Dann lass ich dich jetzt mal ein bisschen schlafen.«
Was ist gut? Die Frau weiß doch nicht, wovon sie redet. Geh weg.

Herr Heineke ist dann auch zu seiner Familie aufs Dach gestiegen, sogar Raudi hat er mitgenommen. Zuerst hat der gewinselt, jetzt ist er still. Mutti war da aber schon nicht mehr zu sehen. Es gab ja kein Licht mehr in der Siedlung, alles dunkel, kein Strom, nur irgendwo ein kleiner Lichtpunkt, da hatte jemand an eine Sturmlaterne gedacht.
Aber dann war der Punkt auch verschwunden. Vielleicht war das Öl verbraucht, vielleicht war der Sturm auch zu stark für die Sturmlaterne. Vielleicht war die Sturmlaterne ins Wasser gefallen, vielleicht war der Mensch, der sie gehalten hatte, ins Wasser gefallen.

Oma Domischkat ist ruhig jetzt. Sie jammert nicht mehr. Sie hält sich am Schornstein fest und sagt zu Karin, dass sie sich auch am Schornstein festhalten soll.
Oben am Deich ist Licht. Scheinwerfer. Es ist zu weit weg, man kann nichts hören, aber vielleicht stehen da Autos und leuchten mit ihren Scheinwerfern in die Siedlung. Warum kommt denn niemand und hilft ihnen? Warum stehen die da und leuchten sie an und tun nichts? Wo Scheinwerfer sind, ist kein Wasser, oben am Deich ist kein Wasser.
»Ist nicht der Weltuntergang, Marjellchen«, sagt Oma Domischkat. »Ist wohl nur der große Deich gebrochen, oben an der Chaussee. Halt dir gut fest. Kannst ganz beruhigt sein, Hilfe kommt schon noch.«
Ganz beruhigt sein.
Und überall rufen sie um Hilfe. Unter ihnen jetzt auch, ungefähr da, wo Muttis Blumenbeet sein muss, das ist ja nicht mehr zu sehen. Aber die oberen Zweige der Johannisbeerbüsche gucken ab und zu noch mal aus dem Wasser.
»Hilfe!«, schreit ein Mann. Karin kennt die Stimme nicht, hinter ihm sieht sie in der Dunkelheit einen Schatten. Vielleicht eine Frau. »Helfen Sie uns! Helfen Sie uns!«
Oma Domischkat stößt Karin an. »Die Leiter!«, sagt sie.

Karin nimmt die Arme vom Schornstein, wie kann Oma Domischkat plötzlich so ruhig und vernünftig sein. Natürlich, die Leiter.
Sie lassen sie über die Regenrinne gleiten, die Regenrinne biegt sich.
Es dauert, bis die Leiter im reißenden Wasser einen festen Stand auf dem Grund findet, sie sinkt ein, rutscht zur Seite, Karin hält sie ganz fest, Oma Domischkat hält sie ganz fest.
»Danke!«, flüstert der Mann, als er sich auf das Dach zieht. »Hilda, komm hoch!«
Aber hinter ihm ist niemand mehr. Der Schatten hieß Hilda. Jetzt ist der Schatten nicht mehr da.
»Hilda!«, brüllt der Mann. Doch, Karin hat ihn schon mal gesehen, in der Siedlung hat man alle schon irgendwann mal gesehen. Aber sie kennt ihn nicht. Sie weiß nicht, wie er heißt.
»Hilda!« Er richtet sich auf, das darf er nicht, dann bläst der Sturm ihn vom Dach, das ist dem Mann ganz egal. »Hilda!«
Mit den Augen sucht er das Wasser ab, das kann Karin nicht sehen, das weiß sie einfach, aber es ist dunkel da unten, kein Schatten zu erkennen. »Hilda!«
»Nu legen Sie Ihnen schon hin!«, ruft Oma Domischkat. Wie kann Oma Domischkat nur plötzlich so vernünftig sein. »Der Wind bläst Ihnen ja runter!«
Aber der Mann ist schon wieder an der Dachkante,

ist auf der Leiter, die Karin gerade wieder hochziehen wollte, steigt zurück ins Wasser. »Hilda!«, brüllt er. Das Wasser reicht ihm bis zu den Hüften, er dreht sich in alle Richtungen, er tut ein paar Schritte nach rechts, wo ihm die Pforte entgegengeschwommen kommt, nach links in Muttis Kartoffelbeet, dann watet er weiter in Richtung Deich. »Hilda!«

»Nu«, sagt Oma Domischkat. »Zieh wieder hoch, die Leiter.«

»Wo ist sie?«, flüstert Karin. Die Leiter fühlt sich schwerer an als vorhin. »Ich glaub, ich hab die Frau gesehen. Wo ist sie jetzt?«

»Denk nicht nach, Marjellchen!«, sagt Oma Domischkat. »Hilft ja nuscht. Halt dir gut fest.« Oma Domischkat ist im Winter über das Haff geflohen.

Aber Karin kann das nicht, nicht nachdenken, das hat sie im Sommer doch schon gemerkt. Wo ist der Schatten geblieben? Hilda.

Von überall Hilferufe. Vielleicht ist Hilda auf ein anderes Dach gestiegen. Überall sind doch Menschen auf den Dächern. Vielleicht hat ihr jemand woanders eine Leiter nach unten gelassen. Nicht bei Heinekes. Die sind immer noch nur zu dritt. Und Raudi.

Der Mann ist auch nicht mehr zu sehen. Vielleicht ist er mit seiner Frau auf einem anderen Dach. Vielleicht weint er vor Freude, *Hilda!*, weil er sie wiedergefunden hat. Nicht nachdenken. Vielleicht schafft der Mann es auch noch bis hoch zum Deich. Dann muss er sich beeilen, das Wasser steigt ja immer noch weiter, das sieht Karin jetzt. Bis zu den Hüften war der Mann schon im Wasser, das Wasser ist eisig und steigt. Er muss sich beeilen, wenn er es bis hoch zum Deich schaffen will, Karin will daran glauben.

Irgendwo blökt ein Schaf. Unten an der Dove Elbe gibt es Schafe, Karin und Regina bleiben da immer stehen und gucken, wenn sie zum Baden gehen, *wir haben hier doch das Paradies!,* die Schafe sind so niedlich. Manche Leute haben auch ein Schaf in ihrem Schuppen, das bringen sie im Sommer runter auf die Wiesen. Heute Nacht schlafen die Schafe nicht. Die Schafe blöken. So laut, als triebe der Hund eine Herde.

Hilferufe und der Sturm, der heult, und die Schafe, die blöken. Dann sind sie still.

»Nu«, sagt Oma Domischkat. »Arme Geschöpfe.«

Und Karin versteht. Kein Hund hat versucht, die Schafe hoch zum Deich zu treiben. Schafe sind kleiner als Menschen, viel kleiner. Sie sind angebunden in ihren Schuppen, sie können nicht wegschwimmen, können Schafe überhaupt schwimmen? Schafe sind kleiner als Menschen. Das Wasser steht jetzt zu hoch.

Karin spürt, wie ihre Zähne aufeinanderschlagen. Es

ist so kalt. Und Schafe sind klein, das Wasser steht jetzt zu hoch.
Nicht nachdenken.
Das Wasser steht jetzt so hoch, bestimmt ist im Wohnzimmer der Tisch längst überschwemmt. Wie gut, dass Mutti sie aufs Dach geschickt hat.
Hat Mutti Uwe geholt? Warum ist sie nicht zurückgekommen mit ihm, hierher zu ihnen aufs Dach, wo es hoch und sicher ist? Kalt, so kalt. Aber hoch und sicher.
Ist Mutti jetzt mit Uwe oben am Deich, wo die Scheinwerfer sind? Da ist es trocken. Hat sie vielleicht gedacht, hoch zum Deich geht es schneller? Und Karin ist ja sicher auf dem Dach, um die muss sie sich keine Sorgen machen, Karin ist bei Oma Domischkat.
Nicht an Mutti denken, an andere Dinge denken, jetzt sind die Johannisbeerzweige auch schon verschwunden. Nur noch eine Wasserfläche, wo der Garten war, nur die Bäume ragen noch heraus, ist der Kirschbaum noch da? Ja. Der Apfelbaum? Ja. Alles gut, alles noch da.
Dann weiß sie es. Schafe können blöken, aber Kaninchen sagen nichts. Kaninchen bleiben ganz still, immer.
»Wo ist der Kaninchenkäfig?«, schreit Karin. »Wo sind Fritz und Fratz?«
Oma Domischkat antwortet nicht, das ist ja auch

nicht nötig. In drei Monaten hätte Vati Fritz und Fratz sowieso zu Onkel Heinrich gebracht.

Karin öffnet die Augen ein bisschen, dann sieht sie wieder den Raum. Die fremden Luftmatratzen, es hilft nicht, alles genau angucken hilft auch nicht. Daran kann sie sich noch erinnern, Fritz und Fratz, sie will sich nicht erinnern. *Ringel, Rangel, Rosen,* Onkel Heinrich, man kann aber wegdenken, das hat sie auf dem Dach doch gelernt, man kann nicht nicht nachdenken, der Kopf will denken, immer, immer, aber überlisten kann man ihn, *Ringel, Rangel, Rosen,* man kann etwas anderes denken, wenn es zu schwer wird, kann man etwas anderes denken, *Ringel, Rangel, Rosen, Ringel, Rangel, Rosen,* warum geht das denn jetzt nicht mehr, jetzt ist doch alles gut, es muss doch gehen.

»Du bist doch die Karin?«, sagt die Frau wieder. Warum kann sie sie nicht in Ruhe lassen. »Deine Oma sucht nach dir. Da ist eine Frau gekommen, die euch kennt. Glaubst du, du kannst aufstehen?«

Einen Augenblick lang denkt Karin, dass ihr jetzt wieder schwarz vor Augen wird, kann sein, ihr Herz setzt aus. Dann schlägt es wieder. »Mutti!«, ruft Karin und springt auf und rennt den Gang entlang bis ganz hinten, bis zur Turnhalle. »Mutti!«

Die Frau sieht ihr nach und zuckt die Achseln.

Kaninchen sagen nichts, Kaninchen bleiben ganz still. Immer.
Schafe blöken. Menschen schreien.
»Still mal!«, ruft Oma Domischkat. Dabei ist es doch gar nicht Karin, die macht, dass man die Schreie nicht hören kann. Der Sturm ist so laut und das Wasser jetzt, aber Karin hört es trotzdem, auch was man nicht hören will, muss man hören.
»Heinrich!«, sagt Oma Domischkat. »Der Heinrich, der schreit!«
Der Heinrich, der schreit. *Ringel, Rangel, Rosen.*
Da hört Karin es auch. Wenn der Sturm für einen Augenblick still ist, kann man es hören, er brüllt ja, Onkel Heinrich brüllt in seinem Haus gegen den Wind und gegen das Wasser, »Hilfe!«, brüllt er, »helft mir doch!«, und Karin will sich die Fäuste gegen die Ohren pressen und muss doch hinhören.
»Hat das Wasser ihm im Schlaf erwischt«, sagt Oma Domischkat. Wie kann sie so ruhig sein. »Na, nu ist zu spät.«

Das Wasser steht jetzt schon so hoch, höher als die halbe Hauswand, warum hat Onkel Heinrich denn so lange geschlafen, warum ist Onkel Heinrich denn in seinem Haus geblieben. Da kann man keine Tür mehr öffnen, da kann man kein Fenster mehr öffnen, da kann man nur noch auf den Tisch steigen, bis das Wasser ihn hochhebt, dann muss man den Kopf einziehen. Behelfsheimhöhe, Onkel Heinrichs Haus ist ja nur so hoch wie Karins Haus, auch kein Dachboden, *Ringel, Rangel, Rosen.* Da kommt man nicht mehr nach draußen, hör auf zu schreien, Onkel Heinrich, sei still, Onkel Heinrich.

»Bet mal für ihm«, sagt Oma Domischkat.

Aber Karin betet nie, Karin weiß nicht genau, wie das geht. Früher hat sie mal »Lieber Gott, mach mich fromm« gebetet, vorm Schlafengehen, da war sie klein, jetzt betet sie nicht mehr. »Lieber Gott, mach mich fromm« würde auch nicht passen und was soll es auch helfen.

»Hilfe!«, brüllt Onkel Heinrich, vielleicht hat er vor dem Schlafen sein Holzbein abgeschnallt, »Hilfe!«, und da weiß Karin, dass sie jetzt wegdenken muss, ganz schnell; aber das geht nicht, wegdenken geht nicht, ihre Gedanken wollen immer wieder zu Onkel Heinrich zurück, »Hilfe! Hört mich denn keiner!«, und darum muss Karin die Gedanken überlisten, das geht, das kann sie, ein Lied, ein Gedicht, was ihr zuerst einfällt. *Ringel, Rangel, Rosen,* denkt sie, zuerst denkt sie es nur, dann sagt sie es laut, »schöne Aprikosen! Veilchen und Vergissmeinnicht …«

»Hilfe!«, brüllt Onkel Heinrich und das Wasser steigt.

»… alle Kinder setzen sich!«, ganz laut, ganz laut.

Und das Wasser steigt, *Ringel, Rangel, Rosen,* »nu ist er still«, sagt Oma Domischkat. »Nu hat er es geschafft.«
Ringel, Rangel, Rosen, schöne Aprikosen, und der Sturm heult und Karin kann wegdenken, wegdenken, *alle Kinder setzen sich.*
»Das war die Strafe«, sagt Oma Domischkat. »So was verzeiht der Herrgott nicht.«

»Mutti!«, ruft Karin, »Mutti!«
Die Tür zur Turnhalle steht sowieso offen, jeden Augenblick geht irgendwer nach draußen, kommt irgendwer rein; von den Menschen auf dem Korkboden dreht sich keiner zu ihr hin. Sie sind so viele, immerzu ruft irgendwer, weint irgendwer, hustet irgendwer. »Mutti!«, da ist die schwarze Decke mit den Balken, da ist Oma Domischkat. Da ist Lotti.
»Karin!«, sagt Oma Domischkat. Woher kommen auf einmal die vielen Taschentücher, hat auch irgendwer gebracht. »Marjellchen! Ich hab mir ja schon gefragt, wo du bleibst! Guck mal, wer gekommen ist, die Lotti ist gekommen!«
Karin ist stehen geblieben. Wie dumm von ihr. Die Frau hätte doch gesagt: »Deine Mutti ist gekommen!«, wenn Mutti gekommen wäre. Sie hätte nicht gesagt: »Da ist eine Frau gekommen.« Wie dumm von ihr. Lotti.

»Aber der Waldemar ...«, sagt Oma Domischkat leise und zieht Karin zu sich nach unten, »hörst du, Marjellchen? Mach ihr nicht traurig.«
Lotti sitzt neben Oma Domischkat auf dem Boden und starrt auf die Wand. Einfach nur geradeaus, als gäbe es da etwas. Sie sagt nicht Guten Tag, bestimmt hat sie nicht mal gemerkt, dass Karin gekommen ist.
Onkel Heinrich. Waldemar. Der Taugenichts.
Und Heinekes sind mit ihrem Dach auf die Reise gegangen.
Aber sonst ist keiner tot.

11.

Bei Regina ist niemand auf dem Dach, aber es hat auch niemand geschrien. Vielleicht haben sie es bis hoch zum Deich geschafft, Regina und ihre Mutter und ihr Untermieter Herr Klawitter, der studiert und will Lehrer werden. Regina ist in ihn verliebt, noch mehr als in den Rechenlehrer Herrn Kröger, aber das darf er nicht wissen. Wenn er in seinem Zimmer sitzt und lernt, schleichen sich Karin und Regina manchmal hin und hocken sich in die Stachelbeersträucher. Da können sie ihn durchs Fenster sehen, wie er liest. Er hat bald Prüfung, da muss er viel tun.

»Stell dir vor, wenn er dann hinterher an unsere Schule kommt!«, sagt Regina.

In dich verliebt er sich dann bestimmt nicht, denkt Karin, dann verliebt er sich in Rita, klar, aber das sagt sie nicht. Regina ist ihre Freundin; wenn die verliebt ist, hilft Karin ihr.

Es ist gut, dass bei Regina niemand auf dem Dach

sitzt, bestimmt ist Regina jetzt längst oben am Deich, von wo die Scheinwerfer leuchten. In Sicherheit.
Wir sind auch in Sicherheit, denkt Karin. Onkel Heinrich ist jetzt schon so lange still, sie will glauben, dass sie ihn gar nicht gehört hat, *Ringel, Rangel, Rosen,* wegdenken, wegdenken. Wir sind auch in Sicherheit, irgendwann kommt das Wasser nicht mehr höher, so viel Wasser gibt es doch gar nicht in der Elbe. Aber hinter der Elbe liegt die Nordsee, und hinter der Nordsee liegt der Atlantische Ozean, der reicht bis nach Amerika, und der Sturm bläst immer noch mit Windstärke soundso. Der Sturm drückt das Wasser die Elbe hoch und die Deiche brechen, und immer noch mehr Wasser kommt nach, all das Wasser bis hin nach Amerika, gleich ist es ja in der Regenrinne.
»Ich kletter rüber!«, schreit Otto bei Heinekes auf dem Dach. *Der Taugenichts.* Karin kann ihn hören, weil sie sich weggedreht hat, weg von Onkel Heinrichs Haus und von Reginas Haus, nur weg, jetzt sieht sie wieder Heinekes oben auf ihrem Dach.
Und bevor sie noch begreift, was Otto wohl meint, *Ich kletter rüber!,* treibt neben ihr der Schuppen vorbei, kreiselt, *das kann ja nicht sein!,* kreiselt, hakt sich kurz fest am Apfelbaum, Vatis Schuppen, in dem sein Moped steht, aber mit dem ist er jetzt ja auf der Werft, Nachtschicht, Muttis Schuppen, in dem sie

ihre Gartengeräte aufbewahrt und im Winter die Geranien. Treibt neben ihr vorbei, der Schuppen, hakt sich kurz fest am Apfelbaum, wird losgerissen vom Wasser mit Wucht und mit einem Geräusch wie ein lautes Stöhnen; der Schuppen, an dem eben noch die Leiter hing, eben, vorhin, vor einer unendlich langen, in einer anderen Zeit. Nun gibt es keine Zeit mehr, die Küchenuhr ist auch ertrunken, alle Uhren in der Siedlung und die Zeit mit ihnen.

»Oma Domischkat!«, flüstert Karin. Das Wasser strömt jetzt fast schon in die Regenrinne, strömt, gurgelt, strudelt, kommt nicht mehr nur aus einer Richtung; und auf einmal weiß Karin ganz sicher, dass dies nicht die Wirklichkeit ist, sondern ein Traum, weil doch ein Schuppen nicht schwimmen kann, *haha!*, und dahinten schwimmt sogar ein ganzes Haus, ist einen Augenblick lang deutlich zu erkennen im Licht der Schweinwerfer vom Deich und sieht aus wie das Haus von Thomas Riebister, der im Rollstuhl sitzt, *haha!*, Häuser können nicht schwimmen, Schuppen können nicht schwimmen; jetzt stößt das Haus gegen ein Dach, vielleicht brüllt irgendwer, vielleicht brüllt Thomas Riebister in dem gruseligen, schwimmenden Haus, aber es ist alles nur ein Traum, *Ringel, Rangel, Rosen.*

Und Otto schiebt die Leiter von Heinekes Dach quer rüber zu Heinekes Apfelbaum, legt sie drüben auf einen Ast, gerade über dem Wasser; und während der Sturm pfeift, balanciert Otto auf den Knien, mit den Händen fest an den Rungen wie ein Zirkusartist, die zwei Meter. Einmal versucht eine Bö ihn nach unten zu reißen, aber da ist er schon angekommen, *Taugenichts!,* im Apfelbaum; steigt höher, der nächste Ast trägt ihn noch, den übernächsten wagt er nicht mehr. Da sitzt er jetzt, an den Stamm gepresst, und kann auf sie alle heruntersehen, auch auf seine Eltern, warum ist er nicht bei ihnen geblieben, ist dreißig Jahre alt und arbeitet nichts und lebt noch bei seinen Eltern, gerade jetzt, wo er sie wärmen müsste, lässt er sie allein. Und seine Mutter klammert sich an den Schornstein, in ihrem Weihnachtspelzmantel, auf den sie so stolz ist, und niemand hat mehr seine Arme um sie geschlungen und Herr Heineke liegt daneben und rührt sich nicht, und das Wasser füllt die Regenrinne, bis sie reißt.

Ringel, Rangel, Rosen. Heinekes Haus ist nicht so hoch wie Karins Haus, eine Handbreit fehlt. Bei Heinekes schwappt das Wasser jetzt aufs Dach, das Dach ächzt, und Otto, der Taugenichts, sitzt im Apfelbaum. Das Dach ächzt, kracht, dann beginnt es zu schwimmen, *war einst ein kleines Segelschiffchen,* tschüs, Herr und Frau Heineke, *das war noch nie, nie, nie, noch nie zur See, ohee, ohee.*

»Otto!«, brüllt Frau Heineke in den Sturm und Rau-

di heult und Herr Heineke liegt ganz still, und das Dach schwimmt, schaukelt auf dem unruhigen Wasser, strudelt wie vorhin der Schuppen, wie weit wird es wohl kommen, das kleine Segelschiffchen, ohne Segel und die Teerpappe eingerissen. Tschüs, Herr und Frau Heineke, schwimmt nicht in die Nordsee, schwimmt lieber zum Deich, da ist es trocken.
Oma Domischkat rührt sich nicht mehr.
»Oma Domischkat?«, flüstert Karin.
Oma Domischkat stöhnt. Der Weltuntergang, und das Wasser eine Handbreit unter dem Dach.

»Sollst sehen, die Mutti kommt bald auch noch!«, sagt Oma Domischkat. Sie winkt einer Frau, die eine Kaffeekanne trägt, die Frau kommt zu ihnen und lächelt. »Die Lotti ist gekommen, nu, die Mutti kommt jetzt auch bald. Bist ja registriert, Marjellchen, da findet sie dir.«
Die Frau gibt Oma Domischkat eine Tasse Kaffee, der Kaffee dampft. Keine Untertasse, das wäre ja auch unpraktisch. »Zucker ist leider keiner da«, sagt die Frau entschuldigend. Wer fragt nach Zucker, es ist doch kein Gasthaus hier und keine Geburtstagsfeier. »Möchte die Kleine auch?«
Karin schüttelt den Kopf, Kaffee ist bitter. »Oder Ihre Bekannte da?«
Oma Domischkat nickt. Sie stellt ihre Tasse auf den

Boden und tippt Lotti auf die Schulter. »Nu trink du mal!«, sagt sie. »Das wärmt! Nu sei mal vernünftig, Lotti. Hilft ja nuscht.«
Sie setzt Lotti die Tasse an die Lippen, und Lotti trinkt, als ob sie gar nicht merkt, dass sie trinkt. Sie sieht noch immer auf die Wand.
»Das geht vorbei«, sagt Oma Domischkat, und Karin weiß nicht, ob sie es zu ihr sagt oder zu Lotti oder vielleicht zu sich selber. »Die Zeit heilt alle Wunden.«
Wie merkwürdig, dass es sie jetzt wieder gibt, die Zeit, denkt Karin. Jetzt gibt es sie wieder, aber sie war wirklich verschwunden. Bis zum Nachmittag hat sie auf dem Dach gelegen mit Oma Domischkat, das waren doch viele Stunden, von ein Uhr nachts bis zum Nachmittag. Das müsste sie doch wissen, da müsste sie sich doch erinnern, aber die Zeit ist weg, es hat sie nämlich gar nicht gegeben. Sturmheulen und Schreie, Wasser überall; und Schafe, Zäune und Dächer, alles ist vorbeigetrieben, aber dann war es still, die Zeit war mit den Uhren ertrunken.
Oma Domischkat hustet, ihr Gesicht ist auch ganz rot. »Nu nimm du mal die Tasse, Karin, die Lotti beruhigt sich schon wieder.« Dann lässt sie Lotti in Frieden und nimmt selbst einen Schluck, das wärmt. Aber kalt ist es gewesen zu Anfang, so kalt, kaum auszuhalten; dann war es nicht mehr kalt, war auch nicht

warm. An Dinge wie kalt oder warm kann Karin sich überhaupt nicht erinnern, merkwürdig; war ja kein Traum, fühlt sich aber so an und Dinge wie kalt oder warm und lange oder kurz hat es darin nicht gegeben. Nicht mal an Warten kann Karin sich erinnern, nur an die raue Teerpappe unter ihren Fingern und immer *Ringel, Rangel, Rosen.*
All die Stunden. *Ringel, Rangel, Rosen.*

Zäune schwimmen vorbei, Schafe schwimmen vorbei. Eine Pforte, ein Tisch, Äste und Sträucher; vielleicht ein Mensch.
Karin schließt die Augen, vielleicht ist sie eingeschlafen. Karin denkt nicht mehr, nur immer *Ringel, Rangel, Rosen.* Alles nur noch Wasser, überall und eine Handbreit unter dem Dach. Und der Sturm, der heult, aber die Hilferufe sind weniger geworden.
Die Menschen sind vielleicht alle tot, sie haben es vielleicht hoch zum Deich geschafft, vielleicht haben sie auch nur keine Kraft mehr, zu rufen. Und es ist dunkel und die Zeit ist ertrunken, vielleicht wird es niemals wieder hell, im Traum ist alles möglich, dies ist ein Traum. *Ringel, Rangel, Rosen.*
»Marjellchen!«, sagt Oma Domischkat. Oma Domischkat ist auch mit im Traum. »Es steigt nicht mehr.«
Karin öffnet die Augen, nun müsste der Traum zu

Ende sein. Man kann aber auch träumen, dass man die Augen öffnet.

»Das Wasser steigt nicht mehr«, sagt Oma Domischkat. Sie ist so schlecht zu verstehen, ihre Zähne schlagen aufeinander. Und dann ist da ja auch noch der Sturm. »Nu. Halt dir gut fest. Muss ja irgendwann Rettung kommen.«

Das Wasser steht eben unter der Regenrinne, es strömt nicht mehr so wild, vielleicht heult auch der Sturm nicht mehr ganz so laut. Wo Onkel Heinrichs Haus war, ist nichts mehr, alles nur noch Wasser, *die Strafe, so was vergibt der Herrgott nicht.* Und Heinekes Dach ist weggeschwommen, das weiß Karin doch, Wasser, nur Wasser, aber der Apfelbaum ist noch da und der Kirschbaum ist noch da, alles noch da, alles in Ordnung. Und drüben sitzt Otto in Heinekes Apfelbaum, der Taugenichts, und wenn Karin den Kopf dreht, sieht sie rechts das spitze Dach von Reginas Haus, die haben einen Dachboden, *vornehm geht die Welt zugrunde,* sagt Mutti.

»Halt dir fest«, sagt Oma Domischkat.

12.

Lotti starrt noch immer gegen die Wand.
Onkel Heinrich. Waldemar. Der Taugenichts.
Und Heinekes sind mit ihrem Dach auf die Reise gegangen.
Aber sonst ist keiner tot, sonst ist keiner tot.
»Karin?«, sagt eine Frau mit einem Häubchen. Sie ist mit einer Liste in ihr Wolldeckenabteil gekommen. »Bist du das?« Sie lächelt, sonst ist keiner tot.
»Da ist ein junger Mann, der möchte dich gerne sehen«, sagt die Frau und lächelt immer noch. »Draußen.«
»Harald?«, fragt Karin. Warum fällt ihr Harald als Erster ein. Sie will ihn ja gar nicht sehen. »Seine Schwester ist dahinten.«
»Er heißt Uwe«, sagt die Frau, und da fängt Karin an zu rennen und wundert sich, warum sie sich so freut, wo sie mit Uwe doch nie gespielt hat und sich sonntags immer über ihn geärgert, wenn es Oberliga gab.

»Uwe!«, ruft Karin und dann sieht sie ihn schon, er sitzt bei einem Mann mit irgendeiner Uniform und einem müden Gesicht auf dem Schoß und hat den Kopf gegen seine Schulter gelehnt. »Uwe!«

Dann weiß sie auch, warum sie sich so gefreut hat; aber sie hat sich geirrt. Wo Uwe ist, muss auch Mutti sein, hat sie gedacht, Mutti ist doch losgegangen, um ihn zu holen, und hat mich bei Oma Domischkat auf dem Dach gelassen, und Uwe ist noch so klein. Alleine kann Uwe doch gar nicht hergekommen sein.

»Karin!«, ruft Uwe und streckt die Arme nach ihr aus. Dann fängt er an zu weinen.

Der Mann steht auf und lächelt, man kann ernst lächeln. Sein Gesicht sieht so müde aus, dass Karin nicht sagen kann, wie alt er ist. Vielleicht erst siebzehn und vielleicht schon fünfunddreißig.

»Ich muss wieder«, sagt er. Er streicht Uwe über den Kopf, jetzt hat Uwe sich an Karin gekuschelt und weint und weint. »Ich will nach Hause!«, schluchzt Uwe. »Ich will zu Mutti! Ich will hier nicht sein!«

»Jetzt haben wir ja deine Schwester gefunden, die passt auf dich auf«, sagt der müde Mann. »Also. Tschüs dann und noch alles Gute.« Wieder lächelt er Karin an. »Bis jetzt hat er nicht geweint, er war ganz tapfer.«

»Und meine Mutter?«, fragt Karin. »War meine Mutter nicht dabei?«

»Der Junge war allein«, sagt der Mann und zuckt die Achseln. »Tut mir leid. Tschüs, Uwe.« Dann geht er endgültig.
Karin sieht ihm nach. Noch vor ein paar Tagen hätte sie überlegt, ob sie findet, dass er gut aussieht. Wie kindisch sie war.
»Komm, Uwe«, sagt Karin und löst vorsichtig seine Arme, mit denen er sie umklammert hält. »Wir gehen zu Oma Domischkat.«

»So kommt einer nach dem anderen, nu«, sagt Oma Domischkat und stützt sich auf den Ellbogen. »Hab ich doch gesagt, Marjellchen. Das wird alles wieder gut.«
Uwe ist eingeschlafen. »Wo ist Mutti?«, hat Karin gefragt und ihn fest an den Oberarmen gepackt. Fast geschüttelt. »Uwe, hat Mutti dich bei Hans-Jürgen abgeholt? Wo ist denn Mutti?«
Aber Uwe weint und dann schläft er ein.
Wie ist denn das organisiert hier? Das ist doch alles ganz schlecht organisiert! Die können Uwe doch nicht einfach mit einem fremden jungen Mann zu ihr schicken, der nichts über Mutti weiß! Die müssen ihr doch sagen, was passiert ist! Wo sie Uwe gefunden haben, das wenigstens! Alles ganz schlecht organisiert.
Aber sonst ist keiner tot.

Nur der Taugenichts, wäre er doch bei seinen Eltern auf dem Dach geblieben, dem kleinen Segelschiffchen.

Hat es schon gedämmert, als sie das erste Boot gesehen haben? Schlauchboot, nicht viel Platz, taucht plötzlich auf im Scheinwerferlicht vom Deich. Und gleich auch wieder die Schreie, »Hier! Hilfe! Hilfe!«, und Karin will auch schreien, aber ihre Stimme ist nicht mehr da, und Oma Domischkat sieht aus, als ob sie schläft. Und sonst ist da ja keiner, der mit ihr schreien könnte. Reginas Haus hat einen Dachboden, da guckt keiner raus, und Onkel Heinrich schreit schon lange nicht mehr und Heinekes treiben mit Raudi auf ihrem Dach in die Welt.

»Oma Domischkat!«, flüstert Karin.

Da ist das Schlauchboot verschwunden.

Und der Taugenichts? Warum schreit denn der Taugenichts nicht? Könnte er mal nützlich sein, der Otto, könnte ein Mal in seinem Leben nützlich sein und sitzt auf seinem Baum und schweigt. Klammert sich im Sturm an den Stamm und schweigt und das Schlauchboot fährt vorbei.

Ringel, Rangel, Rosen. Es wird ja wiederkommen, ein anderes Boot auch vielleicht. Es ist ja nicht kalt auf dem Dach. Nicht einschlafen, *Ringel, Rangel, Rosen,* das Wasser steigt nicht mehr, bald sind wir gerettet.

Daran denken oder an nichts, jetzt will Karins Kopf ja auch schon gar nicht mehr denken, gut so; alles vorbei, Angst vorbei, Kälte vorbei, braucht bald nicht mal mehr *Ringel, Rangel, Rosen.*

Vielleicht sind noch mehr Boote gekommen, das weiß Karin doch nicht, erinnert sich nicht, will sich auch nicht erinnern.

Die sollen doch suchen, die sollen sie doch selber finden, sie muss doch nicht mehr schreien, die können sie doch sehen, wird ja langsam Tag.

Und dann sind da die Hubschrauber in der Luft, viele. Laut, so laut, dass Karin hochschreckt, schwanken im Sturm, fliegen tief und dröhnen, dass Karin auf einmal wieder ganz wach ist im grauen Morgenlicht.

»Ist Krieg, Marjellchen«, flüstert Oma Domischkat, »ist wieder Krieg.«

Aber es ist kein Krieg, das sieht Karin doch, schafft es, sich aufzusetzen; keine Bomben, ihre Arme wollen nicht winken, dann tun sie es, *Hilfe, Hilfe!* Rufen hilft sowieso nichts in dem Gedröhne.

Der Hubschrauber kreist über ihnen, kommt tiefer, jetzt bläst nicht mehr nur der Sturm. Jetzt ist da auch der Orkan der Rotoren, aber der Hubschrauber will gar nicht zu ihnen, jetzt sieht Karin es, kreist da, wo Heinekes Haus gestanden hat, ein wenig geneigt, kreist über dem Baum, in dem der Taugenichts sitzt. Lässt ein Seil herunter, ein Soldat hängt daran; das

Seil schaukelt, ist jetzt neben dem Apfelbaum, *komm, Hubschrauberpilot, noch ein bisschen mehr rechts.*
Dann hat er es geschafft, der Pilot. Der Soldat schwingt über dem Baum, seine Füße berühren die Äste, jetzt ist der Taugenichts gerettet.
Aber der Taugenichts will nicht mehr gerettet werden. Als die Hand nach ihm greift, ihn am Arm packen will, zieht, neigt er sich langsam zur Seite, ganz weich; und fällt. Fällt, bevor der Soldat ihn gepackt hat, schlägt gleich aufs Wasser, ist ja nicht tief, fällt schlaff wie eine Puppe und treibt davon, ohne sich zu rühren, *tschüs, Taugenichts.*
Hat den Hubschrauber reingelegt, *haha!*, der Taugenichts, ist ein Taugenichts geblieben selbst noch im Tod. Der Hubschrauber dreht ab.
»Hilfe!«, schreit Karin ohne Stimme. Aber sie haben sie gesehen, sie müssen sie gesehen haben. Sie werden ja kommen.
»Ist kein Krieg, Oma Domischkat«, flüstert sie.

Die Frauen haben Brot gebracht, irgendeine Bäckerei hat Brot gespendet, große, duftende Laibe, und Erdbeermarmelade.
»Komm, Uwe, die magst du doch so gerne!«, flüstert Karin. Oma Domischkat schläft und schnarcht. Zwischendurch hustet sie, Karin weiß nicht, ob sie sie auch wecken soll.

Uwe setzt sich auf. Sein Gesicht ist grau, bräunlich, die Tränen haben Streifen gemalt. Tränen und Elbe und Schmutz, und seinen geringelten Pullover hat Karin noch nie gesehen.

»Wo ist Mutti?«, fragt Uwe. Die Frau hat ihm gleich zwei Brote gegeben, eins für jede Hand. Nachher geht Karin mit ihm zu den Waschräumen. Mit so einem Gesicht kann er ja nicht länger rumlaufen.

»Hat sie dich nicht von Hans-Jürgen abgeholt?«, fragt Karin. »Mutti hat dich doch bestimmt von Hans-Jürgen abgeholt!«

»Da war Wasser!«, sagt Uwe. Er kaut und kaut. »Der Mann hat gesagt: ›Komm mit! Jetzt keine Faxen!‹« Er sieht aus, als ob er gleich wieder weinen will.

»Das war nicht nett von dem Mann!«, sagt Karin schnell. »Wo war das denn?«

»Bei Thomas Riebister doch!«, sagt Uwe. »Und dann war sie weg. Schwups, wups, futschikato!«

»Mutti?«, fragt Karin. Riebisters Haus liegt auf dem Weg von Kandziens zum Deich, das ist schon ganz richtig. »Ist Mutti weggegangen?«

Sie hat zuerst Uwe geholt, dann wollte sie Karin holen. Sie hat nicht gedacht, *ach, Karin ist doch in Sicherheit auf dem Dach mit Oma Domischkat!* Sie wollte ihre Große holen.

»Doch nicht weggegangen, du Dumme!«, sagt Uwe. »Geschwimmt!«

Karin sagt nicht, dass es »geschwommen« heißt. Das ist doch alles nicht richtig, ihr Herz pocht.

»Ja, aber wohin?«, fragt sie. Man konnte nicht schwimmen in dem Wasser. Nicht bei dem Sturm und den Wellen. Das wusste Mutti doch.

Uwe guckt böse. »›Sie kommt ja wieder!‹, hat der Mann gesagt!«, sagt Uwe. »Da war sie weg. Schwups, wups, futschikato! *Jetzt keine Faxen!*«

»Und dann hat der Mann dich mit hoch zum Deich genommen?«, fragt Karin.

»Da war Tante Lotti!«, sagt Uwe. »Sie haben die Sachen in den Backofen getan.«

Karin fragt nicht, welche Sachen. Mutti wusste doch, dass man nicht schwimmen kann in dem Wasser. »Hat Mutti gesagt, ›Jetzt geh ich und hol Karin?‹«, fragt sie. »Uwe? Hat sie das gesagt?«

Uwe schüttelt den Kopf und hält ihr sein Brot hin. »Ich mag nicht mehr!«, sagt er.

Sie darf ihn nicht zum Weinen bringen. Aber sie muss es jetzt wissen.

»Hat sie gesagt: ›Tschüs, Uwe, ich muss noch mal zurück zum Haus‹?«, fragt Karin.

»Hat sie nicht, hab ich doch gesagt!«, sagt Uwe. »Sie hat gesagt: ›Halt dich immer schön am Zaun fest!‹«

Karin legt das angebissene Brot auf den Boden. Sie denkt an den Sturm und an die Dunkelheit. Sie denkt an den Schuppen, der vorbeigetrieben ist, und an

Riebisters Haus. Sie denkt an die Wucht, mit der das Wasser gekommen ist, vielleicht war da der zweite Deich gebrochen. Natürlich wusste Mutti, dass man nicht schwimmen konnte.

Schwups, wups, futschikato. Zäune sind vorbeigeschwommen, Schafe, eine Pforte, ein Tisch. Äste und Sträucher; vielleicht ein Mensch. Das Wasser kann einem die Beine wegreißen, *halt dich immer schön am Zaun fest.* Löcher im Boden, die man nicht sieht unter dem Wasser, Pforten, die angeschwommen kommen mit Wucht und einem die Füße wegschlagen, Äste, über die man stürzt, Kopf unter Wasser, Strudel.

»Mutti kommt schon wieder!«, sagt Karin und malt mit dem Zeigefinger Muster in die Erdbeermarmelade.

Aber Vati war zur Nachtschicht, Vati ist auf der Werft. Vati kommt gleich.

Uwe ist noch einmal eingeschlafen und wieder aufgewacht. Ein anderer Junge hat sich vor ihr Wolldeckenabteil gestellt und Uwe ist mit ihm hinten zu den Sprossenwänden gegangen. Der andere Junge hat kleine Autos, Matchbox, woher er die hier wohl hat. Sie sind ja doch noch gekommen, denkt Karin. Die Boote sind doch noch gekommen. Zuerst haben sie die Menschen aus dem Wasser gefischt und die Hubschrauber haben die Leute von den Bäumen geholt. Mit ihren Kufen haben sie Dächer eingedrückt, dann konnten sie die Leute aus ihren Dachböden befreien. Aber die Menschen im Wasser haben sie immer zuerst gerettet. Darum mussten wir doch so lange warten, das war ja ganz richtig. Die Menschen im Wasser zuerst.

Und wir waren ja in Sicherheit oben auf dem Dach, nicht geschlafen, nicht gewartet. *Ringel, Rangel, Rosen.* Nicht kalt, nicht warm, nicht lange, nicht kurz. Einfach nicht da, die Zeit, Hubschrauber und Schlauchboote und irgendwann eins davon für uns.

Männer in Uniform, Soldaten, »Komm, Mädchen, schaffst du das? Oder soll ich dich tragen?«.

Oma Domischkat haben sie hochgehoben, sie ist nicht aufgestanden, der Soldat auf dem Dach hat sie dem anderen im Boot in die Arme gegeben. Aber Karin kann das alleine, Karin kann aufstehen, hält sich am Schornstein, grauer Tag und überall Wasser, ganz ruhig jetzt. Steht einfach da, ein großer See.

Vom Deich leuchten jetzt keine Scheinwerfer mehr.

»Meine Mutti!«, sagt Karin. »Ich kann doch nicht mit! Meine Mutti weiß doch, dass ich hier bin! Die sucht mich doch hier!«

Der Soldat sieht ungeduldig aus. »Die weiß ja, dass wir alle rausgeholt haben!«, sagt er. »Du wirst registriert, dann findet sie dich!«

»Oben am Deich?«, fragt Karin. »Bringen Sie mich hoch zum Deich? Da wollte sie hin!«

Jetzt packt der ungeduldige Soldat sie doch und hebt sie hoch, ganz leicht. »Du wirst registriert!«, sagt er, und Karin wehrt sich nicht, als er sie dem anderen Soldaten im Boot in die Arme gibt. Muttis Tasche ist schon im Boot.

13.

Dann haben sie sie zur Turnhalle gebracht, wie sollte Mutti da wohl auch sein. Mutti wollte ja hoch zum Deich, mit Uwe. Sie haben sie registriert, so kann man jeden finden. Uwe hat sie ja schon gefunden.
Und Vati findet sie auch, Vati bestimmt. Vati war ja bei der Nachtschicht, Vati war auf der Werft. Mit Vati ist alles in Ordnung.
Oma Domischkat hat ein ganz rotes Gesicht und schläft und schläft. Karin nimmt die Tasche, frische Unterwäsche und wichtige Papiere und vier Zahnbürsten. Und ein Fotoalbum.
»Wenn wir wenigstens noch paar schöne Bilder hätten!«, hat Oma Domischkat immer gejammert. »Von der Heimat! Konntst ja nuscht mitnehmen, warst ja schon froh, wenn du die Kleider gehabt hast und den Ausweis! Über das Haff, nu, das könnt ihr euch gar nicht vorstellen, im Winter!«
Darum hat Mutti in ihre blau-grüne Tasche auch ein

Fotoalbum eingepackt, wie klug. Vielleicht steht das Haus noch, kann doch sein, Behelfsheim, ja gut, aber ist aus Stein gemauert. Und wie die Möbel wohl aussehen, die Betten, Behelfsheimlänge, und der Wohnzimmerschrank, echt Eiche. Aber die Fotos sind auch im Wohnzimmerschrank bestimmt nicht mehr zu gebrauchen. Wie gut, dass Mutti das Fotoalbum eingepackt hat.

Karin schlägt es auf. Sie braucht ja keine Erinnerung. Vati ist auf der Werft und Mutti kommt bestimmt. Und sowieso hört das Album mit einem ganz alten Foto auf, ein Baby auf einem Fell mit einer Rassel in der Hand, danach nichts mehr. Und das Baby ist Karin, lacht sich selbst vom Foto aus an, danach nichts mehr. Im Album ist Karin nicht älter geworden und Uwe noch nicht mal geboren.

Von der Tür her hört sie ein schreckliches Schluchzen. Eine Frau wird zurückgebracht, Karin erkennt die Jacke, aber die Frau kennt sie nicht. Die hat ihr Lager auf der anderen Seite der Halle unter den Fenstern, die hat sie früher nicht mal am Deich gesehen und in der Siedlung schon gar nicht, die kommt von ganz woanders her. Das Wasser war ja nicht nur in der Siedlung.

»Die ist von der Eisbahn zurück«, sagt Oma Domischkat mit ihrem roten Kopf und hustet und stützt sich einen Augenblick auf ihren Ellenbogen. »Wofür

der Herrgott sie wohl gestraft hat? Sind hier ja alle gestraft, nu. Hab ich auch gedacht, als die Heimat futsch war, Strafe wofür?« Sie hustet. »Und ihr Kinder alle. Strafe wofür? Nee, ist kein Herrgott im Himmel, Marjellchen, wirst schon merken.«
Zwei Nachbarinnen haben sich jetzt zu der schluchzenden Frau gehockt, eine nimmt sie in den Arm.
»Ihr Junge wohl!«, sagt der Mann im Wolldeckenabteil neben Karin. Die schottisch karierte Decke hat er ein wenig zur Seite gezogen. Er ist aufgestanden, damit er besser sehen kann, so was tut man nicht. »Die haben sie vorhin geholt, weil sie einen Jungen gefunden haben im ablaufenden Wasser, unter einem Zaun festgeklemmt, da hat ihre Beschreibung gepasst. Na, dann hat es ja gestimmt.« Er setzt sich wieder hin.
Karin kennt die Eisbahn, da ist sie auch schon gewesen. Reginas Mutter hat sie mitgenommen, als sie im Herbst mal mit Regina hingegangen ist, Planten un Blomen. Kunsteisbahn mitten in der Stadt, aber die Kinder in der Siedlung brauchen sie eigentlich nicht. Wenn im Februar die Wettern zugefroren sind, haben sie es ja ganz nah. Da müssen sie nicht erst mit der S-Bahn fahren.
Diesen Februar sind die Wettern nicht zugefroren.
Wieso darf man denn die Toten auf die Eisbahn bringen? Ein Zelt auf der Eisbahn, hat der Mann nebenan gesagt. Da halten sie besser frisch. Kann man ja nicht

wissen, wie schnell sie einer erkennt. Und sind doch viel zu viele, da reichen die Leichenschauhäuser nicht aus mit ihren Kühlschubladen.
Karin sieht auf das Babyfoto auf dem schwarzen Karton. Sie muss nicht zur Eisbahn, *sonst ist keiner tot, keiner tot.* Im Album ist Uwe noch nicht mal geboren, und Karin ist ein Baby mit dicken Beinen, das lacht. Bis dahin hat Mutti noch immer die wichtigen Fotos eingeklebt in ihr Luftschutzbunker-Album, danach ist es ihr vielleicht nicht mehr so wichtig gewesen. Bestimmt hat sie gedacht, dass nun kein Krieg mehr kommt, da hat sie nicht genug überlegt. Kein Uwe im Album, aber Uwe ist ja auch lebendig. Kein neues Foto von Mutti und Vati.
Karin blättert zurück. Ganz vorne das erste Foto ist alt, bräunlich; fremde Menschen in merkwürdiger Kleidung haben sich aufgebaut für den Fotografen, knien in der ersten Reihe, sitzen in der zweiten; in der dritten stehen sie, ein Baby auf dem Arm ist nur von hinten zu sehen. *Silberhochzeit 1929* hat Mutti in der komischen deutschen Schrift daruntergeschrieben, in der sie damals geschrieben haben und die Oma Domischkat immer noch schreibt und die Karin so schwer lesen kann. *Von links nach rechts, obere Reihe: Onkel Justus, Tante Lene …* Der große Junge, der in der vordersten Reihe in der Mitte kniet, ist Vati. Vati ist auf der Werft.

Karin blättert weiter. Auch Muttis Eltern haben Silberhochzeit gefeiert, und es gibt ein Einschulungsfoto von Mutti, ein dickes Kind mit eckigem Haarschnitt sieht böse in die Kamera. Vielleicht hat sie Angst gehabt, dass ihr irgendwer ihre Schultüte wegnimmt. Mutti hat alles eingeklebt, was sie wichtig gefunden hat, und wie gut. Hinterher war ihre Wohnung ausgebombt, nun gibt es noch die Fotos.

Aber dann hat sie aufgehört.

Weiter vorne zeigt ein großes Foto ein Mädchen mit ernstem Gesicht und Schillerlocken, das einen Schlips trägt mit einer Schnur; und an der Tasche der Bluse ist ein Anstecker festgemacht, den kann Karin nicht genau erkennen.

BDM-Führerin Gerda, 1939 steht darunter. Mutti ist früher mal hübsch gewesen, das hat Karin nicht gewusst. Auf dem Foto hat sie nachdenkliche Augen, so kennt Karin sie nicht. Von der richtig erwachsenen Mutti gibt es kein Foto.

Karin ist ja registriert.

Von Vati gibt es ein Foto mit Pfeife, das ist Vati, der junge Mann mit den ausgeblichenen Haaren und den Lachfalten im Gesicht, der eine Uniform trägt, das erkennt man am Kragen. *Unrasiert und fern der Heimat, St Jean, Frankreichfeldzug. Mein Alfred* hat Mutti daruntergeschrieben. Sicher waren Fotos von Vati ihr am wichtigsten, damals. Da war sie ja noch verliebt und Vati war an der Front und konnte erschossen werden, und als sie ausgebombt war, hat sie sich bestimmt gefreut, dass sie wenigstens dieses Foto noch von ihm hatte, die anderen sind doch alle verbrannt. Und seine Feldpostbriefe hatte sie auch gerettet, das hat sie ja erzählt, die sind aber jetzt nicht mehr in der Tasche. Wozu auch. Der Krieg ist vorbei und Vati ist zu Hause. Die Feldpostbriefe schwimmen jetzt irgendwo durch die Siedlung, vielleicht sind sie längst in der Nordsee.

»Uwe?«, ruft Karin. Uwe ist nicht mehr in der Turnhalle, mit dem Jungen mit den kleinen Autos ist er verschwunden, aber das ist nicht gefährlich. Hier passen sie auf ihn auf und draußen steht kein Wasser. Die Kinder dürfen auf dem Schulhof toben, alles ganz trocken. Das gibt es.

Vatis Feldpostbriefe schwimmen durch die Siedlung, aber das Fotoalbum ist noch heil und trocken in der blau-grünen Tasche. Als Mutti und Vati geheiratet haben, hatte Vati eine Uniform an und Mutti ein glänzendes Kleid. Drei kleine Mädchen in Sonntagskleidern und mit Kränzen im Haar haben Blumen gestreut und eine Frau mit Locken hat auf dem Schifferklavier gespielt. Wie Waldemar.

Aber sonst ist keiner tot.

Natürlich hat Mutti ihre Hochzeitsfotos eingeklebt, das hätte Karin auch getan. Die möchte man doch angucken, wenn man sein Zuhause verloren hat, die doch gerade. Aber dann ist das Album fast schon zu Ende. Vati kommt noch, aber jetzt hat er eine Mütze auf mit vorne zwei Kordeln und an der Jacke Streifen überall und er lacht nicht mehr und hat keine Pfeife im Mund. *Mein kleiner Leutnant* hat Mutti daruntergeschrieben, vielleicht war sie stolz, Leutnant ist besser als Soldat.

Dass Mutti danach lauter winzige Soldatenfotos eingeklebt hat, versteht Karin nicht, die sind ja nicht schön; aber dann fällt ihr wieder ein, dass Soldaten sterben können, und wenn Mutti ausgebombt wäre und Vati hinterher im Krieg gefallen, was hätte sie dann gehabt? Vielleicht hätte Karin die langweiligen Soldatenfotos auch alle eingeklebt.

Es müsste ein Foto von Mutti geben.

Die Frau auf der anderen Seite ist jetzt ganz still. *Ich musste ja nicht zur Eisbahn.*

Oma Domischkat schnauft. Sie schläft schon wieder und ihr Gesicht ist viel zu rot.

Auf den meisten Fotos ist Vati nicht allein. Die Männer sitzen an Tischen und feiern, das kann man sehen, sie tragen Uniformen und heben das Glas und immer lachen sie in die Kamera. Sie sitzen vor einer Bühne und lachen und klatschen, sie lehnen an der Mauer vor einem Haus, das aussieht wie ein Schloss, der Krieg war so lustig, wie die Männer in der Siedlung beim Frühschoppen erzählt haben. Manche sind bis Paris gekommen, *oh, là, là!,* Herr Heineke war sogar in Nordafrika. Auf einem Foto haben sie alle nur Badehosen an oder Unterhosen und liegen auf dem Rücken im Gras; sie kauen auf Grashalmen und gucken in den Himmel.

St Jean, eine schöne Erfrischung hat Mutti daruntergeschrieben, oder: *Kompaniefest, 3. Juni, Alfred Zweiter von rechts.* Arme Mutti, immer musste sie Angst haben, dass ihr Liebster nicht wiederkommt.

Karin hat auch Angst, nicht denken. *Ringel, Rangel, Rosen.* Lieber weitergucken, weitergucken, gleich kommt schon das Baby auf dem Fell.

Hätte Karin sich die Bilder so genau angesehen, wenn Mutti nicht das eine herausgerissen hätte? Vier Fotos auf einer Seite, zwei Reihen, ganz ordentlich. Weiß gezackt die Ränder, winzig die schwarzweißen Gestalten, fast nicht zu erkennen, und ein Foto fehlt.

Unten links kleben nur noch die Reste weiß auf dem schwarzen Karton. *Erwischte Freischärler* steht darunter, und Karin hat keine Ahnung, was das soll. Auf dem Foto darüber sind sieben Männer ohne Uniform; sie tragen altmodische Ballonmützen und sehen in die Kamera mit einem Blick, den Karin nicht erklären kann, vielleicht nennt man so was verstockt. Hinter ihnen reiten zwei Soldaten und unten rechts reicht noch die Flanke eines Pferdes ins Bild.

Gefangene Heckenschützen steht darunter, vielleicht sind gefangene Heckenschützen das Gleiche wie erwischte Freischärler.

Das Bild rechts daneben lohnt nicht. Mutti hat auch nichts daruntergeschrieben in ihrer ordentlichen weißen Schrift. Bestimmt zehn Soldaten liegen winzig in einer langen Reihe auf dem Bauch auf dem Boden und haben ihre Gewehre angelegt. Hinter jedem von ihnen steht noch ein anderer Soldat und am oberen Bildrand ragen Kiefern in den Himmel oder vielleicht Tannen. Und vor ihnen zieht sich ein Weg, breit und weiß und sandig, und jenseits des Weges muss sein, worauf sie zielen. Aber das ist hinter dem zackigen Rand.

Karin schlägt das Album zu. *Erwischte Freischärler, gefangene Heckenschützen.* Ein Foto, das fehlt. Die Gesichter der Soldaten auf dem Boden sind nicht zu erkennen.

»Uwe!«, ruft Karin und steckt das Album zurück in die Tasche. Nicht jetzt, manche Dinge darf man nicht wissen. Vati ist auf der Werft, Vati wird bald kommen. Sie geht auf den Schulhof und fragt Uwe, ob er noch etwas essen will.

14.

Wenn sie in die anderen Klassenräume guckt, sieht sie die Lager: Stroh, Luftmatratzen, und jetzt ist ihr auch das richtige Wort für diese Liegen mit den gekreuzten Beinen wieder eingefallen. Feldbetten. *Feldbetten* will Karin nicht denken, Feldbetten gehören Soldaten, Soldaten will Karin nicht denken.
Gefangene Heckenschützen, erwischte Freischärler, nicht jetzt, *Ringel, Rangel, Rosen.* Onkel Heinrich war bei den Verbrechern, jetzt ist Onkel Heinrich tot, *die Strafe, manche Dinge vergibt der Herrgott nicht.* Aber Vati war bei den Soldaten, da hat der Iwan ganz schrecklich gewütet. Zuerst kommt Mutti, dann kommt Vati, dann wird alles wieder gut.
»Karin!«, sagt die Frau, die sie vorhin abgeholt hat, um sie zu Uwe zu bringen. »Karin?«
Karin nickt, und die Frau lächelt, so viele Gesichter, so viele Namen, schon kann sie sich einen merken.
»Komm mal mit. Ich such dir eine Jacke raus.«

»Ich brauch keine Jacke«, sagt Karin, aber die Frau hat schon die Tür zu dem Raum geöffnet, in dem die Kleidung gesammelt ist, manche Leute haben auch Wintermäntel gebracht.

»Der?«, sagt die Frau ermutigend. »Der passt doch.«

Wozu braucht Karin einen Mantel, sie will ja nicht spazieren gehen, sie will ja nur auf den Schulhof, das weiß die Frau doch gar nicht.

»Nein«, sagt Karin. Da fängt das Zittern an.

»Der junge Mann dahinten«, sagt die Frau, und wieder ist da ein junger Mann in Uniform, der müde aussieht; schon sinkt ihm das Kinn auf die Brust im Stehen, gleich schläft er ein. »Der fährt dich jetzt …«

»Nein«, sagt Karin, brüllt, »nein! Nein!«

Sie reißt sich los und rennt, das hilft ja nichts, auch wenn sie sie nicht einfangen, was passiert ist, ist passiert. Dummes Kind!

Aber Vati lebt, Vati ist auf der Werft, Vati lebt.

Am Ende des Flurs stolpert sie über ein Tablett, das irgendwer da auf dem Boden abgestellt hat, und fällt.

»Mädchen!«, sagt die Frau, ist schon bei ihr, hilft ihr auf die Beine. »Was ist denn, Mädchen!«

»Nein!«, flüstert Karin und jetzt schüttelt sie das Schluchzen, »nein!«

»Hast du Angst vor dem Mann?«, fragt die Frau hilflos.

Karin schüttelt den Kopf. Sie zittert so fürchterlich, alles an ihr zittert. Der fremde Wintermantel riecht nach Staub, er ist alt, bestimmt hat er lange auf einem Dachboden gelegen. »Ich geh nicht dahin.«
Oma Domischkat, denkt sie. Oma Domischkat kennt Mutti doch auch, die kann es machen. Oma Domischkat soll gehen, hinterher kann sie sich wieder hinlegen und weiterschlafen mit ihrem roten Kopf.
»Aber deine Mutti …«, sagt die Frau.
Aber Vati lebt, Vati ist auf der Werft. Vati lebt.
»Die wartet doch schon auf euch!«, sagt die Frau. »Wir haben ihr erzählt, dass wir euch Kinder beide heil gefunden haben, sie möchte euch sehen!«
Alles dreht sich. Nicht die Eisbahn.
»Ich glaube, es geht ihr gut«, sagt die Frau und legt einen Arm um Karins Schultern. »Lungenentzündung hat sie, Bein gebrochen, nichts, was nicht in ein paar Wochen wieder in Ordnung wäre. Na, komm.«
Karin lässt sich aufhelfen. Sie geht mit dem jungen Mann zum Auto, alles an ihr zittert, die Zähne schlagen aufeinander. Ist doch gar nicht kalt, mit Uwe fährt sie zum Krankenhaus.
Es ist nicht schlimm, dass es in dem Album kein Foto von der richtig erwachsenen Mutti gibt. Und Vati ist auf der Werft.

Teil 3

ASCHE ZU ASCHE

Sommer 1963

15.

»Du gehst zur Schule!«, sagt Mutti. »Das wäre ja wohl noch schöner!«
Karin steht vor dem großen Flurspiegel und tuscht sich die Wimpern.
»Stör mich nicht«, sagt sie.
»Du gehst zur Schule!«, sagt Mutti. »Schwänzen kommt nicht infrage, hörst du! Wir schreiben dir keine Entschuldigung!«
Karin antwortet nicht. Sie spuckt behutsam auf die Wimpernbürste.
»Sie war nicht mit dir verwandt!«, sagt Mutti. »Und wie oft hast du sie besucht im letzten Jahr? Dir geht es doch nur darum, dass du nicht zur Schule musst!«
»Und worum geht es dir?«, sagt Karin und lacht.
Jetzt noch den Lidstrich, da muss sie sich konzentrieren. Lidschatten nimmt sie auch noch.
»Wir schreiben dir keine Entschuldigung!«, ruft Mutti noch mal und knallt die Schlafzimmertür hin-

ter sich zu. Da zieht sie sich jetzt ihr gutes schwarzes Kostüm an, das ist dezent und gepflegt und passt zu allen Gelegenheiten: Hochzeit, Konfirmation, Beerdigung.
Ich passe nicht, denkt Karin und gibt dem Lidstrich außen einen kleinen Schwung. Oh, ich bin peinlich vor den alten Nachbarn. Aber ich habe mit Oma Domischkat auf dem Dach gelegen, eine Nacht und einen Tag, das ist mehr wert als jede Verwandtschaft. Dann schreiben sie eben keine Entschuldigung, an der neuen Schule reicht es bestimmt, wenn sie das vom Dach erzählt. An der neuen Schule ist sie die Einzige in der Klasse, die so was erlebt hat, die anderen werden immer ganz still.
Warum will sie denn unbedingt mit? Ist doch alles vorbei. Nur noch Lotti, und Kandziens kommen auch. Aber Waldemar ist nicht mehr da und Onkel Heinrich hat der Himmel gestraft, und Heinekes sind in die Welt gesegelt auf ihrem Dach und haben ihren Taugenichts im Baum zurückgelassen. Das hat der nicht gewollt, ist einfach erfroren. Aber Regina kommt, Karin hat sie angerufen, sie haben ja jetzt Telefon in der neuen Wohnung. Vielleicht geht sie, weil sie Regina wiedersehen will.
Nur noch über die Rundbürste föhnen.
Aber ich will auch Oma Domischkat Tschüs sagen, denkt Karin. Das ist wirklich wahr. Wenn ich ge-

wusst hätte, dass sie stirbt, hätte ich sie bestimmt mal besucht. Aber das konnte ja kein Mensch ahnen.

»Du willst dir doch wohl wenigstens noch was Anständiges anziehen!«, sagt Vati. Er hat mit Mutti im Schlafzimmer getuschelt, ja, ja, tuschelt ihr nur. Ihr wollt den alten Nachbarn unseren Volkswagen zeigen und erzählen, dass wir jetzt zweizweihalbe Zimmer haben, glaubt ihr, die anderen haben das nicht? Haben doch alle Entschädigung gekriegt für ihre Lauben. Nun macht eure Tochter euch alles kaputt.

»Was ist an Nietenhosen unanständig?«, fragt Karin und sieht ihn nicht an. Lidschatten nimmt sie in Grün, aber nicht zu viel. Sie hat kein schwarzes Kleid, ein anderes Kleid will sie nicht und Oma Domischkat ist sowieso tot. Die stören ihre Hosen nicht.

»So kommst du mir jedenfalls nicht mit!«, sagt Vati. »Wenn Kandziens dich so sehen …«

»Dann nehm ich die Straßenbahn«, sagt Karin und tupft sich die Lippen ab, bevor sie sie zum zweiten Mal anmalt, perlmuttrosa.

»So gehst du mir nicht …!«, ruft Vati.

Karin dreht sich um, ganz langsam.

»Was?«, fragt sie. »Was?«

Sie lässt ihn nicht aus den Augen.

Vati guckt verwirrt.

»Was sollen die Nachbarn denn …«, sagt er, aber Karin hat schon ihre Slipper angezogen.

»Die deutsche Frau raucht nicht, trinkt nicht und schminkt sich nicht«, sagt sie.

Sie haben den Käfer neben der Kapelle geparkt, er ist noch ganz neu. Zwei andere Autos stehen auch da, aber die können dem Bestattungsunternehmer gehören und dem Pastor. Nur Heinekes hatten ja ein Auto, die sind heute nicht mehr dabei. Karin steigt aus.
Die Sonne scheint mit aller Kraft und lässt den Friedhof leuchten. Die Zeit der Rhododendren ist längst vorbei, aber die Rosen stehen noch in voller Blüte und es duftet nach Staub und Rasenschnitt. Wie in der Siedlung, Oma Domischkat. Sommer.
Du hast dir einen schönen Tag ausgesucht, Oma Domischkat, denkt Karin. Das hast du auch verdient. Die erste Heimat futsch und in Eiseskälte über das Haff, die zweite Heimat futsch und auf dem Dach gefroren. Wenigstens deine letzte Heimat nimmt dir keiner mehr weg, und guck, wie die Sonne scheint.
Die Tür zum Kapellenvorraum steht offen, es sind nicht viele Menschen gekommen. Zuerst erkennt Karin niemanden, es ist ja auch schon so lange her. Dann sieht sie Herrn Kandzien, Hans-Jürgen durfte nicht mit, Uwe ja auch nicht. Herr Kandzien ist immer noch so mager und steht gebückt. In seiner rechten Hand klimpern Autoschlüssel. Seine Frau hat eine neue Dauerwelle.

»Karin!«, sagt Regina. Sie trägt ein türkisgrünes Kleid mit einem schwarzen Trauerflor um den Ärmel und sieht aus wie Regina. Sieht immer noch aus wie Regina, ein bisschen größer vielleicht, ein bisschen älter, aber sonst haargenau gleich. »Ich hätte dich fast gar nicht erkannt!«

Regina guckt verblüfft, und einen Augenblick lang bereut Karin fast, wie sehr sie sich geschminkt hat, und auch die Hosen. Aber das kann ihr doch alles egal sein.

»Ich hab fast gedacht, du bist Rita!«, sagt Regina.

Das ist keine Begrüßung. Karin lächelt nicht. Plötzlich spürt sie, wie sehr sie sich auf Regina gefreut hat.

»Nee, ja wohl kaum«, sagt sie.

Dann ist sie still, Regina schweigt auch, die fremde Regina. Vielleicht ist Regina gerade deshalb so fremd, weil sie genauso ist, wie sie war. Das ist doch anderthalb Jahre her jetzt, komisch, dass sie sich nach dem ersten Mal zwischendurch nicht mehr getroffen haben. Karin ist nie auf den Gedanken gekommen, ist doch alles vorbei.

»Da liegt das Kondolenzbuch«, sagt Regina. »Hast du dich schon eingetragen?«

Karin schüttelt den Kopf. Das weißt du doch, hast du nicht gesehen, dass ich grade erst gekommen bin?

»Nee«, sagt sie. »Mach ich mal.«

Als sie durch den Raum geht, hallen ihre Schritte auf den Platten und sie spürt die Blicke. Regina ist noch immer Regina. Aber ich bin schon lange nicht mehr ich.

Die Türen werden geöffnet und die Orgel spielt. Oma Domischkat ist nie mehr zur Kirche gegangen, *ist kein Herrgott im Himmel, wirst schon merken, Marjellchen!* Jetzt ist die Kapelle der letzte Ort, an dem sie ihre Freunde trifft.

Waren doch ihre Freunde, auch wenn sie sie nicht mehr besucht haben in den letzten eineinhalb Jahren. Hatten ja alle genug zu tun, in alle Himmelsrichtungen zerstreut: kein Frühschoppen mehr am Sonntagmorgen, kein Klönen am Gartenzaun, kein Getuschel mehr über den Taugenichts. Tschüs, Oma Domischkat, wenn ich gewusst hätte, dass du stirbst, hätte ich dich doch mal besucht.

Der Sarg jagt ihr einen Schrecken ein. Karin ist noch nie auf einer Beerdigung gewesen, sie will sich nicht vorstellen, dass da vorne im Sarg Oma Domischkat liegt, hat ausgehalten neben ihr auf dem Dach; kriegt doch gar keine Luft so, ist doch viel zu dunkel, ein Kerzenständer rechts, ein Kerzenständer links. Blumen in Vasen.

»So nah hat sie uns denn auch nicht gestanden«, hat Mutti gesagt. Ein Kranz ist nicht billig. So nah hat

Oma Domischkat niemandem gestanden und ihre Familie ist ja tot.
Jetzt liegt sie da vorne im Sarg und ist ganz allein und Karin will nicht daran denken. Sie denkt schon lange nicht mehr *Ringel, Rangel, Rosen,* wenn sie wegdenken will, zu Anfang ist das immer noch passiert, jetzt schon lange nicht mehr. Aber da vorne im Sarg liegt Oma Domischkat, *Ringel, Rangel, Rosen,* jetzt ist es wieder da, alles, sie hätte zur Schule gehen sollen.
Die Kapelle ist klein und trotzdem leer, wer soll denn wohl auch kommen. Erste Heimat futsch, zweite Heimat futsch; und die dritte ist vielleicht keine Heimat geworden. Kein fremdes Gesicht, kein neuer Nachbar, war ja auch nicht lange. Tschüs, Oma Domischkat, hast keine Lust gehabt, noch ein drittes Mal anzufangen.
Ist kein Herrgott im Himmel, aber Kirchensteuer hat sie wohl doch gezahlt. Der sich jetzt hinter das Rednerpult stellt, ist ein Pastor, schwarzer Talar, weiße Halskrause; vielleicht hat sie sich ein Hintertürchen offen halten wollen.
Ist kein Herrgott im Himmel, Marjellchen, aber wenn doch einer ist, hat der sie im Leben schon genug gestraft für das, was sie getan hat und von dem sie nicht weiß, was es war: Opa Domischkat gestorben an gebrochenem Herzen und ihr kleiner Karl gefallen im Krieg; zweimal die Heimat weg, was soll ihr da nach

dem Tod noch groß passieren. Jetzt wartet wohl hoffentlich der Himmel.

Alberne Karin, immer noch besser als *Ringel, Rangel, Rosen.*

»Liebe Trauergemeinde«, sagt der Pastor.

Das sind wir jetzt alle, die noch übrig geblieben sind aus der Siedlung: Kandziens und Regina mit ihren Eltern und Lotti. Mutti und Vati und ich.

»Wir sind hier heute zusammengekommen …«

Zum ersten Mal wieder zusammengekommen, Herr Pastor. Haben wir uns früher nicht immerzu besucht? *Erzähl bloß den andern nicht zu viel von deiner schicken Fernsehsportschau. Mir reicht es schon, dass die jetzt abends so oft kommen, um zu gucken.* Waren wir nicht wie eine Familie für alle, die ihre erste Familie verloren hatten? Hatten wir nicht das Paradies?

Und als wir vertrieben wurden, sind wir niemals wieder zusammengekommen. Es ist ja nicht nur das Haus, denkt Karin plötzlich und das Verstehen ist ein kurzer Schmerz; das Haus und der Garten, das Schlittschuhlaufen auf den Wettern und das Schwimmen in der Dove Elbe im Sommer; mein ganzes Leben ist verschwunden, das ist noch viel mehr.

»… von Elfriede Gertrud Katharine Domischkat, geborene …«

Sie hätte nicht kommen sollen. Sie hat gedacht, dass

sie Oma Domischkat Tschüs sagen will und Regina mal wieder treffen; dass die alten Nachbarn die neue Karin sehen sollen und Mutti und Vati sich schämen. Sie hat nicht gewusst, dass so was passieren kann.

Als ob ein Tor geöffnet worden wäre, irgendwo in ihrem Kopf, ein Damm gebrochen. War doch alles so gut verstaut dahinter, hat sich manchmal gemeldet, dann hat sie den Torspalt schnell wieder geschlossen. Die Schleuse im Damm.

Karin schließt die Augen. Irgendwer hat dem Pastor irgendwas über Oma Domischkat erzählt, aber das weiß sie ja alles. Gab ja keinen mehr, der von ihrer Kindheit berichten konnte in Ostpreußen, von Freunden und Nachbarn und Familie und wie sie ihren Opa Domischkat kennengelernt hat. Ach, Oma Domischkat, aber in der Siedlung haben wir dich gekannt.

Die Bank ist hart, die Rückenlehne ist viel zu gerade. Nur wieder die Flucht übers Haff. Wenn Oma Domischkat nicht da gewesen wäre, auf dem Dach und später in der Turnhalle. Danach haben sie ja ganz schnell Mutti gefunden, und Vati war auch plötzlich da, aber das hat gedauert. Er hatte mitgeholfen, die Menschen rauszuholen, er war auf der Werft sicher, da ist das Wasser nicht hingekommen. Und als er plötzlich vor ihr stand, nach fünf Tagen, hat Karin sich ihm in die Arme geworfen und geweint.

»Jetzt ist ja alles wieder gut!«, hat Vati gesagt. »Jetzt bin ich ja da! Ist ja alles wieder gut!«
Das hat Karin geglaubt, dummes Kind. Dass nun alles wieder werden würde, wie es war, zurück ins Paradies. Aber wer vertrieben ist, kann nie mehr zurück, das Tor ist verschlossen.

16.

Zuerst sind sie ins Bundeswehrlazarett gekommen, ein Raum ganz für sie allein, kein Wolldeckenabteil mehr.

»Mein Gott, als wäre man wieder ausgebombt!«, hat Mutti gesagt und Vati hat über den Papierkram geklagt. Mussten ja Anträge gestellt werden und Formulare ausgefüllt. »Wird ja wohl Entschädigung geben!«, hat Vati gesagt.

Und wollte zurück, so schnell wie möglich wollte er zurück; und Mutti wollte endlich ihre Wohnung.

Wenn Vati und ich nicht in die Siedlung gefahren wären, denkt Karin. Oder nicht so früh. Als alles noch so furchtbar aussah. Vielleicht, wenn schon aufgeräumt gewesen wäre.

Wo das Wasser geblieben ist, weiß Karin nicht, als hätte einer einen riesengroßen Stöpsel gezogen; aber Schlamm klebte überall und Häuser und Schuppen waren übereinandergestapelt wie Bauklötze: wie von

Kindern im Trotz durcheinandergeschmissen. Autos und Teile von Rohren und sogar ein Kühlschrank, wem hatte der wohl gehört; und eine Musiktruhe und ein Wasserkessel und ein halbes Dach, das war nicht das von Heinekes. Die Tiere hatten sie schon weggeräumt, tote Schafe und Hühner und Katzen; die toten Menschen auch. Tschüs, Taugenichts.
Aber sie wollte ja unbedingt mit. Mutti war noch im Krankenhaus und Uwe war bei Oma Domischkat in der Turnhalle, aber Vati wollte sehen, was mit seinem Zuhause war, dem Paradies, und Karin wollte das auch.
Und hat sich innen ganz zugemacht, *Ringel, Rangel, Rosen.* Hier war der Weg, hier haben doch Riebisters gewohnt, alles weg, alles weg.
»Geh du mal wieder hoch zum Deich«, hat Vati gesagt. »Musst du ja nicht alles sehen, Schietbüdel.«
Aber Karin ist geblieben und hat alles gesehen. Nur darum hat sie wie Mutti eine Wohnung gewollt, wäre sie nicht mit Vati gegangen. Nur niemals wieder zurück.

Das war das letzte Mal, danach hat sie die Siedlung nie wieder besucht. Vati ist noch öfter gegangen, hat die ganze Besteckschublade gefunden im Haus und Uwes blau-gelben Kipplaster aus Plastik. Hat angefangen aufzuräumen, hat mit Mutti gestritten.

»Das ist jetzt unsere Gelegenheit!«, hat Mutti gesagt. »Familien mit Kindern kriegen zuerst Wohnraum zugewiesen! Eine schöne moderne Wohnung, keine Ofenheizung mehr und sogar ein Bad!«
Vati hat geschwiegen.
»Du bist in der Nacht ja nicht dabei gewesen!«, hat Mutti gesagt. »Du hast es ja nicht erlebt! Glaubst du, ich könnte da jemals wieder ruhig schlafen?«
Und sie hat Karin angesehen.
»Ich will da auch nicht wieder hin«, hat Karin gesagt und Vati hat geschwiegen.
»Erzähl ihm, wie es war!«, hat Mutti gesagt. »Ja, du hast leicht reden! Du hast ja nicht all das sehen müssen, und dann die Angst, die toten Tiere und die Leichen …«
Vati hat die Hände vors Gesicht geschlagen.
»Erzähl ihm, wie es war, Karin!«
Karin hat den Kopf geschüttelt, nicht mehr daran denken. *Ringel, Rangel, Rosen*, als sie mit Vati aus der Siedlung zurückgekommen ist, hat sie auf Muttis Nachttisch die blau-grüne Tasche gesehen, vergessen, vergessen. Vielleicht hat sie Vati auch bestrafen wollen.
Ringel, Rangel, Rosen. So vieles, was sie nicht denken darf.
»Ich will auch eine Wohnung«, hat Karin gesagt.
»Lasset uns beten«, sagt der Pastor.

Dann sind sie in die neue Wohnung gezogen, die Decken so hoch und ein Wohnzimmer und ein Schlafzimmer und warmes Wasser aus der Leitung und jedes Kind ein eigenes Zimmer. Aber Vati sagt nicht: das Paradies.
Ein elektrischer Kochherd für Mutti und nie mehr Kohlen tragen und im Keller eine Waschmaschine für alle Parteien im Haus, da kann man sich in eine Liste eintragen.
Sie sind ganz nach oben gezogen, in den dritten Stock, danach kommt nur noch das Dach. »Sicher ist sicher!«, hat Mutti gesagt.
»Bis hierher ist das Wasser überhaupt nicht gekommen«, hat Vati gesagt. »Hier haben sie nichts davon gemerkt.«
»Sicher ist sicher!«, hat Mutti gesagt.
Abends steht Vati nun auf dem Balkon und trinkt ein Bier und sieht über die Stadt. Vom Geesthang über die Bille, wo die Fabriken sind, über die Kanäle und das Industriegebiet und dann weiter nach Süden, wo die Siedlung war; aber so weit kann man nicht gucken, auch mit dem Fernglas nicht.
»… und vergib uns unsere Schuld«, sagt der Pastor.
Und Karin kommt in die neue Schule und Mutti freut sich über ihren Elektroherd und dass sie nie mehr Kohlen schleppen muss und über die Waschmaschine. Aber Vati steht abends auf dem Balkon mit sei-

nem Bier in der Hand und schimpft auf den weiten Arbeitsweg.
»... wie auch wir vergeben unseren Schuldigern«, sagt der Pastor.
Wofür hat dieser Gott uns gestraft, denkt Karin, die im März konfirmiert ist, *ist kein Herrgott im Himmel,* mich ja nicht, ich hab jetzt ein eigenes Zimmer. Aber Vati steht fast jeden Abend mit einem Bier auf dem Balkon und träumt vom Paradies.

Die neue Schule ist wie die alte, zweiunddreißig Mädchen in der Klasse und Zöpfe oder Toupierfrisuren und Lidstrich oder Kinderkleid. Und keine hat auf dem Dach gelegen.
»... eine neue Klassenkameradin vorstellen«, hat die Lehrerin gesagt. Was sie erzählt hat, weiß Karin nicht mehr, aber danach waren alle still. In der ersten Pause, als sie alle an ihren Tisch gekommen sind, hat Ilse gefragt, wie es war.
»Hattest du nicht fürchterliche Angst?«, hat Ilse gefragt.
»Doch«, hat Karin gesagt.
Aber mehr hat sie nicht erzählt, komisch, dass sie nicht erzählen will. Jetzt ist dies ihre Schule und jetzt ist dies ihr Zuhause, und was vorbei ist, ist vorbei. Da redet sie mit den anderen lieber über Cliff Richard und pfeift »Summer Holiday«, wenn es Sommer ist

und sie nicht in der Dove Elbe schwimmen kann; und ist eine von ihnen. Und weil sie neben Sigrun sitzt, wird Sigrun ihre Freundin, die hat keine Toupierfrisur mehr, nee, das ist ja wohl altmodisch, die hat eine Ponyfrisur mit glatten Haaren bis zum Kinn, über die Rundbürste geföhnt, und sagt Karin, zu welchem Friseur sie gehen soll.

»Das meinst du nicht ernst!«, hat Mutti gerufen, als Karin zum Abendbrot nach Hause gekommen ist. Auf dem Balkon steht Vati und sieht über die Stadt.

»Alfred! Guck dir mal deine Tochter an!«

Der Friseur hat ihre Haare geföhnt und mit Sigruns Wimperntusche hat Karin sich die Augen getuscht.

»Was hast du dir dabei gedacht?«

»Dass es super aussieht«, hat Karin gesagt, das ist auch so ein Wort von Sigrun. Dann ist sie in ihr Zimmer gegangen und hat gemerkt, wie sehr es sie freut, wenn Mutti und Vati böse sind. Das ist ja alles noch nicht zu Ende, das Wichtigste hat sie noch immer nicht gefragt. Da muss sie noch immerzu wegdenken, das geht.

Für die Entschädigung haben sie sich eine Schrankwand aus Mahagoni gekauft und einen Fernseher. Die Sessel sind groß und modern und Mutti ist stolz und kämmt zweimal am Tag die Fransen an ihrem neuen Teppich.

»Da würde *ich* jetzt sagen, wir haben das Paradies!«, sagt Mutti.
Und sonntags nachmittags sitzen Vati und Uwe wieder im Wohnzimmer und gucken Sportschau, aber Karin und Mutti können nicht in der Küche sitzen. Die ist modern und nur ganz schmal, da passt kein Tisch rein und keine Stühle und außerdem hat Karin ja jetzt ihr eigenes Zimmer. Und sonntags morgens steht Vati auf dem Balkon und trinkt sein Bier, das hat er doch in der Siedlung beim Frühschoppen auch getrunken; und Mutti steht in der Küche und kocht auf ihrem schönen Elektroherd. Aber im Treppenhaus steht niemand und klönt, da ist das Reden verboten.
Sonntags morgens steht Vati auf dem Balkon und trinkt sein Bier: schon lange nicht mehr der junge Mann mit den ausgeblichenen Haaren und den Lachfalten im Gesicht, *mein kleiner Leutnant.*
Und es gibt Fragen, die kann man nicht stellen, darum soll man sie gar nicht erst denken. Irgendwann muss *Ringel, Rangel, Rosen* doch vorüber sein.

17.

Zuerst hat sie nicht darüber nachgedacht. War doch alles anders geworden, war doch alles neu. Und sie war so froh, dass Mutti wieder da war, zuerst noch blass in ihrem Krankenhausbett, und Vati, der hat sogar geweint, als er seinen kleinen Fußballer und seinen Schietbüdel in die Arme nehmen konnte. Über Vati hat sie sich nicht weniger gefreut als über Mutti. Und sie musste sich in der neuen Schule eingewöhnen, da waren sie in Rechnen weiter als zu Hause, und in der neuen Wohnung war ja auch die blaugrüne Tasche verschwunden.
»War gut, dass wir sie hatten«, sagt Mutti. »Aber jetzt wohnen wir ja im dritten Stock.«
Karin weiß nicht, ob es gut war.

Einmal hat sie sich mit Regina noch getroffen, das war gar nicht so lange nach der Nacht, vielleicht im April. Die Bäume waren noch kahl und die Sträucher hatten keine Blätter; aber sowieso waren es nicht ihre Bäume und nicht ihre Sträucher, sie haben sich an der Alster getroffen und hinterher im Alsterpavillon noch einen Kakao getrunken, das war schrecklich. Weil es nichts mehr zu reden gab, gar nichts.

»Und kriegt ihr nun auch bald eine Wohnung?«, hat Karin gefragt, und Regina hat ein bisschen erzählt von der Gegend, in die sie ziehen werden, die ist ganz am anderen Ende der Stadt. Und Karin hat auch erzählt, dann wussten sie nichts mehr zu reden. Wie merkwürdig, waren doch beste Freundinnen immer und ein Leben lang und nun wissen sie nichts mehr zu reden.

Karin erzählt noch einen Witz und Regina lacht, und Karin sieht, dass ein Stück von Reginas rechtem vorderem Schneidezahn fehlt, das ist ihr früher nie aufgefallen.

»Ja, tschüs, ich muss nach Hause!«, hat sie gesagt. »Du kennst ja meine Mutter!«

Und Regina hat mit den Augen gerollt, aber es war nicht wie früher, irgendwie hat es sich unecht angefühlt.

»Ja, wir können uns ja mal wieder treffen«, hat Karin gesagt, und Regina hat gesagt, klar, vielleicht bei ihr, wenn sie in der neuen Wohnung sind.

Und jetzt sieht Regina noch immer genauso aus.

»Denn dein ist das Reich«, betet der Pastor.

Gleich danach hat die Rechenlehrerin gesagt, vielleicht könnte Karin ja mal eine Weile mit jemandem aus der Klasse die Hausaufgaben zusammen machen. Damit sie die anderen einholt.
»Sigrun, würdest du Karin helfen?«, hat sie gefragt.
Sigrun hat die Achseln gezuckt, aber dann hat sie doch gelächelt. »Klar!«, hat sie zu Karin gesagt.
Danach waren sie für eine ganze Weile Freundinnen.
Immer ist Karin zu Sigrun gegangen, sie konnte ja nicht verlangen, dass Sigrun auch noch zu ihr nach Hause kommt, wenn sie ihr schon hilft. Und vielleicht ist es bei Sigrun auch schöner. Obwohl Karin ja jetzt ein eigenes Zimmer hat.
Jedes Mal bringt Sigruns Mutter ihnen zwei Kugeln Eis oder zwei Sahnestücke und später am Nachmittag streckt ihr Vater kurz den Kopf durch die Zimmertür und lacht und duftet nach Kuchen. »Na, immer fleißig?«, fragt er.
Vorher hat er noch geschlafen, Sigruns Vater ist Bäcker. Um drei Uhr morgens steht er in der Backstube und wirft die Knetmaschine für die Brötchen an und backt Brot und Kuchen, dass der Duft noch am Nachmittag in der Wohnung über dem Laden hängt. Danach geht er mittags ins Bett, aber am Nachmittag ist er wieder da und bereitet die Torten. Und Sigruns Mutter steht im Laden mit einer frischen Dauerwel-

le jeden Tag und einer weiß gestärkten Schürze und lächelt, und ein bisschen fühlt es sich alles an wie in der Siedlung; obwohl Bäcker Puttkammer seinen Laden doch oben am Deich hatte und Karin war nie in seiner Wohnung.

»Komm, los, jetzt machen wir Wurzeln!«, sagt Sigrun, wenn sie ihren Kuchen gegessen haben oder ihr Eis. Aber meistens kann Karin sich nicht so gut konzentrieren, weil Sigruns Plattenspieler läuft, immer hat Sigrun die neuesten Platten. Und ihre Eltern sagen nicht, dass das Negermusik ist, sie geben ihr sogar Taschengeld dafür.

»Na, nehmt es mir nicht übel, aber ich hör lieber Volksmusik!«, sagt Sigruns Vater und lacht, wenn er den Kopf zur Tür reinstreckt, und Sigrun flüstert, dass er im Gesangverein ist, Gesangverein!, und rollt mit den Augen wie früher Regina. Dann lachen sie zusammen.

»Kannst du gerne auch mal mitnehmen!«, sagt Sigrun, als sie »The young ones« zum hundertsten Mal gehört haben. »Ich kenn das sowieso längst auswendig.«

Aber Karin schüttelt den Kopf und lügt, dass ihr Plattenspieler kaputt ist. Sie hat keine Lust, sich anzuhören, was Mutti und Vati zu Cliff Richard sagen.

Da hatte sie ihre Haare noch nicht abgeschnitten.

Und natürlich kriegen sie auch wieder einen Fernseher, da läuft immer noch »Am Fuß der Blauen Berge« und Sportschau, aber wenn die Tagesschau kommt, sind sie mit dem Abendbrot immer schon fertig. Darum ist es auch ein Zufall, dass Karin das von der Hinrichtung hört, sie hatte diesen Eichmann schon ganz vergessen. Aber als sie »Jerusalem« sagen, muss sie sich in der Wohnzimmertür doch noch einmal umdrehen, und sie sieht, wie Vati weiter in der Zeitung blättert, gleich geht er wieder auf den Balkon. Und Mutti hat ihr Stopfzeug rausgeholt, immer haben alle in der Familie Löcher in den Strümpfen; und vielleicht hören beide nicht mal zu.

»... hingerichtet«, sagt der Tagesschausprecher. »... Einspruch nicht stattgegeben«, und Karin erinnert sich erschrocken, wie sie Vati gefragt hat, damals, als sie alle zusammen »Die Firma Hesselbach« gesehen haben, wie sie Mutti das Buch geben wollte, *dummes Kind!*, als sie noch nichts begriffen hatte. Damals im Paradies.

»Ich geh schlafen«, sagt Karin.

Dann sitzt sie noch lange auf ihrem Bett und hört leise Musik aus dem Transistorradio, ganz leise. Damit Mutti nicht kommt, um zu sagen, nun soll sie das aber mal ausschalten. Damit Vati nicht kommt, um »Gute Nacht, Schietbüdel!« zu sagen und ihr über den Kopf zu streichen.

Man kann nie mehr vergessen, was man einmal weiß, nie mehr.

»… in Ewigkeit, amen«, sagt der Pastor, und sie murmeln »Amen«, Kandziens und Regina mit ihren Eltern und Lotti und Mutti und Vati. Karin murmelt auch. Es klingt peinlich, so leise, und laut hätte es auch peinlich geklungen, ach, Oma Domischkat.

Als sie sich wieder setzen, hört Karin, wie die Tür zur Kapelle geöffnet wird, und als sie sich umdreht, schleichen sich Rita und Harald in die letzte Reihe und Rita legt entschuldigend einen Finger auf die Lippen und zuckt die Achseln. Karin hätte gerne gelächelt. Dann dreht sie sich wieder nach vorne, wo sich jetzt sechs alte Männer vor dem Sarg verbeugen, vor dem Sarg, in dem Oma Domischkat liegt. Sie ziehen ihre Mützen und stehen einen Augenblick ganz still; dann treten sie an den Sarg, einer an jede Ecke und einer in der Mitte rechts und links; und tragen Oma Domischkat zum Grab.

Ganz langsam und schwankend tragen sie sie aus der Kapelle, und Karin überlegt, warum das ausgerechnet so alte Männer machen müssen, die doch bestimmt nicht mehr gut schleppen können; aber es passt auch besser zu einer Beerdigung, die weißen Haare unter den Mützen und zwei haben auch eine Glatze. Würdevoll, es sieht würdevoll aus, *tschüs, Oma Domischkat.*

Die Orgel spielt und alle kommen aus den Bänken und gehen langsam und verlegen dem Sarg hinterher, und Karin weiß nicht, wohin sie gucken soll, auf den Boden oder auf Oma Domischkat. Gleich ist ja alles vorbei.

Vor der Tür warten Rita und Harald.

»Hallo, Karin!«, flüstert Rita und hält ihr die Hand hin. »Super siehst du aus!«

»Du auch!«, sagt Karin und denkt, dass Harald und Rita noch immer aussehen wie Harald und Rita; aber bei ihnen ist das nicht fremd.

»Wir haben die Kapelle nicht gefunden!«, sagt Rita. »Mistriesenfriedhof!«

Herr Kandzien dreht sich um und guckt böse, und Karin lächelt Rita an und Harald kneift ein Auge zu. Dann folgen sie dem Sarg, immer zu zweit, ganz langsam auf seinem Weg zum Grab, und niemand sagt mehr ein Wort.

Rita trägt einen schwarzen engen Rock und einen schwarzen Pullover und Harald hat einen Trauerflor um seinen Lederjackenärmel gebunden. Und Karin geht neben ihnen, der Weg ist breit genug.

Der Himmel ist hoch und es duftet nach Sommer und Rosen und Rasenschnitt, vielleicht fühlst du dich hier ja endlich wieder zu Hause, Oma Domischkat. Vati hat sich nicht mehr zu Hause gefühlt. »Du kannst doch nicht jeden Abend auf dem Balkon stehen und dich betrinken!«, sagt Mutti.

»Was willst du?«, sagt Vati. »Du hast doch gekriegt, was du wolltest!«

Und Karin hat das vielleicht auch. Fast jeden Nachmittag ist sie jetzt bei Sigrun, so viel können sie gar nicht rechnen. Aber sie hören Musik, Elvis und Cliff und vier neue Jungs mit komischen Haaren, die haben sogar in Hamburg gespielt, und dabei schminken sie sich gegenseitig.

»Toll siehst du aus mit Lidstrich!«, sagt Sigrun. »Du bist so schön dunkel! Vielleicht färb ich mir bald mal die Haare.« Weil Sigrun nur hundeblond ist, nicht hell und nicht dunkel, das sieht langweilig aus, obwohl sie sich immer so gut schminkt. Aber färben tun eigentlich nur Frauen, von denen man schlecht redet. Und Reginas Oma.

»Du musst dir die Haare schneiden!«, sagt Sigrun. »Guck, so, bis zum Kinn!«

Aber Karin traut sich nicht und fragen will sie auch nicht mehr. Mit Mutti und Vati redet sie nicht so viel.

Warum sucht sie dann nach dem Album? Weil sie es wissen will, endlich. Weil sie lange genug versucht hat zu vergessen, was sie gesehen hat, vergessen geht nicht. Weil sie nicht ewig *Ringel, Rangel, Rosen* denken will, abends vor dem Einschlafen.

Sie sucht an einem Sonntag, Mutti und Vati sind mit Uwe zur Eisdiele gegangen.
»Willst du nicht mit?«, fragt Mutti.
»Nö«, sagt Karin. »Ich krieg bei Sigrun genug Eis.«
»Dann eben nicht«, sagt Mutti. »Wer nicht will, der hat schon.«
»Sag ich ja«, sagt Karin.
Die neue Schrankwand hat viele Türen, hinter den meisten steht Geschirr. Aber hinter einer Tür liegt Vatis Kamera und da liegt auch das Luftschutzbunker-Album.
Karin spürt, wie ihre Finger zittern.
Vielleicht hat sie sich ja geirrt. Sie war doch gar nicht ganz bei sich, damals in der Turnhalle, sie ist doch immerzu ohnmächtig geworden. Sie hat auf Mutti gewartet und auf Vati, sie hatte eine Nacht auf dem Dach gelegen und gefroren, sie wäre beinahe gestorben. Sie konnte doch gar nicht klar denken damals, sie war doch ganz wirr, wer weiß, was sie sich da eingebildet hat. Aber ihre Finger zittern.
Mutti mit Schillerlocken und nachdenklichen Augen; der junge Mann mit den ausgeblichenen Haaren; das Hochzeitsfoto. Sie könnte das Album zuschlagen. Sie war doch ganz wirr, wer weiß, was sie sich damals eingebildet hat.
Karin blättert um. Vier Fotos auf einer Seite, zwei Reihen, ganz ordentlich. Weiß gezackt die Ränder,

winzig die schwarzweißen Gestalten, fast nicht zu erkennen, und ein Foto fehlt.
Sie hat sich nichts eingebildet.
Unten links kleben nur noch die Reste weiß auf dem schwarzen Karton. *Erwischte Freischärler* steht darunter, und Männer mit altmodischen Ballonmützen sehen auf dem Foto darüber in die Kamera mit einem Blick, den Karin noch immer nicht begreift. *Gefangene Heckenschützen,* hinter ihnen reiten zwei Soldaten und unten rechts reicht noch die Flanke eines Pferdes ins Bild. Vielleicht sind gefangene Heckenschützen das Gleiche wie erwischte Freischärler.
Einen Augenblick sieht Karin auf den neuen Fernseher, auf die Schrankwand, auf das Fenster mit den neuen Gardinen. Ihr Herz schlägt so heftig, dass sie glaubt, es zu hören.
Auf dem nächsten Bild liegen zehn Soldaten in einer langen Reihe auf dem Bauch auf dem Boden und haben ihre Gewehre angelegt. Hinter jedem von ihnen steht noch ein anderer Soldat, und am oberen Bildrand ragen Kiefern in den Himmel, vielleicht Tannen. Und vor ihnen zieht sich ein Weg, breit und weiß und sandig, und jenseits des Weges muss sein, worauf sie zielen. Aber das ist schon hinter dem zackigen Rand. Die Gesichter der Soldaten auf dem Boden sind nicht zu erkennen.
Sie hat sich nichts eingebildet, sieh genau hin, Karin,

sieh hin. Onkel Heinrich war bei den Verbrechern, war bei der SS, der Himmel hat ihn gestraft; aber Vati war nur ein Soldat, der musste gegen den Iwan ziehen und der Iwan war schrecklich. Am Schluss hat der Iwan ihn in Gefangenschaft gesteckt.

Sieh hin, Karin, sieh genau hin, es wird ja nicht aufhören: Was man gesehen hat, hat man gesehen, und was man gedacht hat, hat man gedacht. Nie wieder wird sie das Bild vergessen können, die Soldaten auf dem Boden, die Soldaten dahinter, den Soldaten mit der Kamera.

Gute Nacht, mein Schietbüdel, *ach, Vati, ach, Vati.*

Die Soldaten sind so winzig, man kann ihre Gesichter nicht erkennen, nicht die Haare unter den Mützen. Sind sie ausgeblichen bei einem? Wäre das ein Beweis?

Es war Krieg, Karinmädchen. Das waren ganz andere Zeiten damals, das könnt ihr heute wirklich nicht verstehen.

Warum hat Mutti das Foto denn eingeklebt? Vati ist einer von denen auf dem Boden, Vati ist einer von denen dahinter mit angelegtem Gewehr. Vati hat nur das Foto gemacht.

Warum macht jemand so ein Foto? So ein schreckliches Foto, was ist das für ein Mensch?

Es ist gar kein schreckliches Foto, Karin, woher weißt du das denn? Sie zielen auf Scheiben, Karin, auf lee-

re Konservendosen, immer lachen sie doch in die Kamera und stoßen an, *prost, prost, Kameraden,* der Krieg war so lustig, wie die Männer beim Frühschoppen erzählt haben.
Warum hat Mutti das Foto denn eingeklebt? Worauf die Männer geschossen haben, fehlt. *Erwischte Freischärler, gefangene Heckenschützen,* warum hat Mutti das vierte Foto herausgerissen.
Der Schlüssel im Schloss und Uwe, der lacht. Karin schlägt das Album zu und legt es zurück in den Schrank.
»Karin?«, sagt Mutti und guckt erstaunt. »Was machst du denn da?«
»Nichts«, sagt Karin.

»Schneidest du mir die Haare?«, fragt Karin. Sigrun hat eine neue Platte aufgelegt, »Are you lonesome tonight«, die ist auch nicht schlecht. Aber am liebsten mag Karin Cliff Richard, bei dem ist immer so was Trauriges dabei, selbst wenn das Lied fröhlich ist.
»Bist du verrückt?«, sagt Sigrun. »Ich geh immer zu Christensen, der ist schick.«
Da geht Karin auch zu Christensen.
»Das meinst du nicht ernst!«, ruft Mutti, als Karin zum Abendbrot nach Hause kommt. Auf dem Balkon steht Vati mit seinem Bier und sieht über die Stadt. »Alfred! Guck dir mal deine Tochter an!«

Der Friseur hat ihre Haare geföhnt und mit Sigruns Wimperntusche hat Karin sich die Augen getuscht.
»Was hast du dir dabei gedacht?«
»Dass es super aussieht«, hat Karin gesagt und die Tür hinter sich zugeschlagen.
Warum soll sie mit denen noch reden.

Sie sind so wenige am Grab, es sieht so leer aus. Und niemand, dem man die Hand schütteln muss, niemand, der weint.
»Asche zu Asche«, sagt der Pastor. In einem Eimer neben dem Grab ist Erde. Stumm treten sie alle vor und werfen eine Schaufel voll auf den Sarg, der so einsam tief unten in der Grube steht, das darf man mit Menschen doch nicht machen. Ach, Oma Domischkat, du wolltest ja nicht tot sein, sonst wärest du doch in der Nacht gestorben, als es so kalt war oben auf dem Dach, in den Tagen danach an deiner Lungenentzündung. Du hast das Leben doch gemocht, das Leben mit uns: die Sommerabende, an denen wir fluchend unsere Mückenstiche gezählt haben, und die warmen Septembertage mit den Wespen über dem Zwetschgenkuchen; und immer durften wir deine Erdbeeren pflücken. War ja eigentlich nicht deine Heimat und war doch dazu geworden, warum hat der Herrgott dir auch die wieder weggenommen? *Ist kein Herrgott im Himmel, Marjellchen.* Wofür hat er dich gestraft,

das wissen wir nicht, was wissen wir schon voneinander, nichts, doch gerade das Wichtigste nicht.
Die Erde schlägt hohl auf den Sarg und irgendwo in einer Kastanie singt eine Amsel. Oder vielleicht ist es gar keine Strafe.
»Ich mag keine Beerdigungen«, flüstert Rita, als sie sich neben Karin stellt. »Ich muss immer heulen.«
Hat doch einer geweint, tatsächlich zieht sich eine graue Spur Wimperntusche über ihre linke Wange.
»Sie war nett«, flüstert Harald. »Schade.«
Dann haben auch Herr und Frau Kandzien ihr Schäufelchen Erde auf den Sarg geworfen, und alle stehen noch einen Augenblick mit gesenktem Kopf am Grab und tun, als ob sie beten, manche beten vielleicht wirklich. Karin denkt, *tschüs!,* und wartet auf eine Träne.
»Tja«, sagt Reginas Mutter, als der Pastor sich verabschiedet hat, der Wind bauscht seinen Talar, wie er da in der Sommersonne zwischen den Rhododendren verschwindet. »Und jetzt?«
»Zu einer Beerdigung gehört ein ordentliches Kaffeetrinken, das hat sie verdient«, sagt Mutti. »Sie kann ja nichts dafür, dass sie so ohne Familie gestorben ist.«
»Ja, eine gute Frau war sie«, sagt Herr Kandzien.
»Jeder zahlt selber?«, fragt Lotti.
Die anderen nicken, ein bisschen peinlich berührt.

»Ich hab noch zwei Plätze frei im Wagen«, sagt Vati und rasselt mit den Autoschlüsseln.
Da steigt Lotti bei ihnen ein, Kandziens haben ja auch ein Auto, einen DKW Junior, da nehmen sie Regina und ihre Eltern mit, und Rita sitzt bei Harald hinten auf dem Roller.
Dann fahren sie langsam über die stillen, sonnigen Wege zum großen Tor und gleich auf der anderen Straßenseite ist das Restaurant.
»Meine Güte, bist du groß geworden, Karin«, sagt Lotti. Vorne zuckt Mutti zusammen.

18.

Manchmal hat Karin gedacht, dass es gut wäre, wenn es Regina noch gäbe, die Regina von früher, nicht die aus dem Alsterpavillon. Dass sie ihr von den Fotos erzählen könnte und Regina würde dann sagen: »Na, du bist vielleicht albern! Die mussten doch Schießübungen machen, sagt meine Oma! Da hat immer einer dahintergestanden, um zu gucken, ob sie auch richtig zielen. Was du bloß immer denkst!«
So stellt Karin sich das Gespräch vor, abends, wenn sie nicht einschlafen kann. Warum hat Mutti das Foto rausgerissen?
Aber Regina ist nicht mehr da und Sigrun kennt sie vielleicht noch nicht gut genug. Obwohl sie immer so viel zusammen lachen und die Modezeitschrift angucken, die Sigruns Mutter gehört, und manchmal auch rechnen.
Nur mit Regina hat sie über solche Sachen sprechen können, »Sternkinder« hieß das Buch. Solche Juden-

sachen, Kriegssachen, aber Regina ist nicht mehr da, und Karin liegt abends in ihrem Bett und versucht, nicht zu denken. *Ringel, Rangel, Rosen,* das will sie nicht mehr. Nicht denken geht aber nicht.

Einmal beschließt sie, dass sie Mutti fragen muss, Vati fragen muss, *ach, Schietbüdel, was du immer denkst! Das waren doch nur Konservenbüchsen!,* aber dann kann sie es doch nicht, besser, sie stellt sich die Antwort nur vor.

Und geht zur Schule und geht zu Sigrun und streitet sich jeden Tag mit Mutti über ihr Make-up und bleibt Sieger. Und schaltet das Transistorradio ganz laut, bis Vati wütend die Tür aufreißt und brüllt, dass wohl die ganze Straße was davon haben soll, von ihrer Negermusik. »Love, love me do«, das ist noch besser als Elvis, noch schlimmer als Elvis. Und wartet, dass die anderen wieder zur Eisdiele gehen.

Einmal fahren sie alle in die Innenstadt, um Vati einen neuen Anzug zu kaufen, aber Karin bleibt zu Hause. »Du denkst wohl, du musst überhaupt nichts mehr mit uns machen«, sagt Mutti.

»Freu dich doch«, sagt Karin. »Ich denk, ich bin dir peinlich.«

Sie weiß, dass sie noch mal nachgucken muss; wenn sie nicht fragen kann, muss sie wenigstens noch mal nachgucken. Was soll sich denn geändert haben? Fotos sind Fotos.

Aber vielleicht hat sie etwas übersehen, hier ist das Mädchen mit den Schillerlocken, der junge Mann mit den ausgeblichenen Haaren, das Hochzeitsfoto. Dahinter die Seite ist leer. *Erwischte Freischärler, gefangene Heckenschützen,* wo seid ihr geblieben. Nur noch weiße Reste auf dem schwarzen Karton.
Karin schlägt das Album zu, ihr ist schwindelig.
Die Fotos waren doch da. Die hat sie sich doch nicht nur eingebildet. Ganz vorsichtig schiebt sie das Album zurück.

Was man gesehen hat, kann man nicht vergessen, und was man fürchtet, bleibt. Sie weiß, dass sie nicht mehr fragen muss. Was auf dem vierten Foto war, ist jetzt, wo auch die anderen drei fehlen, ganz klar.
Oder es ist alles ein Missverständnis.
Was für ein Missverständnis sollte das wohl sein?
Das waren ganz andere Zeiten damals, das könnt ihr heute wirklich nicht verstehen.
Vielleicht haben sie Vati gezwungen: Zu schießen. Dahinterzustehen. Zu fotografieren.
Karin hätte sich niemals zwingen lassen. Es gibt niemanden, der einen zu irgendetwas zwingen kann, wenn man nicht will. Was man tut, tut man immer nur selbst, auch wenn andere es befohlen haben; und Karin hätte sich nie zwingen lassen, niemals.
Aber Vati ist so lieb, vielleicht hatte Vati nicht so viel

Kraft. Er verliert doch auch jetzt immer gegen sie, *Schalt das Radio leiser!*, kann sich nicht durchsetzen, konnte sich auch damals nicht durchsetzen, hat vielleicht nur getan, was man ihm befohlen hat. War nur ein Feigling, kein Verbrecher, nicht wie Onkel Heinrich, ist ja auch nicht bestraft, ist ja auch nicht ertrunken.

Manchmal reicht es, ein Feigling zu sein, um ein Verbrecher zu werden.

Wenn sie ihn doch nur gezwungen haben. Wer riskiert schon sein eigenes Leben für Menschen, die ihn eben noch aus dem Hinterhalt erschießen wollten? *Erwischte Freischärler, gefangene Heckenschützen*, das weiß sie doch, das waren die auf dem vierten Foto. Auf der anderen Seite vom Weg standen aber vielleicht nur Konservendosen.

Am nächsten Morgen sind die Gedanken verschwunden, in der Schule meldet Karin sich und nachmittags isst sie bei Sigrun ihren Kuchen. Beim Essen bittet sie Mutti um den Teller mit der Wurst, und wenn Vati sie fragt, erzählt sie von der Schule. Es soll bitte alles in Ordnung sein, *die Zeit heilt alle Wunden.*

Aber abends kommen die Bilder zurück, und Karin will doch wieder fragen und weiß, dass es nicht geht und dass sie sowieso nicht mehr wissen wird hinterher, und wenn sie mehr weiß, wird dadurch nichts besser.

Da liest sie eben vor dem Einschlafen, liest bestimmt so viel, wie Regina immer gelesen hat, und lässt das Radio an; und wenn sie Glück hat, verschwinden die Gedanken. *Die Zeit heilt alle Wunden.* Das hat Oma Domischkat gesagt. Wie lange sie schon nicht mehr an Oma Domischkat gedacht hat.

Im Restaurant rückt die Bedienung zwei Tische für sie zusammen, weil sie elf Menschen sind, und dann bestellen alle ein Kännchen Kaffee. Nur Harald bestellt sich ein Bier.

»Ja, dass wir uns unter diesen Umständen wiedersehen würden!«, sagt Vati und legt seinen Autoschlüssel neben den Kuchenteller. Der von Herrn Kandzien liegt auch schon auf dem Tisch.

»Arme Oma Domischkat!«, sagt Frau Kandzien. »Ja, nach der Nacht ist sie wohl nie wieder ganz die Alte gewesen. Und wie geht es euch allen so?«

Karin sieht zu Regina, die ihren Kuchen löffelt, und lächelt sie an. Regina lächelt zurück, aber es hilft nicht. Wieso hat sie so lange geglaubt, sie könnte mit Regina darüber sprechen?

»Vier Zimmer«, sagt Mutti, das ist gelogen. Es sind zweizweihalbe, Uwes und Karins sind ganz klein.

»Und dann dieser Blick!«, sagt Reginas Mutter. »Und Einbauküche. Nein, ich kann nicht sagen, dass ich was vermisse. Das wurde ja langsam mal Zeit.«

Wer will schon sein Leben lang in einem Behelfsheim wohnen, das versteht Karin gut, sie ist doch auch glücklich jetzt. Aber früher einmal gab es diese Abende: die Jungs mit ihren Arschbomben von der Weide und das Gelächter in der Luft. Es gab den warmen Sand unter ihren nackten Sohlen auf dem Weg nach Hause, wenn die Sonne schon langsam hinter den Häusern am Bahndamm verschwand und der Himmel kupferrot war. Und es gab dieses Glücksgefühl, das sie kaum ertragen konnte und das ihr ganz selbstverständlich erschien. Das alles hat sie gehabt.
»Kommst du mit raus?«, fragt Harald. Sein Bierglas ist noch nicht leer. »Aschenbrödel? In Ruhe barzen?«
Karin steht auf, der Stuhl schabt über den Boden. Mutti sieht kurz hoch, sie tut, als hätte sie nichts bemerkt. Rita kommt auch mit, Regina nicht.

Dann weiß sie, dass sie mit Sigrun sprechen muss. Mit wem denn sonst? Sigrun ist ihre beste Freundin.
»Sigrun«, sagt sie. Es ist dämmerig im Zimmer, der Winter hat sich angeschlichen; wenn sie nach Hause geht, ist es immer längst dunkel. Sigrun hat eine Kerze angezündet, das ist schön. Sigruns Haare sind jetzt fast schwarz.
Bis eben haben sie über Udo gesprochen, den Lehrling in der Backstube, in den ist Sigrun schon ewig verliebt. »Wer verliebt sich schon in einen Bäcker,

Mensch!«, sagt sie. »Weiß ich doch selber! Scheiße!« Und weil Sigrun ihr Geheimnis verrät, kann Karin auch ihrs verraten. Sigrun ist jetzt ihre beste Freundin. Aber es geht nicht so geradeaus.
»Ich muss dir was sagen«, sagt Karin.
Sigrun lehnt sich zurück. Sie hat sich eine Zigarette an der Kerze angezündet, jetzt hält sie Karin die Schachtel hin.
»Nicht wegen mir.« Karin ist still. Wie kann man so was erzählen? Dass der eigene Vater ein Mörder ist? Vielleicht. Sie weiß es ja nicht. Und alle Soldaten waren doch irgendwie Mörder, man sagt es nur nicht so. Die anderen haben geschossen und die eigenen haben geschossen. Aber die Sache am Sandweg ist anders.
»Mhhh?«, sagt Sigrun und atmet den Rauch tief ein. Dann hustet sie. »Scheiße, Mann, Scheiße! Irgendwann muss ich das doch mal hinkriegen!«
»Ich hab mal ein Buch gelesen«, sagt Karin. Warum fängt sie damit an, ausgerechnet? Mit irgendwas muss sie anfangen. »Das hatte Regina zuerst ausgeliehen, kennst du doch. Das war von all diesen Sachen damals. Kriegssachen. Also jetzt Judensachen.«
Sigrun richtet sich auf. Ahnt sie etwas? Sieht man es an Karins Gesicht?
»Das war so schrecklich, dass wir es zuerst nicht geglaubt haben, Regina und ich. Nicht richtig. Aber Reginas Oma hat gesagt …«

»Ja klar!«, sagt Sigrun. »Ja klar!«

»… dass es wirklich so gewesen ist. Und dass die Leute es wussten. Die tun jetzt nur alle so.«

»Ja klar«, sagt Sigrun und sackt wieder zusammen. »Ja eben.«

Sie kann es Sigrun doch nicht sagen, so was kann man nicht erzählen. Sigrun zieht schon wieder ganz heftig an ihrer Zigarette.

»Schwör, dass du es niemandem erzählst!«, sagt Sigrun, als sie endlich aufgehört hat zu husten. »Na los!«

»Das mit deinem Liebsten?«, fragt Karin verblüfft. Sie wollte doch eigentlich reden. Wollte sie nicht.

Sigrun quetscht die Zigarette auf ihrem Kuchenteller aus, dass es qualmt. Man kann es riechen.

»Quatsch!«, sagt sie. »Schwör!«

Karin nickt. Für einen Augenblick hat sie Hoffnung. Sie hatte Sigrun doch schon das von den Juden erzählt. Vom Krieg. Was soll jetzt denn sonst wohl kommen. Dass Sigruns Vater so nett und so lustig ist und nichts dagegen hat, dass sie Negermusik hören, bedeutet doch gar nichts.

»Ich weiß das überhaupt noch nicht lange!«, flüstert Sigrun. »Sie wollten nicht, dass ich mich verplappere. Aber das hätte ich sowieso nicht getan, ich bin doch nicht blöde!«

Oh, danke!, denkt Karin, und die Erleichterung ist

riesengroß, fast schon Glück. Es ändert ja nichts, sie wird die Fotos niemals vergessen, *Vati, ach, Vati.* Aber jetzt ist sie gleich nicht mehr allein.

»Wir leben hier, und wir wollen, dass die Leute bei uns einkaufen«, sagt Sigrun und ihre Stimme klingt immer noch ganz gedämpft. »Wir sind darauf angewiesen, verstehst du? Wir sind nun mal alle Nachbarn und gute Nachbarschaft ist wichtig. Und vorbei ist vorbei.«

Karin nickt. Genau das hat Reginas Mutter doch auch gesagt, als sie das von Onkel Heinrich erzählt hat. Man muss die Vergangenheit auch vergessen können, nur Karin kann das nicht. »Ich weiß!«, flüstert sie. »Mein Vater …«

»Schwör!«, sagt Sigrun noch mal und ihre Stimme klingt fast drohend. »Nicht mal deinen Eltern!«

Karin nickt, sagt nicht: *Du deinen aber auch nicht!*, dann hält sie drei Finger in die Luft, das ist Kinderkram. »Ich schwöre!«, sagt sie. Wie gut, oh, wie gut.

Sigrun lehnt sich wieder zurück. »Mein Vater ist Halbjude«, flüstert sie. »Mischling ersten Grades. Der durfte meine Mutti erst nach dem Krieg heiraten! Kannst du dir so was vorstellen? Ich bin das doch dann auch! Jüdisch! Wenigstens ein Viertel!«

»Was?«, flüstert Karin. Sigrun. Ist eigentlich hundeblond und hat eine Stupsnase, die sind doch alle tot. Die gibt es in Büchern und in Filmen, und in Jerusa-

lem haben sie den Eichmann hingerichtet deswegen. Das hat es alles gegeben, aber doch nicht im wirklichen Leben, nicht in Karins Leben! Aber die Fotos gibt es ja auch. Es hat sie gegeben.
»Und?«, sagt Sigrun.
»Ich weiß nicht«, murmelt Karin.
»Du hast es geschworen!«, sagt Sigrun. »Meine Mutter sagt, man muss auch vergessen können. Wir sind nun mal alle Nachbarn, und gute Nachbarschaft ist wichtig, die Leute sind unsere Kunden. Und vorbei ist vorbei.«
Karin ist still. Vorbei ist eben nicht vorbei, denkt sie. In uns wird es ja immer bleiben. Was man einmal weiß, ist niemals ganz vorbei.
»Was ist jetzt?«, sagt Sigrun.
Das ist Sigrun, von der sie gelernt hat, wie man den Lidstrich so malt, dass er nicht verschmiert, und mit der sie das Rauchen übt; und am Sonnabend wollen sie ins neue Haus der offenen Tür zum Tanzen. Das ist Sigrun und das ganz normale, gewöhnliche Leben, da gehören solche Sachen nicht immerzu hin. Kriegssachen. Judensachen. So was gibt es nur in Geschichten.
Aber die Fotos gibt es ja auch.
»Sag mal!«, sagt Sigrun. Sie sieht ängstlich aus.
Karin zuckt die Achseln.
»Du hast geschworen!«, sagt Sigrun, und Karin sieht,

dass sie jetzt schon bereut, dass sie es ihr erzählt hat. Aber sie hat es eben nicht mehr ausgehalten, manchmal kann man es nicht mehr aushalten.
Dann muss man reden. Karin kann das nun nicht mehr.
»Wenn meine Mutter rauskriegt, dass ich das erzählt habe!«, sagt Sigrun. »Dann kauft doch keiner mehr bei uns ein!«
»Quatsch!«, sagt Karin. Sie weiß, dass Sigrun recht hat. Es wäre den Menschen peinlich. Mutti. Vati. Allen. »Aber ich erzähl schon nichts. Geschworen ist geschworen.«

19.

Am Sonnabend geht sie nicht mit ins Haus der offenen Tür, Sigrun ruft an und fragt, ob sie kommt, Ilse kommt auch.

»Nee, mir ist schon den ganzen Tag so komisch«, sagt Karin. Es hätte Spaß gemacht, Mutti und Vati hätten sich aufgeregt. Die deutsche Frau raucht nicht, trinkt nicht und schminkt sich nicht. Die deutsche Frau tanzt nicht zu Negermusik.

Wenn Vati damals Sigruns Vater getroffen hätte, was hätte er getan? Hätte Mutti auf der Straße mit Sigruns Mutter geklönt, die einen Halbjuden heiraten wollte, Mischling ersten Grades?

Es gab doch gar keine Juden damals, nirgends hat es sie gegeben: nicht in der Schule und nicht in Muttis Straße, und einen Stern hat Mutti auch nie gesehen. Nur in Karins echtem Leben gibt es jetzt alles.

Karin presst den Kopf in ihr Kopfkissen. Im Radio

spielt der englische Sender »Puff the Magic Dragon«, das ist so wunderbar traurig. Warum kann sie nicht mehr Sigruns Freundin sein? Sigrun weiß doch nichts von den Fotos, Karin wird es ihr niemals erzählen. Man kann sich schämen, auch wenn der andere nichts weiß.

Sie sind fünfzehn, sie haben doch beide nichts damit zu tun.

Aber es ist ja nur Zufall, dass sie nicht zwanzig Jahre früher geboren sind. Und Sigrun darf nicht darüber reden und Karin darf nicht darüber reden, und das Schweigen verbindet sie nicht.

»Puff the Magic Dragon« spielt das Transistorradio.

Ringel, Rangel, Rosen.

Karin kann jetzt rauchen, im letzten Winter hat sie es ja gelernt.

Sie stehen auf dem Bürgersteig vor dem Lokal und ziehen an ihren Zigaretten.

»Hätte ich ja nicht gedacht, Aschenbrödel!«, sagt Harald und bläst ihr den Rauch ins Gesicht. Das ist ein Kompliment.

»Und wo wohnt ihr jetzt?«, fragt Karin.

Da erzählen sie es.

»Und nach der Schule?«, fragt Harald. Er hat ausgelernt, Autoschlosser, das hat Zukunft. Sieht man ja.

Karin zuckt die Achseln. »Krankenschwester viel-

Die Bienenweide

Honigbienen sind ausgesprochene Vegetarier. Sie leben ausschließlich von pflanzlichen Kohlehydraten und Eiweißen. Die Kohlehydrate nehmen sie in Form des zuckerhaltigen Nektars oder des Honigtaus auf. Die Eiweißnahrung wird vom Blütenpollen gestellt. Viele Pflanzen gelten als Bienenweide, nur wenige jedoch sind wirkliche »Grundnahrungsmittel« für Honigbienen und stellen Hauptlieferanten für Pollen und Nektar dar. Auch wenn einzelne Pflanzen besonders gute Nektar- und Pollenspender sind, so muß doch auch die absolute Anzahl der Trachtpflanzen im Sammelgebiet beachtet werden. Im folgenden ist eine tabellarische Übersicht der wichtigsten Nektar- und Pollenspender, aufgegliedert nach Früh-, Sommer- und Spättracht, gegeben. Es soll dies auch eine Entscheidungshilfe sein, wenn es darum geht, Brachflächen neu zu bepflanzen.

Frühtracht

Name		Blüte	Nektar	Pollen
Ahorn	*Acer*			
Bergahorn	*A. pseudoplatanus*	April–Mai	++++/*	++
Spitzahorn	*A. platanoides*	Mai	+++/*	++
Apfel	*Malus sylvestris*	April–Mai	++++	++++
Birne	*Pyrus domestica*	April–Mai	++	+++
Blumenesche	*Fraxinus ornus*	Mai–Juni	+	+++
Borretsch	*Borago officinalis*	Mai–Juli	+++	++
Brombeere	*Rubus fruticosus*	Juni–September	+++	+++
Eiche	*Quercus spp.*	April–Juni	*	+++
Schwarzerle	*Alnus glutinosa*	März–Mai	*	+++
Haselnuß	*Corylus avellana*	Februar–März	+++	++
Himbeere	*Rubus idaeus*	Mai–Juli	++++	+++
Kirsche, Sauer-	*Prunus cerasus*	April	++++	++++
Kirsche, Süß-	*Prunus avium*	April	++++	++++
Lerchensporn	*Corydalis spp.*	März–Mai	++	+++
Löwenzahn	*Taraxacum officinale*	April–Mai	+++	++++
Mandelbaum	*Prunus amygdalus*	März–April	+++	+++
Nieswurz	*Helleborus spp.*	Dezember–April	++	+++
Pappel	*Populus spp.*	März–April	*	+++
Raps	*Brassica napus*	April–Mai	++++	++++
Robinie	*Robinia pseudoacacia*	Juni	++++	++
Roßkastanie	*Aesculus spp.*	Mai–Juni	+++/*	++
Rotbuche	*Fagus sylvatica*	April–Mai	*	+++
Rübsen	*Brassica rapa*	April–Mai	++++	++
Wiesensalbei	*Salvia pratensis*	Juni–August	+++	+
Schwarzdorn	*Prunus spinosa*	April–Mai	++	+++
Spargel	*Asparagus officinalis*	April–Mai	+++	+++

++++ (sehr guter Ertrag), +++ (guter Ertrag), ++ (befriedigender Ertrag), + (ausreichender Ertrag)
* gute bis sehr gute Honigtauquelle

Name		Blüte	Nektar	Pollen
Stachelbeere	*Ribes uva-crispa*	April–Mai	+++	++
Sumpfdotterblume	*Caltha palustris*	März–Mai	++	+++
Tulpenbaum	*Liriodendron tulipifera*	Mai–Juni	++++	+
Ulme	*Ulmus spp.*	März–April	*	+++
Weide	*Salix spp.*	März–Mai	++++	++++
Winterling	*Eranthis hyemalis*	Februar–März	++	+++

Sommertracht

Name		Blüte	Nektar	Pollen
Bärenklau	*Heracleum sphondylium*	Juni–September	+++	+
Buchweizen	*Fagopyrum esculentum*	Juni–September	++++	++
Ackerkratzdistel	*Cirsium arvense*	Juli–August	+++	++
Drachenkopf	*Dracocephalum spp.*	Mai–Juli	+++	
Edelkastanie	*Castanea sativa*	Juni–Juli	++++/*	+++
Esparsette	*Onobrychis viciifolia*	Mai–Juli	++++	++++
Fenchel	*Foeniculum vulgare*	Juni–Juli	+++	++
Wiesenflockenblume	*Centaurea jacea*	Juni–August	+++	++
Gamander	*Teucrium scorodonia*	Juli–August	+++	+
Götterbaum	*Ailanthus altissima*	Juli	+++	++
Gurke	*Cucumis sativus*	Juni–August	+++	++
Hederich	*Raphanus raphanistrum*	Juni–Juli	+++	++
Klee	*Trifolium spp.*	Mai–Oktober	++++	+++
Kohl	*Brassica oleraca*	Mai–Juli	+++	++
Kornblume	*Centauea cyanus*	Mai–Oktober	+++	+++
Kürbis	*Cucurbita spp.*	Juni–August	+++	++
Lauch	*Allium spp.*	Mai–Juli	+++	+
Linde	*Tilia spp.*	Juni–Juli	+++/*	+
Luzerne	*Medicago sativa*	Juni–September	+++	+
Mädesüß	*Filipendula ulmaria*	Juni–Juli		+++
Mais	*Zea mays*	Juni–September		++++
Mohn	*Papaver spp.*	Mai–August		++++
Phacelie	*Phacelia sativa*	Juli–August	++++	+
Serradella	*Ornithopus sativus*	Juni–Juli	+++	+
Sonnenblume	*Helianthus annuus*	Juli–Oktober	+++	+++
Klee	*Melilotus spp.*	Juni–September	++++	+++
Stockrose	*Alcea rosea*	Juli–September	+++	+
Ital. Hahnenkopf	*Hedysarum coronarium*	Mai–August	+++	++
Weißtanne	*Abies alba*	Juni	*	++
Wegerich	*Plantago spp.*	Mai–Oktober		+++

++++ (sehr guter Ertrag), +++ (guter Ertrag), ++ (befriedigender Ertrag), + (ausreichender Ertrag)
* gute bis sehr gute Honigtauquelle

Spättracht

Name		Blüte	Nektar	Pollen
Besenheide	*Calluna vulgaris*	Juni–Oktober	++++	+
Buchweizen	*Fagopyrum esculentum*	Juni–September	++++	++
Efeu	*Hedera helix*	September–Oktober	+++	+
Eibisch	*Althaea officinalis*	Juli–August	+++	+
Glockenheide	*Erica spp.*	Juni–September	+++	+
Goldrute	*Solidago virgaurea*	Juli–September	+++	++
Rotklee	*Trifolium pratense*	Juni–September	+++	+++
Sandglöckchen	*Jasione montana*	Juni–August	+++	++
Schnurbaum	*Sophora japonica*	August	+++	++
Schmalblättriges Weidenröschen	*Chamaenerion (Epilobium) angustifolium*	Juni–September	+++	++
Einjähriger Ziest	*Stachys annua*	Juli–September	+++	

++++ (sehr guter Ertrag), +++ (guter Ertrag), ++ (befriedigender Ertrag), + (ausreichender Ertrag)
* gute bis sehr gute Honigtauquelle

Die Bienenprodukte

Der Honig

Trotz der großen Bedeutung der Honigbiene für unsere Umwelt durch die Bestäubung wilder Flora und Kulturpflanzen bleibt die Honigproduktion für den einzelnen Imker ein wichtiges Kriterium seiner Imkerei. Ob Hobby- oder Berufsimker, eine gute Honigernte läßt die vielen Mühen der Bienensaison vergessen. Aber was ist das eigentlich, was da goldgelb, in trägen Tropfen aus der Schleuder läuft und sich Honig nennt? Eine Frage, die spätestens den Verbraucher und Honigkonsumenten interessiert, wenn er zum Frühstück in ein saftiges Honigbrot beißt.

Schon von alters her spricht man dem Honig mehr oder minder geheimnisvolle Heilkräfte zu. Vom Leberschaden bis zum Vitaminmangel soll Honig als Allheilmittel eingesetzt werden können. Ihm werden dabei in der Tat viele Eigenschaften zugesprochen, die er nicht hat. Honig ist mit Sicherheit als Allheilmittel gegen alles, was uns krank macht, ungeeignet. Den Honig umschwirrt hier ein Mythos, dem er auf Dauer nicht gerecht werden kann. In neuerer Zeit häufen sich allerdings auch Stimmen, die ihn unsachgemäß abqualifizieren. So hört man wiederholt auch Naturwissenschaftler, die rundheraus behaupten, er sei nichts anderes als eine hochkonzentrierte Zuckerlösung. Dies ist schlicht und einfach genauso falsch wie die Behauptung, Honig sei ein potentes Vitaminpräparat. Es handelt sich hierbei um extreme Meinungen und Betrachtungsweisen des Honigs. Beide Thesen sind, wie so oft bei extremen Ansichten, falsch. Richtig ist allerdings: Honig ist mit Sicherheit kein Arzneimittel und sollte nicht als solches eingesetzt und angepriesen werden. Es gibt nur sehr wenige Krankheitsbilder, bei denen Honig eine beschleunigte Genesung verspricht, auf der anderen Seite ist er aber sicher auch keine schlichte, hochkonzentrierte Zuckerlösung.

Honig ist ein äußerst hochwertiges Nahrungsmittel, das ausschließlich auf biologische Weise und ohne Zusatz von künstlichen Beistoffen gewonnen werden kann.

Von allen Nahrungsmitteln zeigt es mit weitem Abstand die geringsten Belastungen an Schadstoffen und Zusätzen. Besonders frisch geschleuderte Honige zeichnen sich durch eine Reihe von Fermenten aus, die antibakteriell wirksam sind. Frischer Honig verursacht daher keine Karies der Zähne und besitzt sogar Fermente, die die Bildung von Karies hemmen. Aber Honig ist keine Zahncreme und kann die Bildung der Karies durch mangelhafte Zahnpflege nicht verhindern! Wer also glaubt, durch Honigessen auf das Zähneputzen verzichten zu können, muß leider enttäuscht werden. Wer bereits Karies hat, der sollte wissen, daß die Zucker des Honigs dann dem Zahnverfall Vorschub leisten und die antibakterielle Wirkung nicht mehr bedeutsam ist.

Die Blüte und die Laus

Prinzipiell unterscheidet man zwei Typen von Honig. Der erste ist der Blütenhonig, der aus dem Nektar der Blüten gewonnen wird, eine meist helle Farbe aufweist und oft schnell auskristallisiert. Der zweite ist der dunkle Blatt- oder Waldhonig, der nur in solchen Jahren in großen Mengen geerntet werden kann, in denen es den Blattläusen gutgeht. Die Läuse sitzen dabei an den jungen Trieben von Nadel- oder Laubbäumen und saugen an den Säften, die in die jungen Triebe fließen. Was ihre Zuckerversorgung angeht, so befinden sie sich hier in einem wahren Schlaraffenland und haben an Kohlehydraten keinen Mangel. Sehr wohl besteht aber ein Eiweißmangel für die Läuse. Die Baumsäfte sind äußerst eiweißarm. Um ihren Eiweißbedarf zu decken, müssen die Läuse sehr große Mengen an Futter umsetzen.

Sie nehmen dabei viel mehr Zucker auf, als sie verarbeiten können. Das überschüssige zuckerhaltige Futter scheiden sie daher unverdaut einfach wieder aus. Man kann dies als »Honigtau«-tropfen an den Blättern oder Nadeln mit bloßem Auge erkennen. Besonders die Ameisen haben die Blattläuse als lohnende Kohlehydratquelle erkannt, und manche Arten halten sich Herden von Blattläusen, die bei Umzügen des Ameisennests von den Ameisen mitgenommen werden. So weit wie die Ameisen haben die Bienen ihre Nutzung der Blattläuse noch nicht entwickelt, aber auch sie wissen Honigtau mit großem Geschick zu finden und einzutragen. Der Waldhonig ist also nicht direkt das Produkt einer Pflanze, sondern besteht aus den eingedickten Exkrettropfen der Blattläuse. Der Zuckergehalt von Blütenhonig und Waldhonig muß nach der Verarbeitung durch die Bienen gleich sein und sollte mindestens bei 80% liegen, sonst gerät der Honig in Gefahr zu gären. Was aber unterscheidet den Honig nun wirklich von der Zuckerlösung? Zuerst ist es der Zucker, der grundlegend verschieden ist. Im Honig finden wir ein Gemisch von vielen Zuckern, wobei der Traubenzucker und der Fruchtzucker dominieren. Beide werden extrem leicht und schnell vom Körper aufgenommen und verarbeitet; wesentlich schneller als der klassische Tafelzucker, der in der Marmelade Verwendung findet. Wichtig sind aber auch noch die Säuren des Honigs. Man schmeckt nur wenig davon, da die Süße die Säure weitgehend verdeckt, dennoch ist der Säuregehalt ganz wesentlich für die Konservierbarkeit des Honigs. Weiterhin findet man eine Reihe von Mineralstoffen und Spurenelementen im Honig. Vitamine gibt es jedoch kaum darin, und dem Honig wurde hier in der Vergangenheit zuviel angedichtet. Wichtig sind noch die Enzyme. Enzyme sind Stoffe, die unzählige chemische Reaktionen im Organismus kontrollieren und regulieren. Ein wichtiges Enzym im Honig ist z. B. die Invertase, die den Rohrzucker im Nektar zum Traubenzucker und Fruchtzucker im Honig spaltet. Für die antibakterielle Wirkung des Honigs ist die Glukoseoxidase von großer Bedeutung. Sie produziert eine hochaktive antibiotische Substanz, die Bakterien insbesondere im Rachenraum effizient abtötet. (Die untenstehende Tabelle gibt Aufschluß über die wichtigsten Bestandteile des Honigs.)

Bedingt durch den hohen Zuckergehalt, neigen viele Honige zum Kandieren. Dies ist nichts anderes als ein Auskristallisieren der Zucker in der wäßrigen Lösung. In einigen Ländern gilt kandierter Honig als ein Produkt minderer Qualität, und man versucht die Kandierung, z. B. durch hohe Erhitzung bei der Honigverarbeitung, zu vermeiden. In Europa hat der Verbraucher inzwischen erkannt, daß kandierter Honig eher ein Zeichen seiner Naturbelassenheit ist.

Das wesentliche Kriterium für den Verbraucher ist und bleibt der Geschmack des naturreinen Honigs. Hier wird er zu keinen Kompromissen bereit sein. Gerade hier macht sich aber die Erhitzung des Honigs stark negativ bemerkbar. Erhitzter Honig verliert schnell an Aroma und schmeckt dann fade.

Wasser	**Zucker**	**Säuren**	**Enzyme u. a.**
17,2%	Fruchtzucker 38% Traubenzucker 31% Saccharide 1% Disaccharide 8% höhere Saccharide 2%	Glukonsäure Zitronensäure Apfelsäure Bernsteinsäure Ameisensäure	Invertase Diastase Katalase Phosphatase Inhibine Aromastoffe Vitamine } 2% Mineralien 0,2%
17,2%	80%	0,6%	2,2%

Wandern ist des Imkers Muß

Doch wie geht man vor, um möglichst viel Honig zu ernten? In den vorhergehenden Kapiteln haben wir gelernt, daß starke Völker für einen guten Ertrag notwendig sind. Genauso wichtig ist natürlich das Nektarangebot. Wo nichts ist, kann auch das stärkste Volk keinen Honig holen. Hier sind besonders die Bienenhausimker im Nachteil. Sie sind auf das lokale Trachtangebot angewiesen. Mobilität der Völker aber ist für eine effiziente Imkerei genauso wichtig wie ihre Gesundheit und Stärke. Wer an einer guten Honigleistung interessiert ist, sollte auf jeden Fall in der Lage sein, mit seinen Völkern reiche Trachtlagen anzuwandern. Die Wanderung ist ein essentieller Bestandteil der modernen Imkerei, und auch der Hobby-Imker wird Freude daran finden, seinen Völkern mit einer neuen Trachtlage etwas Gutes zu tun.

Die Anwanderung von Trachten hat nicht nur den Vorteil der großen Honigernte. Es gibt auch kaum einen stärkeren Reiz für ein Bienenvolk, sich zu vermehren, als eine reichhaltige Tracht, die mit einem guten Pollenangebot verknüpft ist. Besonders gut geeignet ist hierzu zum Beispiel im Frühjahr der Raps, der sich in den letzten Jahren erfreulich stark als Futterpflanze in der Landwirtschaft durchgesetzt hat. Hier profitieren wirklich alle Beteiligten. Der Landwirt hat einen guten Saatansatz, der Imker eine gute Honigernte; und die Bienenvölker legen einen gesunden Pollenvorrat an, der die Brutproduktion stimuliert. Berühmt sind daher in Imkerkreisen die großen Rapsfelder Norddeutschlands, die jährlich viele Imker aus der ganzen Bundesrepublik anziehen.

Später im Jahr ist die Sonnenblume eine der besten Trachten, die man für die gute Entwicklung des Bienenvolks anwandern kann. Sonnenblumen werden in Frankreich bereits in großem Umfang angepflanzt und erfreuen sich auch in Deutschland – langsam, aber sicher – einer steigenden Beliebtheit. Sie sind ideale Pollenspender und sichern die Eiweißversorgung der Bienen über den Winter.

Die Heideblüte ist eines der ältesten Wandergebiete der Imkerei. Auch hier profitiert nicht nur der Imker von der Tracht, sondern die Bienen haben auch die Gelegenheit, ihren Pollenvorrat für den Winter erneut aufzustocken. Wanderplätze in Heidegebieten sind oft von Imkern heiß umkämpft, und wer einen Standplatz für seine Völker hat, wird alles daransetzen, diesen auch in zukünftigen Jahren zu behalten. Nicht zuletzt deswegen, weil der Heidehonig mit Abstand die höchsten Preise im Verkauf erzielt.

Es gibt allerdings auch Trachten, die die Völker eher belasten als zu ihrer Entwicklung förderlich beitragen. Hierzu zählen all die Trachten, die nicht gleichzeitig mit einem respektablen Pollenangebot verknüpft sind. Die Waldtracht ist hierfür ein klassisches Beispiel. Wer mit seinen Völkern spät in der Saison eine Waldtracht anwandert, sollte überlegen, ob er diese Völker nach dem Einsatz im Wald eher aufgibt und sie erst gar nicht winterfertig macht. In der Waldtracht ist das Pollenangebot naturgemäß äußerst karg, und die Völker verbrauchen sich stark. Der Pollenmangel macht sich im nächsten Frühjahr drastisch bemerkbar, und die Überwinterungsverluste solcher Völker sind immens.

Bei der Wanderung sollte man einige Vorkehrungen treffen, um die Bienen möglichst ohne Verluste am neuen Standort aufzustellen. Man schließt am Abend des Vortags die Fluglöcher auf dem alten Standplatz, um auch sicher zu sein, tatsächlich alle Flugbienen des Volks in der Beute zu haben. Man sollte nicht vergessen, die Belüftungsöffnungen hinter den sogenannten Wandergittern zu öffnen. Sonst verbrausen die Völker in kurzer Zeit. Der Transport findet am besten während der frühen Morgenstunden statt. Hohe Temperaturen sollte man während der Wanderung vermeiden. Die Bienen können ja nicht zum Wasserholen ausfliegen, um die Nesttemperatur abzukühlen. Am neuen Standort sollte man die Fluglöcher am besten am frühen Vormittag öffnen. Auf keinen Fall sollte man sich um eine Durchsicht der Völker bemühen. Diese sind nach dem Transport meist recht aggressiv und zeigen entsprechend wenig kooperatives Verhalten. Eine Kontrolle sollte erst nach einigen Tagen erfolgen, wenn die Völker sich am neuen Standort gut eingeflogen haben.

Die Ernte

Die Honigernte stellt mit Abstand die härteste Arbeit in der Imkerei dar, und auch der Hobby-Imker tut gut daran, hierfür Verstärkung von Freunden oder Verwandten anzufordern. Die wichtigste Regel bei der Honigernte ist, nur verdeckelte Honigwaben aus dem Volk zu nehmen. Der Honig auf den unverdeckelten Waben ist noch nicht reif und hat einen zu hohen Wassergehalt. Honig mit zu hohem Wassergehalt (>20%) fängt bei der späteren Lagerung leicht an zu gären. Schon oft sind komplette Ernten verdorben, weil der Imker die Honigwaben zu früh aus dem Volk genommen hat. Bevor man die Honigwaben entnimmt, wird man ordentlich Rauch in den Honigraum geben, der bereits einen Großteil der Bienen nach unten vertreibt. In großen Magazinimkereien werden die Honigzargen komplett abgenommen und die Bienen mit einem sogenannten »bee-blower« von den Waben geblasen. Es handelt sich dabei um ein transportables Gebläse, das in der Großimkerei wirklich hervorragende Dienste tut. Der Hobby-Imker wird es nicht brauchen. Er sollte mit einem Feger, der im Bienenhandel erhältlich ist, die Bienen von den Honigwaben abkehren.

Der Magazinimker kann die vollen Honigwaben gleich in den Zargen belassen und zum Schleuderraum bringen. Der Bienenhausimker wird hierzu eigens eine stabile Transportkiste benötigen. Auf dem Transport ist auf absolute Bienendichtigkeit zu achten. Zargen und Transportkisten müssen mit Deckeln versehen sein. Man sollte die Waben auf keinen Fall lange in der warmen Sonne stehenlassen. Sobald das Wachs weich wird, werden die Waben durch das schwere Gewicht des Honigs in sich zusammenbrechen.

Bei der Entnahme der Honigwaben aus dem Bienenvolk werden die Bienen mit einem „Bienenfeger" abgekehrt

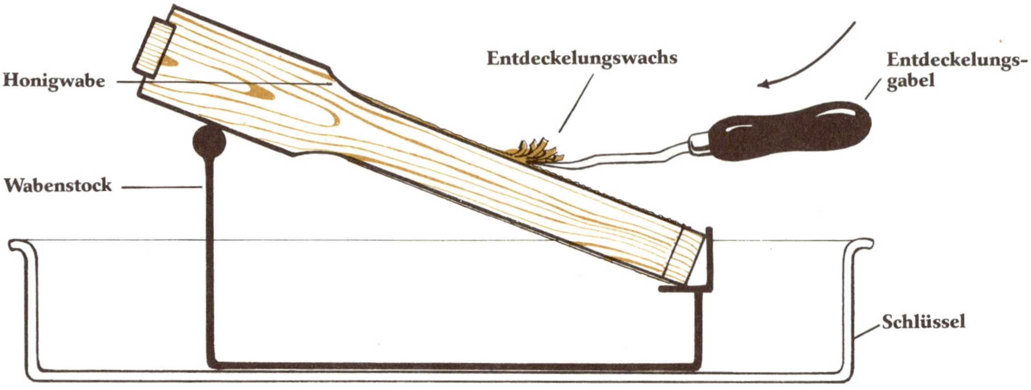

Die Entdeckelung der Honigwaben führt man am besten über einer Schüssel durch. Heruntertropfenden Honig kann man dann noch weiterverwerten

Meistens wird man die Waben schleudern und den Honig in handelsüblichen Gebinden abfüllen. Man kann aber auch sogenannten Scheibenhonig verkaufen. Dies ist neuer, jungfräulicher Wabenbau, der mit Heidehonig vollgetragen wurde. Die Waben können in handliche Stücke geschnitten werden, ohne daß der Honig ausläuft. Heidehonig hat eine geleeartige Konsistenz und erzielt in dieser Form Höchstpreise auf den Märkten Norddeutschlands und der Niederlande.

Wer nicht die Heide anwandert, kann sogenannten Wabenhonig erzeugen. Hierzu nimmt man kleine quadratische Plastikrähmchen (sogenannte Pfundrähmchen), in die man einen kleinen Mittelwandstreifen einlötet. Die Bienen bauen die Rähmchen aus und tragen bei guter Tracht (aber nur dann!) Honig ein. Die Rähmchen wird man dann einzeln verpackt zum Verkauf anbieten und zu respektablen Preisen Käufer finden.

Wachs ab, Honig raus!

Die meisten Imker werden jedoch den Honig mit der guten alten Honigschleuder ernten. Hierzu muß man zunächst die Wachsdeckel, mit denen die Bienen die Honigzellen mit viel Mühe verschlossen haben, entfernen. Die Entdeckelung ist eine langwierige Arbeit, die kaum jemand Freude bereitet. Entsprechend groß ist die Vielfalt der Bemühungen, Geräte und Hilfsmittel zu entwickeln, die das Entdeckeln erleichtern oder automatisieren. Die Palette reicht von einem schlichten Messer bis zur vollautomatischen Entdeckelungsanlage. Am weitesten verbreitet ist die bereits erwähnte Entdeckelungsgabel (siehe Seite 49). Es handelt sich dabei um eine Gabel mit vielen eng zusammenstehenden Zinken. Man fährt mit der Gabel leicht unter das Verdeckelungswachs und reißt sie hoch. Das Wachs bleibt auf der Gabel liegen, und der Honig ist in den darunterliegenden Zellen sichtbar. Wer mehr investieren möchte, kann sich elektrisch beheizte Entdeckelungsmesser anschaffen, aber die Zeitersparnis ist nicht sehr groß. Eine vollautomatische Entdeckelungsmaschine lohnt sich natürlich nur für eine Großimkerei und stellt eine Investition dar, die sich der Freizeitimker sicher ersparen kann. Die Entdeckelung führt man über einer Wanne durch, die den heruntertropfenden Honig und das Deckelwachs auffängt. Das Deckelwachs kann man dann noch in kaltem Wasser aus-

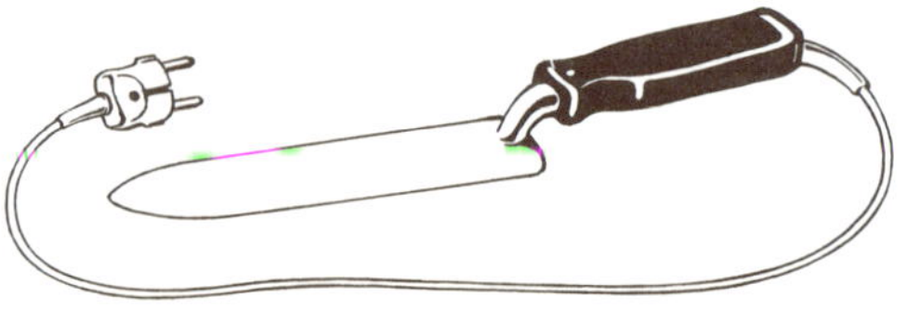

Elektrisches Entdeckelungsmesser

waschen und anschließend einschmelzen. Das Honigwasser kann man dann wieder an die Bienen verfüttern.

Das Schleudern

Im deutschsprachigen Raum wird meist noch die sogenannte *Tangentialschleuder* benutzt. Die Waben sind dabei senkrecht zum Radius des Zentrifugenrotors angeordnet. Dies führt dazu, daß der Honig zuerst auf der einen Seite der Wabe ausgeschleudert wird. Danach muß die Wabe gewendet werden, um den Honig auch auf der anderen Seite herausschleudern zu können. Durch die Anordnung der Waben passen nur vier bis maximal sechs Waben in die Schleuder. Sie werden dabei stark durch seitliche Kräfte belastet und brechen schnell, da ihre Architektur eher auf eine Belastung in der Längsrichtung ausgelegt ist. Vor dem ersten Wenden ist daher große Vorsicht geboten, und die Drehzahl muß gering gehalten werden. Nach dem Wenden kann man dann etwas schneller drehen. Generell sind solche Schleudern sehr arbeitsintensiv, und die Honigernte gestaltet sich recht mühselig. Zwar gibt es Geräte, die die Waben automatisch wenden (Selbstwendeschleudern), jedoch haben diese neben einem hohen Anschaffungspreis nach wie vor ein geringes Fassungsvermögen.
Einfacher und schneller kann man den Honig mit *Radialschleudern* ernten. Erstens passen in eine Zentrifuge von gleicher Größenordnung wie die Tangentialzentrifuge wesentlich mehr Rähmchen (12 oder 20) hinein. Zweitens braucht man die Rähmchen während des Schleuderns nicht zu wenden, was zu einer erheblichen Arbeitserleichterung führt. Die Waben werden dabei mit dem Träger nach außen gestellt. Da die Honigzellen leicht nach oben geneigt sind, zieht die Fliehkraft – aber auch die starke Luftströmung zwischen den Waben – den Honig aus den Zellen. Der Wabenbruch ist nicht groß, da die Waben in ihrer Längsrichtung belastet werden. Die Konstruktion der Wabe ist gerade bei solchen Belastungen sehr stabil.
Durch das Schleudern wird natürlich nicht nur der reine Honig aus den Zellen entfernt. Auch viele Wachspartikel werden sich im frisch geschleuderten Honig befinden. Klassischerweise wird man den Honig nun durch ein Doppelsieb filtrieren, bevor man ihn in Gläser oder Eimer füllt. Solche Siebe sind genormt im Handel erhältlich. Es empfiehlt sich in jedem Fall eine rostfreie Ausführung anzuschaffen. Da solche Honigsiebe schnell mit Wachspartikeln verstopfen, arbeitet man am besten mit zwei Sieben. Während man das verstopfte Sieb reinigt, filtriert das andere, und es gibt so keine Zwangspausen beim Abfüllen.
Mit beachtlicher Zeitersparnis geschieht die Reinigung des Honigs über einen sogenannten Siebkorb in der Honigschleuder. Die Fliehkraft preßt den Honig durch die engen Maschen. Allerdings gerät dadurch viel Luft in den Honig, was nach dem Abfüllen für Probleme sorgen kann.
Bevor man die Honiggefäße fest und am besten luftdicht verschließt, muß man den Honig noch einige Tage offen stehenlassen. Die Luft, die sich durch das Schleudern im Honig gesammelt hat, muß noch entweichen. Es bildet sich auf der Honigoberfläche ein weißer Schaum, den man mit einem Schaber vorsichtig entfernen kann (sogenanntes *Abschäumen*). Erst jetzt sollte man das Honiggebinde endgültig verschließen und in einem kühlen trockenen Lagerraum aufbewahren.
Wer Honig in größeren Gebinden aufhebt, sollte hierzu verzinnte Eisentöpfe oder lebensmittelechte Kunststoffeimer verwenden. Auf keinen Fall sollte man verzinkte Eisengefäße

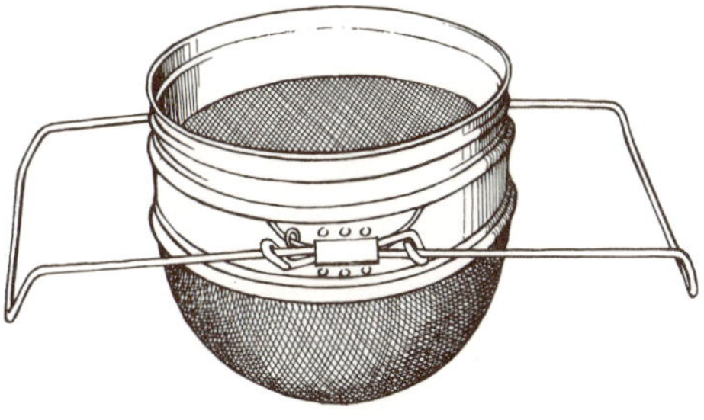

Am besten man hat zwei solcher Honigsiebe. Während das eine gebraucht wird, kann man das andere reinigen

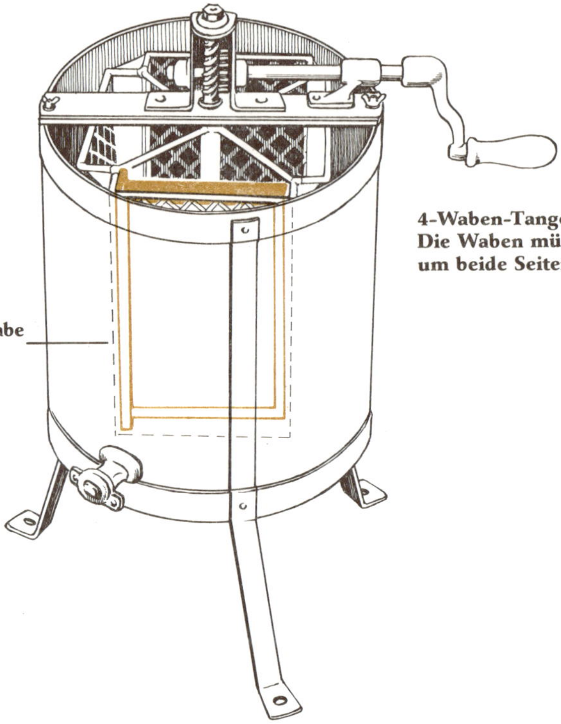

Lage der Wabe im Gerät

4-Waben-Tangentialschleuder mit Handbetrieb. Die Waben müssen von Hand gewendet werden, um beide Seiten ausschleudern zu können

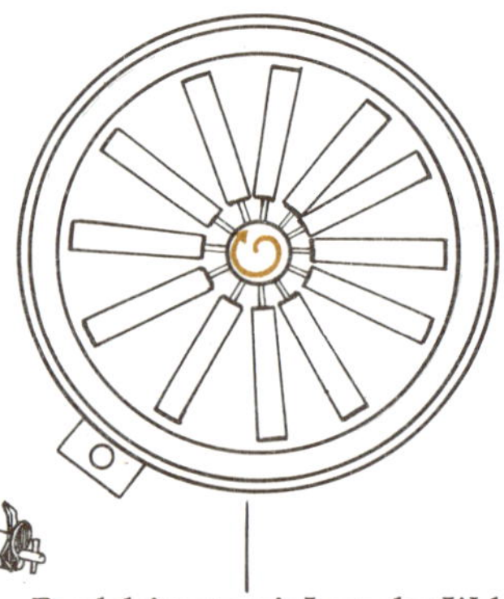

Schleudern mit Motorantrieb. Links Selbstwendeschleuder, rechts Radialschleuder mit Pendeleinsatz

Pendeleinsatz mit Lage der Waben in der Radialschleuder

benutzen, da Zink ein hochwirksames Gift ist und nicht mit Lebensmitteln in Kontakt kommen sollte. Man sollte vor dem Abfüllen in die Gefäße auf jeden Fall beachten, daß diese absolut trocken sind. Wasser ist nach dem Schleudern die größte Gefahr für den Honig.

Die Lagerung des Honigs

Obwohl Honig nicht schnell verdirbt, kann man ihn nicht beliebig lange aufbewahren. Gerade die antibakterielle Wirkung läßt bei der Lagerung rasch nach. Kühle Temperaturen sind für die Konservierung eher förderlich als warme. Dennoch besteht kein Anlaß, Honig tiefzufrieren. Bei 15° Celsius und 60% relativer Luftfeuchte kann der Honig bedenkenlos 2 Jahre gelagert werden.

Gefährlich wird es nur, wenn feuchte Räume als Lagerraum benutzt werden. Der Honig hat die Eigenschaft, Wasser aus der Luft anzuziehen. Dadurch kann ein zunächst reifer Honig mit einem ausreichenden Wassergehalt allmählich verderben: Sobald der Wassergehalt über 20% liegt, können Hefesporen keimen, die in jedem Honig enthalten sind. Unter sogenannten anaeroben Bedingungen (ohne Sauerstoff) vermehren sie sich mit Hilfe der Gärung. Sie bauen dabei den Zucker zu Alkohol ab und produzieren Kohlendioxidgas. Bei Herstellung von Wein und Bier ist diese alkoholische Gärung durchaus erwünscht, im Honigglas hat sie jedoch katastrophale Folgen. Große Gasblasen bewegen sich langsam an die Oberfläche, und der Honig schmeckt scheußlich sauer, da bei der Gärung auch noch Säuren erzeugt werden. Verkaufen kann man ein solches Produkt nicht mehr. Meist bleibt dann nur noch die Lösung, den Honig mindestens 10 Minuten lang auf 60° Celsius zu erhitzen, um eventuelle Keime abzutöten, und den Honig an die Bienen zu verfüttern.

In den USA und in Kanada erhitzt man den Honig, um diese Hefesporen zu vernichten. Bei dieser »Pasteurisierung« wird der Honig 6 Minuten auf 78° Celsius erhitzt. Er verliert dadurch jedoch viele seiner Eigenschaften und sieht nach der Erhitzung einem 100 Jahre gelagerten Honig sehr ähnlich. Sämtliche Fermente sind zerstört, und der Honig ist in der Tat nicht mehr weit von einer hochkonzentrierten Zuckerlösung entfernt. Im deutschsprachigen Raum besteht man daher zu Recht auf gewissen Qualitätsanforderungen, die einen naturbelassenen Honig garantieren. Diese Normen – gesichert durch den Gewährstreifen am Honigglas – sind ein wesentlicher Hauptgrund dafür, daß sich in Deutschland der Honigpreis trotz weltweiten Preisverfalls weiterhin stabil hält.

Man sollte Honig nur dann erwärmen, wenn man aus großen Gebinden kristallisierten Honigs kleine Mengen abfüllen will. Hierbei sollte man äußerst behutsam vorgehen und ihn auf keinen Fall zu hoch erhitzen. Es empfiehlt sich hier ein Wasserbad oder ein Wärmeschrank, den man auf maximal 40° Celsius einstellt. Kleine Mengen kann man noch schonender in modernen Mikrowellenherden erwärmen. Auch hier sollte man allerdings mit einem Kontaktthermometer überprüfen, daß der Honig nicht heißer als 35° Celsius wird. Dennoch sollte man sich durch die neue Technik nicht täuschen lassen; jede Erwärmung, auch die unter der Einwirkung von Mikrowellen, führt zu einer Verminderung der Qualität des Honigs.

Eine andere Möglichkeit, das rasche Kandieren zu verzögern, besteht im Rühren des Honigs. Ein Rührflügel an einer elektronisch regelbaren Bohrmaschine ist hier sehr hilfreich. Mit dem Rührer zerschlägt man die großen Kristalle in kleine Partikel. Wiederholt man das Rühren so lange, bis sich im Honig erste Kandierungsstreifen zeigen, so wird er im weiteren sehr feinkristallin kandieren und eine breiige Konsistenz erreichen, die vom Verbraucher oft bevorzugt wird. Am besten ist und bleibt es jedoch, den Honig gleich nach dem Schleudern in verkaufsfähige Gebinde abzufüllen. Jede (auch noch so vorsichtig durchgeführte) Erwärmung und/oder Bearbeitung vermindert die Qualität des Honigs.

Frisch geschleuderter Honig ist der beste!

Pollen und Kittharz

Neben dem Honig sind auch der eingetragene Blütenpollen und das Kittharz für den Imker von Bedeutung.

Der *Pollen,* die einzige Eiweißnahrung, die die Bienen zu sich nehmen, wird in den letzten Jahren auch zunehmend zu diätetischen Zwecken in der menschlichen Ernährung eingesetzt. Man sollte dabei allerdings beachten, daß der Pollen im Gegensatz zum Nektar wesentlich stärker durch unsere heutige Umwelt belastet ist. Solange nur geringe Mengen (z. B. 1 Löffel pro Tag) eingenommen werden, dürfte sich hieraus kein schwerwiegendes Problem ergeben. Die Einnahme größerer Mengen Pollen kann jedoch nicht empfohlen werden. Es ist ohnehin fraglich, inwieweit Blütenpollen in diätetischen Konzepten eine Rolle spielen sollten, da die verschiedenen Inhaltsstoffe von Charge zu Charge extrem variieren können. Vor der Einnahme von Pollen oder Verwendung von Pollensalbe als Mittel gegen Krankheiten muß eindringlich gewarnt werden. Allergische Reaktionen sind gerade bei Pollen häufig (Heuschnupfen!), und der therapeutische Effekt ist meist unklar. Auf keinen Fall sollte eine Behandlung mit Pollenpräparaten ohne ärztlichen Rat erfolgen.

Pollen kann man den Bienenvölkern am leichtesten mit Hilfe sogenannter Pollenfallen entnehmen. Es gibt dabei mehrere Formen und Varianten, die jedoch alle nach dem gleichen Prinzip funktionieren. Die Bienen müssen bei der Rückkehr vom Sammelflug ein engmaschiges Gitter durchlaufen. Bei der Passage der Pollenfalle verlieren sie ihre Pollenhöschen, die in einer flachen Schale im Unterboden der Beute aufgefangen werden. Die Pollenfalle führt bei gutem Pollenangebot nicht unbedingt zu einer schlechteren Pollenversorgung des Bienenvolks, da nicht jede Biene ihren Pollen verliert, wenn sie zum Volk zurückkehrt. Einigen wird es gelingen, die Pollenfalle ungeschoren zu passieren. Zudem verstärken die Bienen beim Einsatz von Pollenfallen ihre Sammelaktivität für Pollen, so daß insgesamt keine Knappheit entsteht. Dies geht allerdings zu Lasten des Honigertrags. In guten Jahren kann man Pollenernten bis zu 30 kg pro Volk erwarten. Honig wird man von diesen Völkern allerdings nicht schleudern können, und oft muß noch viel zugefüttert werden.

Der Pollen ist sehr anfällig für Schimmelpilzbefall. Man sollte ihn daher erst trocknen und dann am besten in der Tiefkühltruhe bei −20° Celsius in luftdichten Verpackungen lagern. Dabei besteht die Gefahr der Schimmelbildung nicht, und auch das Aroma des Pollens bleibt erhalten. Wer den Pollen ausschließlich als Eiweißreserve für die Bienenvölker im nächsten Frühjahr benötigt, sollte sich den Umweg über die Pollenfalle sparen. Die Entnahme von ganzen Pollenwaben erscheint in diesem Zusammenhang einfacher und effizienter. Man muß allerdings auch sie vor Schimmel schützen und sollte die Waben kühl und trocken lagern.

Pollen-Honig-Teige, die man mit dem Pollen aus der Pollenfalle erstellen kann, sind für die Honigbienen äußerst unphysiologisch, nehmen sie unter natürlichen Bedingungen doch entweder Pollen oder Zucker auf. Die Mischung führt dazu, daß die Bienen das Futtergemisch gemäß ihrem »Zuckerhunger« aufnehmen und dadurch viel zuviel Pollen einnehmen. Dies belastet den Darm der Arbeiterinnen und kann bei Winterbienen zu einer regelrechten Eiweißvergiftung führen. Auch hier gilt es zu beachten, daß die imkerliche Betriebsweise möglichst nahe an den tatsächlichen biologischen Gegebenheiten im Bienenvolk zu orientieren ist.

Neben dem Pollen kann noch das *Kittharz* geerntet werden. Hierzu hat man bislang noch keine Fangvorrichtung entwickelt. Kittharz, auch Propolis genannt, besteht aus einer Vielzahl von chemisch hochkomplizierten Harzen, die von den Bienen an Pflanzenknospen und Nadelbäumen gesammelt werden. Sie tragen das Kittharz, ähnlich wie den Pollen, in ihren Körbchen an den Hinterbeinen ein. Die Sammlerinnen entledigen sich des Kittharzes niemals selbst. Sie bringen ihre Ladung meist direkt an den Ort, an dem er benötigt wird. Dort wird das Kittharz dann von einer »Zementierbiene« abgenommen und verbaut. Die Bienen benutzen das Kittharz, um Risse und Öffnungen in der Nisthöhle zu verschließen. Das kann so weit gehen, daß nahezu die gesamte Nesthülle aus Propolis gebaut wird. Bei afrikanischen Bienenvölkern kann man dies beobachten, wenn sie im dichten Gestrüpp nisten und keine natürliche Nisthöhle gefunden haben.

Bienen benutzen Kittharz aber nicht nur zur Verstopfung von Undichtigkeiten in der Nisthöhle. Gelegentlich sieht man, daß es auch zur Einbalsamierung toter Tiere (z. B. Mäuse) benutzt wird, die die Bienen in ihrer Beute getötet haben. Sie machen dies dann, wenn die Opfer zu groß sind, als daß man sie noch zum Flugloch hinausschieben könnte. Die Kadaver werden völlig luftdicht mit Propolis überzogen, die Verwesung wird dadurch ähnlich wie bei ägyptischen Mumien verhindert.

Das Verkitten der Beute wird normalerweise vom Imker nicht gern gesehen. Es bedeutet in der Regel erhebliche Mehrarbeit und Kosten. Nicht selten sind Rähmchen in stark kittenden Völkern nur noch mit rabiater Gewalt aus der Beute zu entfernen. Häufig gibt es dabei Wabenbruch und zerbrochene Rähmchen. In Auszugsbeuten gelangt man in Fällen starker Verkittung oft gar nicht mehr an die Bienen heran, ohne die ganze Beute auseinanderzunehmen.

Wie alle Produkte des Bienenvolks steht auch das Kittharz im Ruf, heilende Kräfte zu haben. Im Gegensatz zu den zweifelhaften Wirkungen des Pollens sind für Propolis solche Mechanismen tatsächlich zweifelsfrei nachgewiesen. Zum einen hemmt Propolis das Wachstum von Viren, zum anderen tötet es Pilze und Bakterien. Hauptsächlich verantwortlich für diese Wirkungen sind die chemisch komplexen Flavonoide. Allerdings gilt auch hier, daß Propolis von verschiedenen Bienenständen in seiner Wirkung sehr verschieden sein kann. Propolis ist nur so wirksam, wie das, was die Bienen haben sammeln können (dies ist ein grundlegender Unterschied zur antibakteriellen Wirkung des Honigs, die von den Bienen selbst erzeugt wird und unabhängig von Standortfragen ist!). Man kann Propolis daher erfolgreich als Salbe oder Tinktur bei der Behandlung von äußerlichen Entzündungen einsetzen. Allerdings gilt auch hier wieder: Wer eine ernsthafte Erkrankung hat, sollte zunächst den Arzt konsultieren und nicht blind auf die oft unklaren Heilwerte des Bienenvolks bauen. Irreparable Schäden könnten die Folge sein.

Kittharz spielt allerdings noch eine wesentliche Rolle in einem für viele Imker unbekannten Erwerbszweig. Geigenbauer präparieren nach wie vor ihre Instrumente mit Kittharz. Allerdings haben auch sie erkannt, daß es große Unterschiede zwischen den Produkten verschiedener Provenienz gibt, und jeder bevorzugt ein Kittharz nach »seinem« Geheimrezept. Auch benutzen manche Violinspieler Propolis statt Kollophonium, um den Bogen geschmeidiger zu machen. An all diesen Indikationen für Propolis sieht man, daß durchaus ein Markt für die Erzeugung von Kittharz besteht. Es kann sich also lohnen, das am Stockmeißel klebende Kittharz nicht wegzuwerfen, sondern sorgfältig aufzuheben. Wer gezielt Propolis ernten will, kann dies durch eine Kunststoff- oder Baumwollgaze erreichen, die er über die Waben legt. Wenn die Gaze mit Kittharz gefüllt ist, legt man sie 12 Stunden in den Kühlschrank und kann dann das Kittharz abschaben.

Gelée royale

Gelée royale, zu deutsch Weiselfuttersaft, zählt sicher zu den sagenumwobensten Produkten des Bienenvolks. Die Diät der königlichen Larven, das reine Sekret aus den Futtersaftdrüsen der Ammenbienen, steht im Ruf, als wahrer Jungbrunnen für den Menschen zu wirken. Entsprechend werden Gelée-royale-Präparate insbesondere von der kosmetischen Industrie in Form von Cremes, Pasten, Salben und Lösungen angeboten. Auch wenn es sich bei dem Weiselfuttersaft zweifelsohne um eine biologisch hochwertige Nahrung handelt, so sind die Auswirkungen auf den Menschen wissenschaftlich sehr schlecht oder gar nicht dokumentiert. Die Wirkungen sind meist unklar, und die Gefahr allergischer Reaktionen steht in keinem Verhältnis zu dem zweifelhaften Nut-

zen. Dennoch, es gibt Imker, die durch die Produktion von Gelée royale erhebliche Nebeneinkünfte erzielen, so daß zumindest der Vollständigkeit halber auf dieses Thema eingegangen werden soll.
Die Produktion großer Mengen Weiselfuttersafts ist recht arbeitsintensiv und zeitaufwendig. Prinzipiell verfährt man nicht anders als in der Königinnenzucht (siehe Seite 101 ff.). Man entfernt aus einem starken Bienenvolk, das über reichlich Jungbienen verfügt, die Königin. Zwei Waben werden aus dem Brutnest entfernt, zwei Rähmchen mit künstlichen Weiselbechern – in denen sich eintägige Larven befinden – werden an ihrer Stelle eingehängt. Die Bienen werden nun diese künstlichen Zellen mit dem begehrten Weiselfuttersaft verproviantieren. Nach 4 bis 5 Tagen nimmt man die Zellen aus dem Volk, entfernt die Königinnenlarven und kann den Futtersaft ernten. Man füllt ihn am besten in sterile (ausgekochte oder autoklavierte) Gefäße und hebt ihn in kleinen Gebinden (100 ml) in der Tiefkühltruhe auf. Steriles Arbeiten ist hierbei von zentraler Bedeutung, da sich Bakterien im Futtersaft äußerst wohl fühlen und rasant vermehren können. Sie verändern den weißen, milchigen Futtersaft innerhalb weniger Stunden in eine braune übel riechende Brühe.

Das Wachs

Jahrtausendelang stellte das Bienenwachs einen äußerst wertvollen Rohstoff für die verschiedensten Bereiche dar. Man benutzte es als Medikament, Dichtungsmaterial, Kosmetikum, Konservierungsstoff und vieles andere mehr. Der Einsatz von Bienenwachs in Kerzen bedeutete schon immer einen außergewöhnlichen Luxus. Den größten Verbrauch an Bienenwachs hatte die Kirche zu verzeichnen, die immense Summen investierte. Aus Luthers Zeiten wissen wir, daß allein in der Schloßkirche von Wittenberg pro Jahr über 35 700 Pfund Bienenwachs verbrannt wurden. Für die damalige Zeit waren das ungeheure Werte, mußte doch ein Handwerker 2 Tage für den Wert eines Pfundes Wachs arbeiten.

Heute hat das Bienenwachs nicht mehr diese große Bedeutung, und der Preis, den man dafür erzielt, ist leider auch nicht mehr das, was er einmal war. Für den Imker ist der Wachsverkauf eher ein unbedeutender Nebenaspekt geworden. Er wird sein Wachs entweder selbst verarbeiten oder einem Betrieb zur Wachsverarbeitung zuleiten, wo er dann im Austausch für seine Altwaben Mittelwände erhält. Obwohl der Wachspreis nicht sehr hoch ist, sollte der Imker dennoch alles anfallende Wachs sammeln und versuchen, es zu verwerten. Pro Volk wird er jährlich mit etwa 400 Gramm Mittelwänden zu rechnen haben. Eine beträchtliche Menge, so daß es sich lohnt, die Wachsgewinnung nicht zu vernachlässigen.

Der Schutz vor Motten

Das Wichtigste bei der Wachsgewinnung ist der Schutz des Wachses vor der großen Wachsmotte *(Galleria mellonella)*. Wachsmotten sind die einzigen Lebewesen, die in der Lage sind, Bienenwachs zu verdauen. Die Motten leben nur kurz und legen Eier auf die Waben. Die Larven fressen sich dann durch das Wachs und können nicht nur im Wabenlager, sondern auch in Bienenvölkern verheerende Schäden anrichten. Vitale Völker können die Wachsmotten elimieren. Das Wachs im Wabenlager hat jedoch keine Bienen, die die Wachsmotten in Schach halten. Hier muß der Imker eingreifen und seine Wachsvorräte schützen.
Auf keinen Fall sollte man auf die Idee kommen, Mottenpulver oder -kugeln in den Wabenschrank zu legen. Dies tötet zwar die Motten, später aber, wenn man die Waben zu Mittelwänden verarbeitet oder sie doch noch einmal in das Bienenvolk zurückhängt, wird man erkennen, daß Mottenpulver nicht nur Motten, sondern auch Bienen mit größter Sorgfalt vernichtet. Ebenso sollte man die Waben nicht mit langwirkenden Insektenvernichtungsmitteln besprühen oder begasen.
Zur Abtötung der Wachsmotten hat sich bewährt, die Waben in einem dicht schließenden Kasten (der Magazinimker kann hier seine

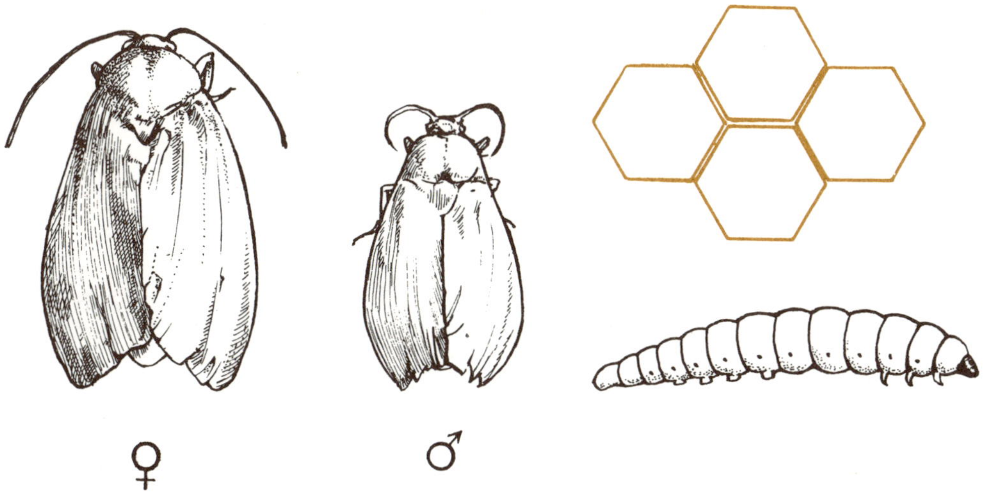

Wachsmotten können ganze Wabenbestände vernichten. Männchen, Weibchen und Larve der großen Wachsmotte (Galleria mellonella)

Zargen benutzen) mit Schwefel zu behandeln. Ein glühender Schwefelspan wird in einem feuerfesten Gefäß oben auf die Waben gestellt, und die Schwefeldämpfe töten alle Maden (nicht aber die Eier!) ab. Da Schwefeldämpfe auch für den Menschen hochgiftig sind, sollten diese Arbeiten im Freien durchgeführt werden. Auf gar keinen Fall sollte man sie in einem hölzernen Bienenhaus durchführen. Die Brandgefahr ist äußerst hoch, und so manches schmucke Bienenhaus wurde bereits ein Opfer der Flammen.

Die abgeschwefelten Waben kann man dann im Wabenlager noch den Dämpfen einer 60prozentigen Essigsäurelösung aussetzen. Dies tötet auch noch die Eier der Wachsmotten ab. Nach der Behandlung sollte allerdings mindestens 8 Tage gelüftet werden.

Die Wachsschmelze

Wo fällt in der Imkerei Wachs an? Wer den Völkern Baurahmen gibt und diese regelmäßig ausschneidet, hat eine erste sehr gute Wachsquelle, da es sich hier um jungfräuliches, ganz frisches Wachs handelt. Wachs ähnlich guter Qualität ist das, das bei der Entdeckelung anfällt. Weiterhin wird man Wachs aus den aussortierten Altwaben gewinnen können. Je nachdem, welches Wachs zur Verfügung steht, müssen verschiedene Verarbeitungsverfahren gewählt werden.

Das einfachste und billigste Verfahren, Wachs zu schmelzen, ist die Ausnutzung der Sonnenenergie. Der sogenannte Sonnenwachsschmelzer eignet sich besonders für die Aufarbeitung des neuwertigen Wachses aus den Baurahmen und von der Entdeckelung. Bei den Altwaben gibt es jedoch Probleme. Viel Wachs bleibt an die Puppenhäutchen in den Zellen gebunden, und die Ausbeute ist sehr gering. Dennoch empfiehlt sich die Anschaffung eines solchen Gerätes, das auch im Eigenbau leicht anzufertigen ist. Das anfallende Wachs kann schon während der Bienensaison ohne großen Aufwand gesammelt werden.

Das Gerät besteht hauptsächlich aus einem Kasten, dessen Oberseite mit einer gut isolierten Glasplatte versehen ist. Je besser die Glasplatte – aber auch die Seitenteile und die Unterseite – isoliert wird, desto besser funktioniert der Sonnenwachsschmelzer. Das Wachs wird dann auf eine schiefe Ebene unterhalb der Glasplatte

Schema eines Sonnenwachsschmelzers

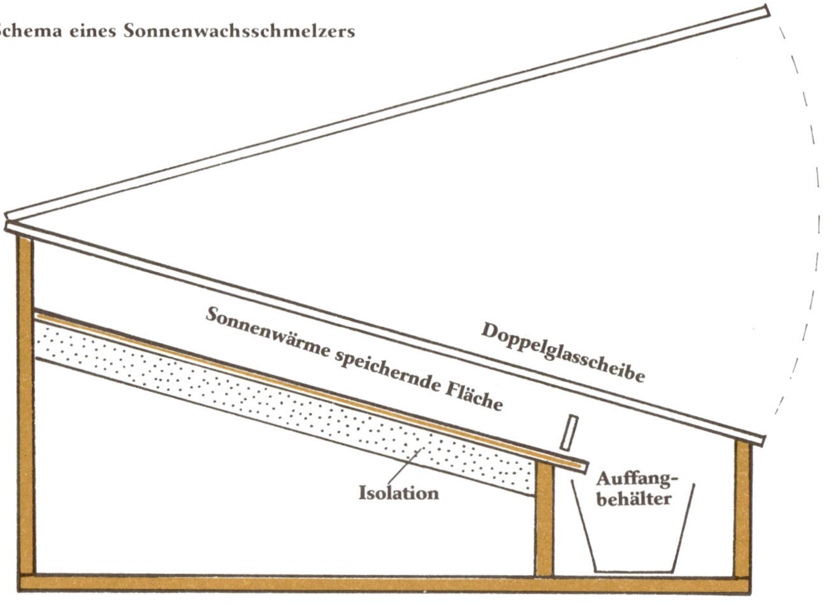

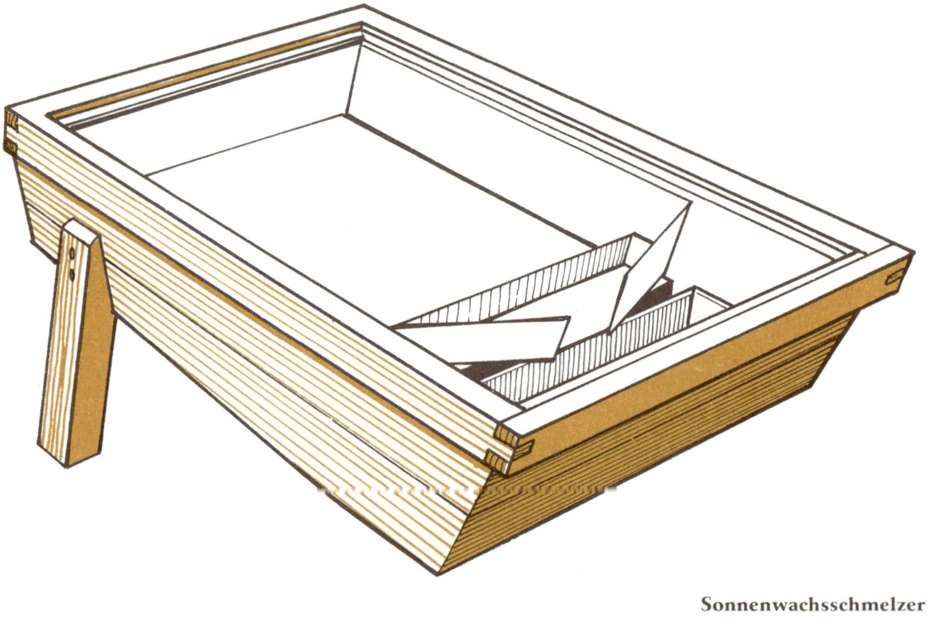

Sonnenwachsschmelzer

gelegt. Durch die Sonneneinstrahlung erwärmt sich der Schmelzraum schnell – auch bei moderaten Außentemperaturen – auf über 80° Celsius. Es liegt hier das gleiche Prinzip vor, das bei der derzeit aktuellen Sonnenenergieheizung ebenfalls angewandt wird.
Die Strahlungsenergie der Sonne und weniger die Lufttemperatur ist für die Temperatur im Sonnenwachsschmelzer ausschlaggebend. Man sollte das Gerät daher auf einen drehbaren Fuß stellen, so daß man es immer zur Sonne hin ausrichten kann. Am unteren Rand der schiefen Ebene bringt man einen Drahtbügel an, der das Wachs daran hindert herunterzufallen. Die Waben werden dabei flach aufgelegt, um den Zwischenraum zwischen schiefer Ebene und Glasplatte möglichst klein zu halten. Je kleiner der gesamte zu erwärmende Raum im Vergleich zur Fensterfläche ist, um so schneller kann er sich aufheizen. Man fängt das heruntertropfende Wachs in einer Sammeldose aus verzinntem Blech oder Kunststoff auf. Den Sammelbehälter sollte man etwa 1 cm hoch mit Wasser füllen, damit man den erhärteten Wachskuchen anschließend ohne Mühe entnehmen kann.
Die Altwaben sollte man nicht mit dem Sonnenwachsschmelzer behandeln, auch dann nicht, wenn man keine andere Möglichkeit der Wachsgewinnung hat. Da die Ausbeute des Wachses von Altwaben im Sonnenwachsschmelzer unter 30% liegt, ist es sinnvoller, die Altwaben zum Händler zu bringen und gegen Mittelwände umzutauschen. Wer Wachs aus Altwaben doch selbst gewinnen will, wird nicht umhinkommen, es mit Hilfe eines sogenannten »Naßschmelzverfahrens« zu schmelzen. Solche Verfahren sind auf keinen Fall für den Anfänger in der Imkerei gedacht. Die Investitionen für entsprechende Geräte lohnen sich erst bei einem größeren Betrieb oder dann, wenn sich mehrere Imker (z. B. im Verein) zusammentun und gemeinsam eine solche kostspielige Anschaffung tätigen.
Zunächst sollte man den Rähmchendraht aus den Altwaben entfernen. Eisen und Zink verfärben das Wachs und machen es unansehnlich. Man wirft die Wabenstücke dann in kochendes Wasser und wartet so lange, bis das gesamte Wachs geschmolzen ist. Da Wachs leichter ist als Wasser, wird es obenauf schwimmen. Die Verunreinigungen fallen auf den Boden des Gefäßes. Dieser Trester kann jedoch noch erhebliche Wachsmengen beinhalten, und man sollte ihn – wenn möglich – weiter verarbeiten.
Die höchste Wachsausbeute aus dem Trester erhält man durch Auspressen. Hierzu kann man die meisten Fruchtpressen, z. B. für Äpfel oder Trauben, gut zweckentfremden. Man gibt den heißen Trester in ein engmaschiges Tuch und preßt das Wachs aus. Eine weitere Möglichkeit besteht darin, das Wachs nicht durch Wasser, sondern durch kochende Wasserdämpfe zum Schmelzen zu bringen. Dies hat den Vorteil, daß man das Wachs nicht aus dem Wasserkübel schöpfen muß, sondern es gleich in einem geeigneten Gefäß auffangen kann. Die Ausbeute ist hier allerdings etwas geringer als beim Pressen. Die Kombination aus beiden Verfahren, sogenannte Dampfwachspressen, geben die besten Resultate, sind aber auch am teuersten in der Anschaffung.
Trotz all dieser Bemühungen werden immer noch feine Verunreinigungen im Wachs verbleiben; durch sogenanntes Klären kann man sie aus dem Wachs entfernen. Man erhitzt dabei einen mit Wachs gefüllten Topf auf etwa 80° Celsius und hält das Wachs möglichst lange flüssig. Die schwereren Verunreinigungen werden langsam nach unten sinken. Nach dem Erkalten nimmt man den Wachsblock aus dem Gefäß und schabt die verunreinigte Schicht an der Unterseite mit einem Messer ab. Nun hat man den Lohn der Arbeit in Händen: reines, hochwertiges Bienenwachs.
Will man das Wachs wieder den Bienen (z. B. Mittelwände) zukommen lassen, so empfiehlt es sich, es kurz auf 140–160° Celsius zu erhitzen. Dadurch werden die Sporen der bösartigen Faulbrut abgetötet (Kochen reicht hier nicht aus!). Man sollte die Temperatur des Wachses unbedingt mit einem Thermometer überprüfen und die Ausgaben hierfür nicht scheuen. Es ist hier größte Vorsicht geboten. Bei überhöhten Temperaturen besteht akute Brand- und Explosionsgefahr!

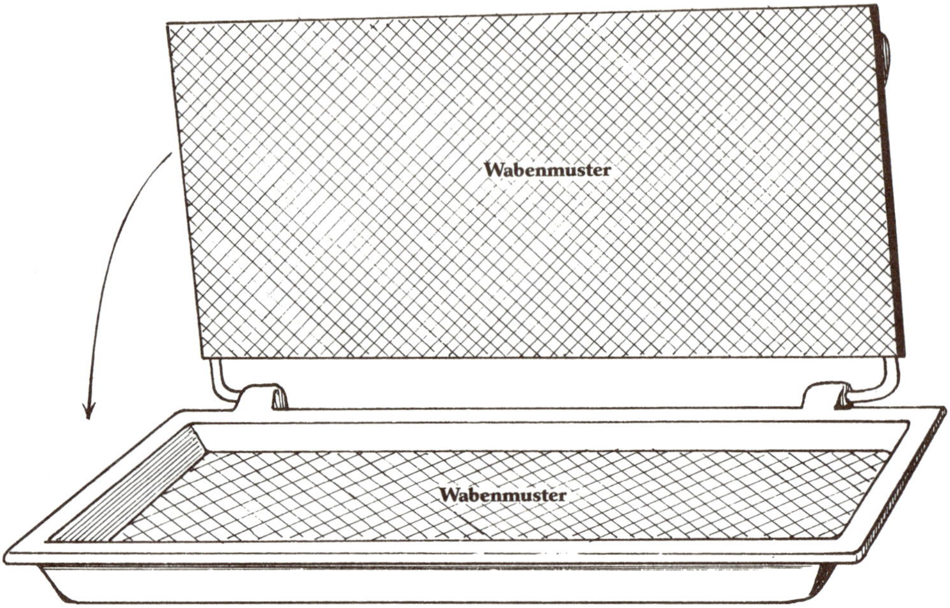

Gußform zur Herstellung von Mittelwänden

Die Herstellung von Mittelwänden

Wer sein Wachs nun bereits so weit verarbeitet hat, wird auch noch den letzten Schritt gehen wollen und seine eigenen Mittelwände erzeugen. Für den Hobby-Imker, der nur in bescheidenen Stückzahlen produziert, lohnt sich dabei nur die Anschaffung einer Gußform. Die Form hat auf Boden und Deckel ein Prägemuster, das den Arbeiterinnenzellen entspricht. Die Gußform sollte dabei etwas länger und breiter sein als das tatsächliche Rähmchenmaß. Am Rand wird die gegossene Mittelwand nämlich dicker als in der Mitte. Diesen dicken Rand schneidet man ab, um eine unnötige Wachsverschwendung zu vermeiden.

Das Herstellen der Mittelwände in der Gußform ist nicht sonderlich schwer. Vor jedem Guß muß man die Prägeform mit einer schwachen Detergenzlösung (ein Tropfen Spülmittel in Wasser) auswischen. Dies verhindert, daß das Wachs in der Form haftenbleibt. Das Wachs sollte nicht zu heiß sein, sonst dauert es sehr lange, bis die Mittelwand in der Form fest wird. 83° Celsius haben sich als günstige Temperatur erwiesen. Mit einem sogenannten »Gießbock«, in den man die Form einspannen und um die Längsachse drehen kann, wird die Arbeit weiter erleichtert. Man braucht die schwere Form dann nicht mehr zu heben, um die Detergenzlösung auszugießen. Die fertigen Mittelwände legt man vorsichtig zum Trocknen auf Fließpapier (alte Zeitungen erfüllen diesen Zweck auch). Am Ende der Arbeit sollte man die Form gründlich mit kochendem Wasser reinigen und auf jeden Fall alle Wachsreste entfernen.

Die wachsverarbeitende Industrie hat die Herstellung der Mittelwände selbstverständlich vollautomatisiert. Sie arbeitet nicht mit Gußformen, sondern stellt die Mittelwände in Walzwerken her. Solche Geräte lohnen allerdings auch in Großimkereien kaum. Daher kommt es, daß kommerziell orientierte Imker in der Regel auf größere Wachsarbeiten verzichten und ihre Altwaben unbehandelt gegen Mittelwände eintauschen.

Die Königinnenzucht

Die Königin ist in vielerlei Hinsicht das Zentrum des Bienenvolks. Sie produziert nicht nur die Nachkommen, sondern reguliert und kontrolliert durch ihre Duftstoffe viele soziale Verhaltensabläufe. Durch die Königin wird das Bienenvolk zu einem Ganzen, entfernt man sie, so bricht sofort Unruhe unter den Arbeiterinnen aus. Hat das Volk keine Möglichkeit, eine Königin nachzuziehen, so wird es schließlich zugrunde gehen. Mit der Königin muß daher immer mit größter Umsicht und Behutsamkeit umgegangen werden.

Trotz aller Vorsicht wird es aber auch der routinierte Imker nicht vermeiden können, daß gelegentlich ein Volk seine Königin verliert und weisellos wird. Dies muß nicht immer Unachtsamkeit des Imkers sein, denn auch Königinnen haben eine begrenzte Lebensdauer (4–5 Jahre). Die Natur hat das Bienenvolk gegen den Verlust der Königin gut abgesichert. In dem Moment, in dem das Volk bemerkt, daß keine Königinnenduftstoffe mehr im Nest vorhanden sind, werden die Arbeiterinnen sich eine neue Königin aus der Brut ziehen, die die alte zurückgelassen hat. Sie suchen sich hierzu einige Larven aus, die noch keine 2 Tage alt sind. Ursprünglich waren diese Larven als Arbeiterinnen vorgesehen. Die Bienen können sie jedoch noch umfunktionieren, so daß dennoch Königinnen daraus entstehen. Sie bauen dazu die kleinen Arbeiterinnenzellen zu vollwertigen Weiselzellen aus. Zudem bekommen die jungen Larven jetzt nicht mehr das gewöhnliche Arbeiterinnenfutter, sondern es wird ihnen eine Kraftnahrung besonderer Art geboten, der Königinnenfuttersaft oder »Gelée royale«. Die Larven wachsen wesentlich schneller als ihre Arbeiterinnenkolleginnen und erreichen kurz vor dem Verdeckeln ein mehr als doppelt so hohes Gewicht.

Die Diät bewirkt, daß aus den ursprünglichen Arbeiterinnen nun doch noch Königinnen werden. Dies funktioniert allerdings nur, wenn der Imker Larven wählt, die nicht älter als 3 Tage sind. Danach sind die Kasten festgelegt. Larven, die nach den ersten 3 Tagen weiterhin Arbeiterinnenfuttersaft bekommen, bleiben auch dann Arbeiterinnen, wenn man zu einem späteren Zeitpunkt die Diät wechselt.

Der Königinnenfuttersaft ist eine hochkonzentrierte Kraftnahrung und besteht nur zu 60% aus Wasser. Entsprechend gelartig ist die Konsistenz. Die restlichen 40% setzen sich zusammen aus Fetten (10%) und komplexen Eiweißen (38%) sowie aus wasserlöslichen Bestandteilen (52%; z. B. Zucker, Vitamine, Aminosäuren). Nicht nur die Qualität des Futtersafts ist jedoch bei Arbeiterinnen- und Königinnenlarven verschieden, sondern auch die Menge des verabreichten Futters. Die Königinnenlarve wird während ihrer Entwicklung insgesamt 1600mal gefüttert und bekommt insgesamt etwa 1,5 g Futter. Bescheiden nimmt sich im Vergleich dazu der Pflegeaufwand für Arbeiterinnenlarven aus, die mit 143 Fütterungen nicht einmal ein Zehntel der Aufmerksamkeit der Ammenbienen auf sich ziehen.

Die Aufzucht von Königinnen ist den Bienen also bestens vertraut, und die Völker sind wohl ausgerüstet, um den Verlust einer Königin zu verwinden. Während das Bienenvolk glücklich ist, wenn es nur irgendeine Königin nachziehen kann, hat der Imker meist deutliche Vorlieben für bestimmte Sorten von Königinnen. Auf keinen Fall möchte er solche haben, die zu stechlustigen, schwarmfreudigen, ertragsschwachen Völkern führen. Der Imker hat also ein vitales Interesse, Königinnen mit solchen Eigenschaften zu vermehren, die seiner Betriebsweise und seinen Anforderungen entsprechen. Die Auswahl, welche Königin nun nachgezogen wird, kann er damit nicht nur dem Bienenvolk überlassen, das in dieser Hinsicht nicht wählerisch ist und irgendeine Larve nimmt. Wie kann der Imker aber das natürliche Potential der Königinnennachzucht in Bienenvölkern so nutzen,

daß auch er und nicht nur das Bienenvolk davon profitiert?
Wieder konnte man aus der genauen Kenntnis der Bienenbiologie heraus Methoden entwickeln, die es dem Imker ermöglichen, auf biologische Weise die Königinnen zu züchten, die er und nicht notwendigerweise das Bienenvolk für richtig hält. Die Verfahrensweise ist dabei so einfach, daß auch der Anfänger sich in dieser Technik üben kann, nachdem er die ersten Anlaufschwierigkeiten überwunden hat.
Ausgenutzt wird dabei der natürliche Trieb weiselloser Völker, aus der Brut eine Nachschaffungskönigin zu ziehen. Die Ammenbienen im weisellosen Volk werden sich schnell auf die Suche nach Larven im richtigen Alter machen, die sie dann durch entsprechende Fütterung zu Königinnen umbestimmen.
Der Imker kann die junge Brut des Volkes herausnehmen und junge Brut von einem besonders guten Volk seiner Wahl in das Zuchtvolk einhängen. Um möglichst viele Königinnen von der gewünschten Sorte zu erhalten, wird der Imker die Brut (auch Zuchtstoff genannt) nicht einfach als Arbeiterinnenbrutwabe zuhängen, sondern er wird versuchen, den Zuchtstoff für die Pflegebienen möglichst attraktiv zu gestalten. Er wird die jungen Larven aus den Arbeiterinnenzellen herausnehmen und sie in künstliche Königinnenzellen geben. Ein Vorgang, den man in Imkerkreisen »Umlarven« nennt.

Der Zuchtstoff

Die Auswahl der jungen Arbeiterinnenbrut, des Zuchtstoffs, ist das wesentliche bei der Königinnenzucht. Auf keinen Fall dürfen die vom Imker ausgewählten Larven älter als 3 Tage sein, sonst erhält man am Ende der Zucht keine vollwertigen Königinnen, sondern oft kleine Zwischenformen zwischen Königin und Arbeiterin, die weder zum einen noch zum anderen taugen. Große ältere Larven ergeben *keine* großen Königinnen! Je kleiner die Larven beim Umlarven, desto größer ist die Chance, eine vollwertige Königin zu erhalten. Oft kann man sie mit bloßem Auge kaum erkennen, und man orientiert sich am einfachsten am Futtersaft, der auf dem Zellboden liegt. Larven im Alter von 1–1½ Tagen sind am besten als Zuchtstoff geeignet.
Wer als Anfänger Schwierigkeiten hat, das richtige Alter der Larven abzuschätzen, kann die Königin auf einer Wabe oder im Honigraum für 1 Tag einsperren. Danach beläßt man die bestiftete Wabe 4 Tage im Honigraum und kennt dann genau das Alter der Larven. Einfacher ist es jedoch, zunächst einem erfahrenen Imker bei der Arbeit zuzuschauen. Man wird dann schnell lernen, welche Larven die richtigen sind.
Man sollte den Zuchtstoff auf keinen Fall zu lange außerhalb des Bienenvolks aufheben. Nur bis zu 6 Stunden sollte eine Zuchtstoffwabe ohne Bienenbesatz sein, danach kommt es zu ersten Verlusten. Nach 24 Stunden können dann bereits über ein Drittel aller Maden tot sein.

Der Bogenschnitt

Die einfachste Form, den Zuchtstoff zu verarbeiten, ist der sogenannte Bogenschnitt. Man nimmt hierzu die Wabe mit dem Zuchtstoff (in diesem Fall kann man auch eine Eiwabe nehmen) und schneidet mit einem warmem Messer an der jungen Brut entlang. Das Wabenstück unterhalb des Zuchtstoffs wird herausgeschnitten. Die Bienen werden mit Vorliebe solche Larven zu Königinnen heranziehen, die in Zellen am Rand der Wabe liegen. Dort ist in der Regel viel Platz, um die großen Königinnenzellen anzulegen. Der Bogenschnitt liefert zahlreiche Randzellenlarven im richtigen Alter, und die Bienen werden viele der Larven an der Schnittkante zu Königinnen großziehen. Wer mehr Königinnen braucht, der sollte diese Technik allerdings nicht benutzen. Zum einen ist die weitere Verarbeitung der Königin auf wendig, zum anderen wird man mit dieser Methode kaum mehr als 20 Königinnen pro Zuchtserie erhalten. Der Hauptnachteil des Bogenschnitts besteht jedoch darin, daß die

Königinnen in der Regel klein werden. Die Bienen können die Arbeiterinnenzellen nicht genügend ausweiten. Entsprechend klein bleiben die Weiselzellen und die daraus resultierenden Königinnen.

Künstliche Weiselbecher

In der Imkerei haben sich künstliche Weiselbecher aus Bienenwachs oder aus Kunststoff durchgesetzt. Der Imker muß mit einem kleinen Spatel, dem *Umlarvlöffel,* die junge Made aus ihrer ursprünglichen Zelle herausnehmen und in den künstlichen Weiselbecher hineinlegen. Der Weiselbecher wird dann in einem Zuchtrahmen im Bienenvolk aufgestellt, und die Bienen pflegen die Larven zu Königinnen. Für den Hobby-Imker werden am ehesten die Weiselbecher aus Bienenwachs in Betracht kommen, denn die kann er selbst mit einfachen Mitteln herstellen. Man braucht hierzu einen runden Holzstab mit einem Außendurchmesser von 8–9 mm. Der Stab wird an der Spitze abgerundet und sorgfältig glattpoliert. Vor Gebrauch muß man den Stab etwa ½ Stunde in kaltem Wasser einweichen. Wenn man diesen Stab nun einige Male mit der Spitze 8–10 mm tief in flüssiges Wachs (70° Celsius!) eintaucht, wird

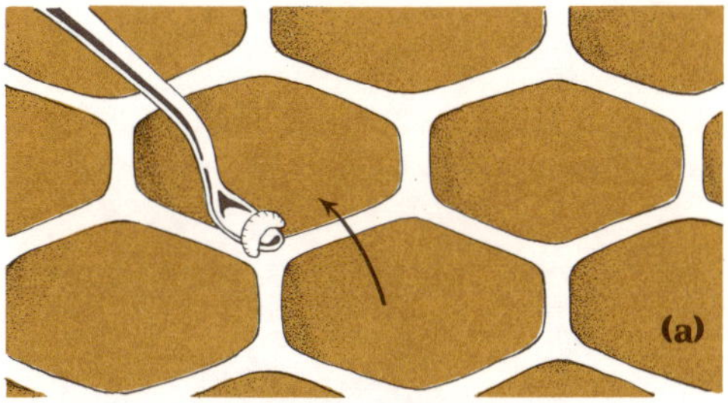
(a)

Beim Umlarven nimmt man mit dem Umlarvlöffel eine junge Made aus der Arbeiterinnenzelle heraus (a) und legt sie in ein künstliches Weiselnäpfchen (b)

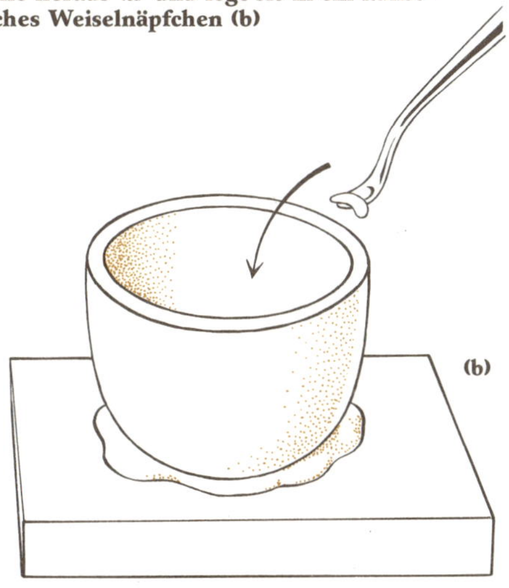
(b)

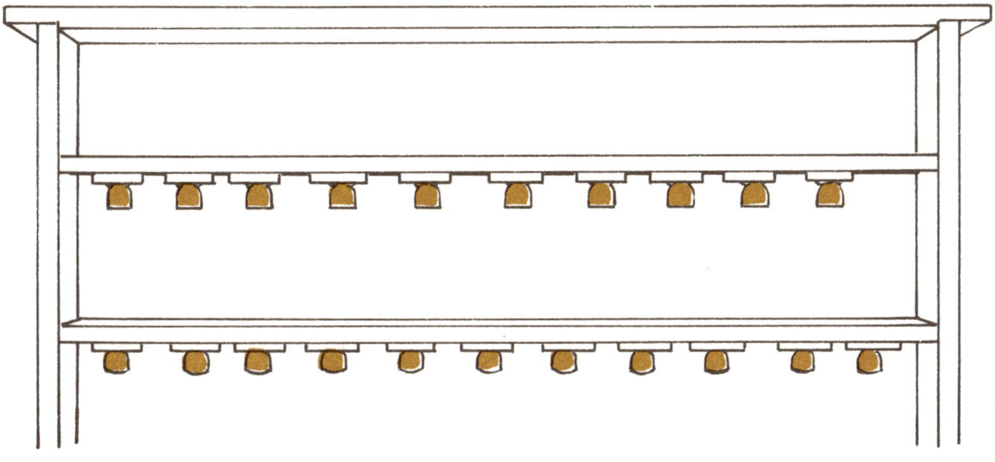

Zuchtrahmen mit künstlichen Weiselnäpfchen, die im Pflegevolk zu vollwertigen Weiselzellen ausgebaut werden

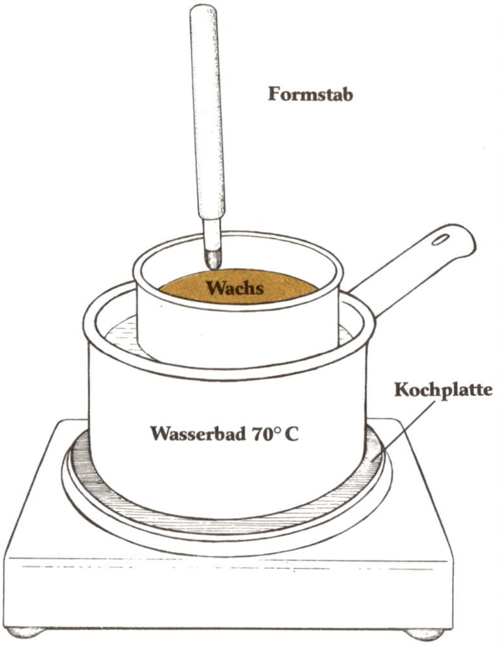

Herstellung von künstlichen Weiselnäpfchen. Das Wachs darf nicht zu heiß sein, und der Formstab muß regelmäßig in Wasser eingetaucht werden, sonst lassen sich die fertigen Näpfchen nicht ablösen

sich eine kleine Wachskapsel bilden. Durch mehrmaliges Eintauchen erhält man die gewünschte Wanddicke (etwa 0,5 mm). Solange das Wachs noch nicht völlig ausgehärtet ist, kann man es leicht vom Holzstab nehmen. Fertig ist der künstliche Weiselbecher! Bevor man den Stab wiederverwendet, sollte man ihn kurz in kaltes Wasser tauchen, sonst läßt sich das Weiselnäpfchen nicht von der Spitze ablösen. Wer viele Weiselbecher produzieren muß, der kann zahlreiche Stäbe nebeneinander an ein Tauchgestell montieren und dann Dutzende Näpfchen gleichzeitig herstellen. Der Fachhandel bietet solche Geräte, die dann aber aus Metall bestehen sollten, zum Verkauf an. Die Wachsnäpfchen lötet man dann mit einem kleinen Wachstropfen an einen Holzstopfen (Zuchtstopfen), den man sich entweder selbst herstellt oder aber im Fachhandel kauft. Die Zuchtstopfen befestigt man dann wiederum mit einem Tropfen Wachs am Zuchtrahmen. Die Zuchtrahmen sind leere Rähmchen, in denen drehbare Längsleisten angebracht sind. An diesen Leisten befestigt man die Zuchtstopfen. Nach unten hin haben die Bienen somit ausreichend Platz, um die Weiselzellen auszubauen.

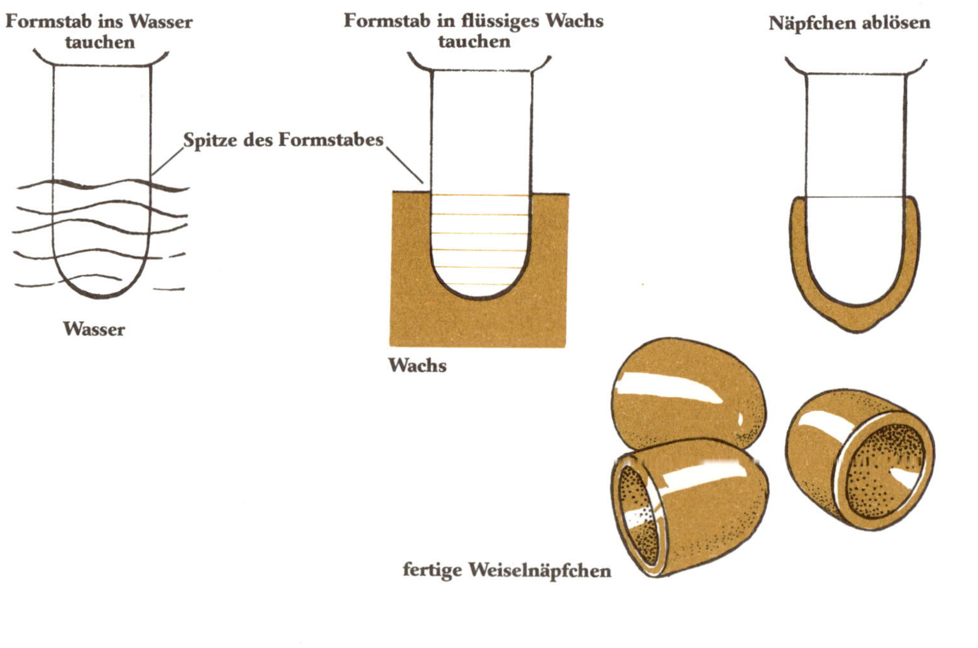

Das Umlarven

Hat man die Zuchtstoffwabe zur Hand und sind die Zuchtrahmen mit Weiselbechern vorbereitet, so kommt der Teil der Arbeit, der das meiste Fingerspitzengefühl abverlangt. Die kleine Larve muß aus dem Futtersaft genommen und in das Weiselnäpfchen übertragen werden. Die Larve darf hierbei natürlich nicht beschädigt werden. Der Imkereifachhandel bietet hierfür einen sogenannten »Umlarvlöffel« an. Dies ist ein an der Spitze umgebogener, kleiner Spatel. Man fährt mit ihm unter die Larve und hebt sie – am besten noch in einem Tropfen eigenen Futtersafts liegend – aus der Zelle heraus. Die Larve wird im Weiselnäpfchen in der Zellmitte vom Umlarvlöffel abgestreift. Bei Wachsbechern geht dies oft einfacher als bei Kunststoffbechern. Ein Tropfen Weiselfuttersaft, den man aus unverdeckelten Königinnenzellen gewonnen hat, wird auf dem Zellboden aufgebracht und erleichtert das Abstreifen.

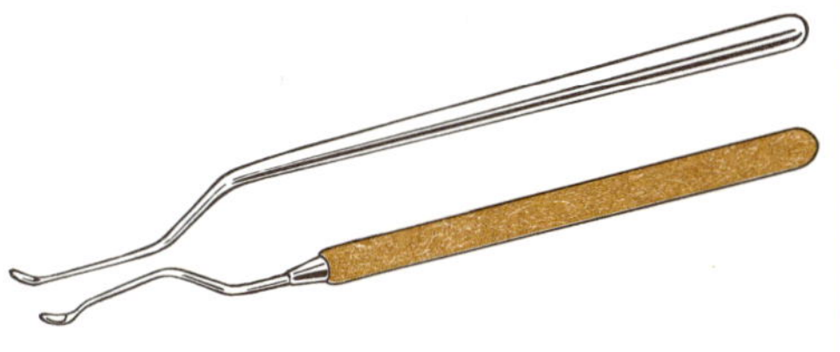

Umlarvlöffel

Das Pflegevolk

Das Volk, das die jungen Larven pflegen soll, bedarf einiger imkerlicher Vorbereitung. Der einzige Stimulus, außerhalb der Schwarmzeit Königinnenzellen anzusetzen, ist die Weisellosigkeit. Man sollte also die Königin suchen und aus dem Volk herausnehmen. Der Imker wünscht sich natürlich, daß das Volk nur die

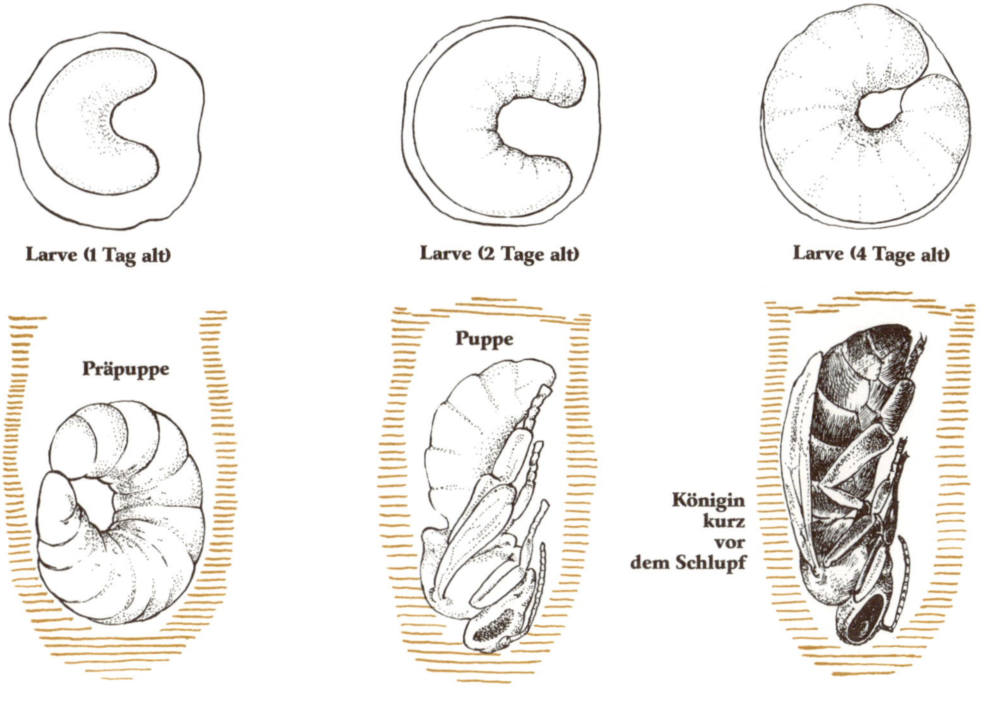

Bei sachgerechtem Umlarven wächst die junge Larve innerhalb zwei Wochen zur Königin heran

Larven im Zuchtrahmen zu Königinnen heranzieht und nicht die eigene Brut. Es empfiehlt sich daher, zusammen mit der Königin auch junge Brut aus dem Pflegevolk zu entfernen. Magazinimker können hierbei eine sehr einfache Betriebsweise realisieren. Sie können das Volk ohne großen Aufwand nach der Zucht noch für andere Zwecke (Honig) benutzen. Man teilt das Volk und gibt die junge offene Brut und die Königin in die Honigraumzarge. Man stellt diese Zarge mit dem Flugloch in entgegengesetzte Richtung neben das weisellose Restvolk. Zwischen Waben mit alter offener Brut im Brutraum des weisellosen Volksteils hängt man die Zuchtrahmen ein. Die schlüpfenden Jungbienen aus der verdeckelten Brut werden die Königinnenzellen bestens versorgen. Die alte Königin geht inzwischen in der Zarge nebenan ihrem Brutgeschäft weiter nach, und es entsteht kein Verlust an Bienenmaterial. Sobald die Weiselzellen verdeckelt sind, stellt man das Volk wieder zusammen: Die Königin in den Brutraum, die verdeckelten Zellen in den Honigraum. Die Zellen müssen jetzt nur noch auf 34° Celsius temperiert werden und bedürfen keiner besonderen Pflege. Das Absperrgitter zwischen Brut- und Honigraum muß allerdings gut abschließen, sonst wird die alte Königin alle mühsam gezogenen Zellen zerstören. 10 Tage nach dem Umlarven, kurz vor Schlupf, sollte man die Zellen in Schlupfkäfige setzen. Am einfachsten und preiswertesten werden hierzu Lockenwickler benutzt. Die Zuchtstopfen müssen genau auf die Lockenwickleröffnung passen, und es muß genügend Platz für die schlüpfende Königin vorhanden sein. Am einfachsten ist es, die Königinnen im Honigraum des Pflegevolks schlüpfen zu lassen. Man braucht dann allerdings ein sogenanntes Hürdenrähmchen, in dem man die Schlupfkäfige/Lockenwickler aufstellen kann. Die Königinnen werden nach dem Schlupf von den Arbeiterinnen durch das Gitter gefüttert und verhungern nicht. Wer die Königinnen im Brutschrank schlüpfen läßt, sollte auf ausreichende Luftfeuchtigkeit (mindestens 60% relative Feuchte) und ein ausreichendes Nahrungsangebot in Form von Honig oder Zuckerteig achten.

Lockenwickler eignen sich gut als Schlupfkäfige für die Königinnenzucht

Viele kommerzielle Königinnenzüchter benutzen mehrere Völker für die Königinnenzucht: einen sogenannten weisellosen »Starter« und einige weiselrichtige »Finisher« (Endpflegevölker). Wie man aus der Namensgebung sieht, hat sich diese Methode hauptsächlich im englischsprachigen Raum durchgesetzt. Dem Starter (im deutschen auch Anbrüter genannt) werden nur die frisch umgelarvten Zellen eingehängt. Die angenommenen Zellen werden dann nach 48 Stunden in den Honigraum eines Finisher gegeben, der die Zellenpflege weiterführt. Da sich hauptsächlich während der ersten 48 Stunden entscheidet, ob eine Zelle gepflegt wird oder nicht, kann in diesem Verfahren die zur Verfügung stehende Völkerzahl effizienter ausgenutzt werden. Das weisellose Startervolk wird dabei sehr stark gemacht (z. B. durch Vereinigung mehrerer Völker) und im Raum klein gehalten. Dies soll die Schwarmneigung und damit die Annahmerate erhöhen.

In solchen Rähmchen kann man viele Königinnen gleichzeitig in Pflegevölkern schlüpfen lassen

Es versteht sich, daß nur starke Völker mit einer genügenden Anzahl von Ammenbienen für die Königinnenzucht geeignet sind. Unter guten Bedingungen kann man eine Annahmerate von bis zu 60 Zellen pro Volk und Zuchtserie erhalten. Dies erreicht man jedoch unter unseren klimatischen Bedingungen nur selten. Man kann froh sein, wenn man mit einem Pflegevolk insgesamt 60 Königinnen erzeugt hat. Dann nämlich erst lohnt es sich für den Königinnenzüchter, auf die Honigeinbußen zu verzichten. Der Hobby-Imker wird freilich nicht in diesen Dimensionen operieren. Aber auch er sollte sich darüber im klaren sein, daß das Bienenvolk nicht alles gleichzeitig machen kann. Es kann entweder Honig oder Pollen oder Königinnen erzeugen. Alles zugleich kann es nicht.

Wohin mit den Königinnen?

Schon bevor man die Zucht ansetzt, sollte man sich überlegen, was man mit den Königinnen später machen will. Der Anfänger wird die Königinnen zunächst benutzen, um Verluste zu ersetzen und Ableger zu bilden. Er wird hierzu die unbegatteten Königinnen verarbeiten und sie an seinem Standort begatten lassen. Er weiß dabei natürlich nicht, mit welchen Drohnen sich seine Königin paart. Der fortgeschrittene Imker wird jedoch ein Interesse haben, nicht nur gute Königinnen auszulesen. Er wird auch interessiert sein, daß sich seine mit viel Mühe gezogenen Exemplare mit ordentlichen Drohnen paaren, um so zu leistungsfähigen Völkern zu kommen. Die Auslese der Königin ist nur die Hälfte der Zuchtbemühungen, die Auslese der Drohnen ist genauso wichtig.

Wer die Vaterseite seines Bienenvolks kontrollieren will, muß Vorkehrungen treffen, damit die Königin sich nicht mit jedem beliebigen Drohn paart. Nur bienenfreie Areale, in die man Drohnen und Königinnen einbringt, können solche kontrollierten Paarungen unter natürlichen Bedingungen garantieren. Kein leichtes Unterfangen, wenn man sich den großen Flugradius von Drohnen und Königinnen auf ihren Paarungsflügen ansieht. Für solche kontrollierten Paarungen ist es sinnvoll, die unbegatteten Königinnen zunächst in kleinen Völkchen zu halten, bis sie erfolgreich begattet wurden. Diese kleinen Einheiten sind leicht transportabel und können in Gebiete verbracht werden, in denen der Drohnenbestand kontrolliert wird. Auf diesen sogenannten Belegstellen fliegen die Königinnen zur Paarung aus. Nachdem sie in ihren Völkchen (»Begattungsvölkchen«) erfolgreich mit der Eilage begonnen haben, kann man sie ihrer endgültigen Bestimmung (z. B. durch Einweiseln in Vollvölker) zuführen.

Das Begattungsvölkchen

Es sind inzwischen eine Vielzahl von Kästchentypen für Begattungsvölkchen auf dem Markt. Jeder Hersteller behauptet, mit seinem Kästchentypus die meisten Vorteile realisiert zu haben. Weltweit setzt sich inzwischen das Kirchhainer Begattungskästchen aus Styropor durch, in dem man die Königinnen nach der Begattung noch längere Zeit stehenlassen kann, ohne daß das Volk mangels Bienen zusammenbricht. Dies ist insbesondere für kommerzielle Königinnenzüchter von Bedeutung, die begattete Königinnen bei geringem Aufwand an Bienenmaterial über längere Zeit bis zum Verkauf aufheben müssen. Wer lediglich die Begattung will und danach sofort die Königin weiterverarbeitet, kann auch kleinere Einheiten als Begattungsvölkchen benutzen. Die großen Königinnenzüchter der USA und Australiens kennen solch kleine Begattungskästchen nicht. Sie benutzen »Babynuks«, die für unsere Verhältnisse von der Bienenmenge her schon respektable Ableger liefern könnten.

Das Füllen der Begattungskästchen muß gelernt sein, und auch dem Fachmann passiert hier noch so manches unerwartete Mißgeschick. Man erstellt zunächst einen Kunstschwarm mit einer ausreichenden Menge Bienen, um alle Kästchen zu füllen. Dann bereitet man die Kästchen vor. Sie müssen mit ausreichend Zuckerteig (Puderzucker-Honig-Gemisch oder Fertig-

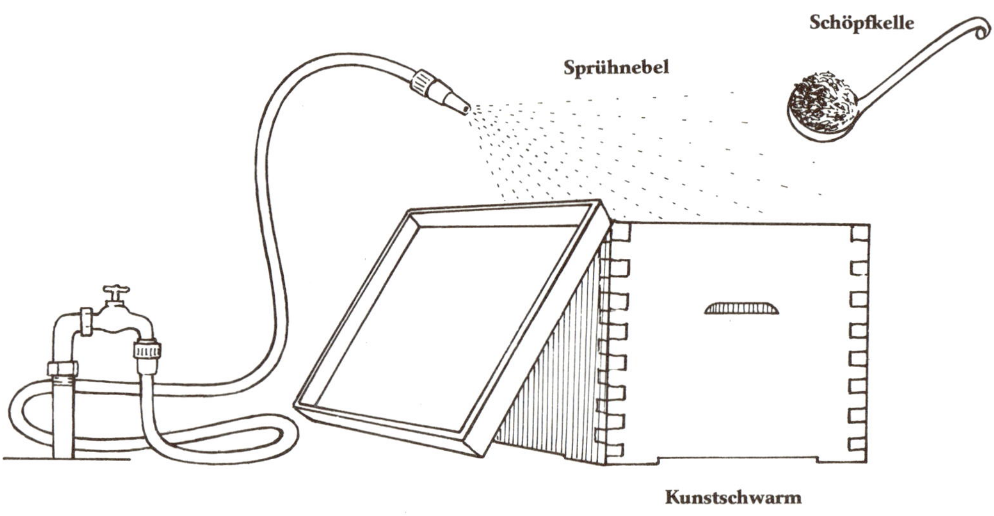

Füllen der Begattungskästchen. Der Sammelschwarm wird kurz mit einem feinen Wassernebel besprüht (nicht zu stark!).

zuckerteig) versorgt sein. Die Wabenträger sollten mit Mittelwandstreifen (etwa 2 cm breit am Oberträger angelötet) versehen sein. Es empfiehlt sich, zwischen Deckel und Kästchen ein Stück Plastikfolie einzulegen. Der Deckel verklebt dann nicht mit dem Kästchen, und die Einheit läßt sich jederzeit leicht öffnen.

Das Füllen der Kästchen geht am besten zu zweit. Während der eine aus der Schwarmkiste mit einem Schöpflöffel die Bienen herausnimmt und in die Kästchen füllt, kann der andere die Königin in einem Auslaufkäfig zuhängen und das Kästchen verschließen. Die Käfigöffnung sollte reichlich mit Zuckerteig verschlossen sein. Die Bienen werden im Laufe etlicher Stunden den Teig abfressen, und die Königin wird in der Regel ohne Probleme vom Völkchen akzeptiert, da sie den Volksgeruch durch die Käfighaft inzwischen angenommen hat und somit »dazugehört«.

Damit nicht zu viele Bienen des Kunstschwarms davonfliegen, sollte man sie mit einem Wasserzerstäuber leicht naßsprühen. Dies stellt die kritische Phase dar. Nimmt man zuviel Wasser, so werden die Bienen am Kästchenboden verklumpen. Die Ventilationsöffnungen werden dadurch blockiert, und das Völkchen wird schließlich verbrausen. Nimmt man zuwenig Wasser, so wird man viele Bienen verlieren, die aus dem Schwarmkasten auf und davon fliegen auf der Suche nach ihrem Heimatstock. Wenn man die Kästchen fernab des Standes der Kunstschwarmbienen füllt, hat man keine Probleme mit den davongeflogenen Bienen, man stellt einfach das schwächste Begattungskästchen mit einer Königin und offenem Flugloch am Abfüllplatz auf. Die umherfliegenden Bienen werden sich in kurzer Zeit in diesem Kästchen sammeln. Es ist daher besser, lieber etwas zuwenig Wasser als zuviel zu benutzen. Auch hier gilt: weniger iat mehr.

Bevor man die Kästchen im Freien aufstellen kann, sollte man sie noch 3 Tage in einen dunklen, kühlen Raum stellen (10–15° Celsius). Die Lüftungsgitter müssen dabei auf jeden Fall von innen und außen frei sein, um ein Verbrausen

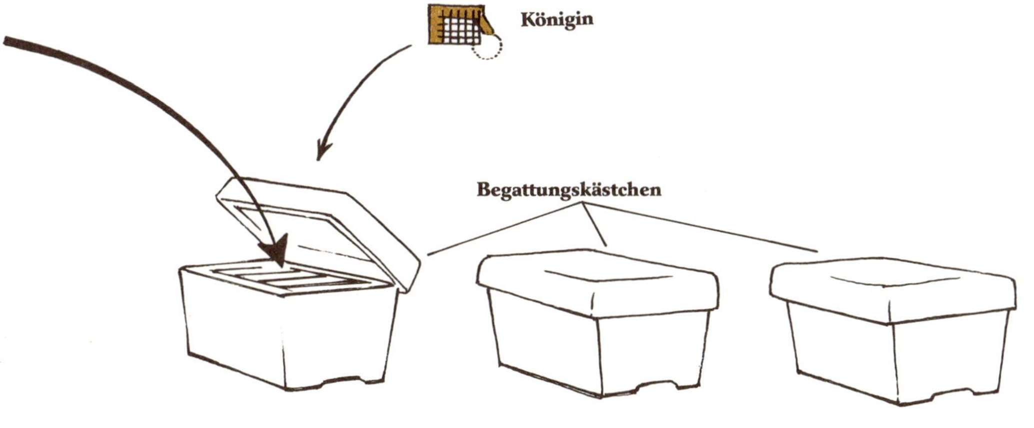

Dann werden die Bienen mit einem Schöpflöffel in die Kästchen gefüllt. Zu zweit geht's besser

zu vermeiden. Die Bienen finden während dieser Zeit zu einer Volkseinheit zusammen und werden die Anfangsstreifen zu Waben ausbauen. Nach 3 Tagen kommen die Kästchen ins Freie, wobei man sie nicht in die Nähe des Standes der Muttervölker der Kunstschwarmbienen stellen sollte. Dies würde zu Kahlfliegen und Räubereien führen. Bemerkt man bei der ersten Kontrolle der Völkchen, daß die Bienen nicht gebaut haben, so wird das betreffende Völkchen in der Regel weisellos sein. Man muß dann eine neue Königin zugeben oder es mit einem Nachbarkästchen vereinigen. Solange die Völkchen noch nicht auf der Belegstelle stehen, sollten vor den Fluglöchern Königinnenabsperrgitter angebracht sein. Die Königinnen könnten sonst vorzeitig zur Paarung ausfliegen und die ganzen Mühen zunichte machen.

Die Belegstellen

Die Belegstelle ist ein idealerweise bienenfreies Gebiet, in das man die unbegatteten Königinnen und die Vatervölker, die die Drohnen für die Paarung liefern, bringt. Am besten sind hierzu bienenfreie Inseln (z. B. in der Nordsee und im Wattenmeer) geeignet. Bei den Landbelegstellen können Fehlpaarungen in der Regel kaum ausgeschlossen werden. Zu groß ist das Einzugsgebiet der Drohnensammelplätze (≅ 450 km^2), als daß man tatsächlich mit letzter Sicherheit ausschließen könnte, daß sich nicht doch ein falscher Drohn auf die Belegstelle verirrt. Aber auch wenn man keine garantierte Reinpaarung erhält, ist die Landbelegstelle dann sinnvoll, wenn die überwiegende Mehrzahl der Drohnen im betreffenden Gebiet von den Vatervölkern auf der Belegstelle stammen. Wenn von den 10–15 Drohnen, die eine Königin paaren, einer nicht zu den Vatervölkern gehört, so ist dies für die Praxis meist unerheblich. Im Mittel werden die Völker, vorausgesetzt man hat Vater- und Muttervölker vernünftig ausgelesen, dennoch in ihren Leistungen über dem Durchschnitt liegen.

Inselbelegstellen garantieren eine Reinpaarung. Nicht jeder Imker wird allerdings Zugang zu Inseln haben, und vielfach stehen die Transportkosten in keinem Verhältnis zum zu erwartenden Gewinn. Wer allerdings ohnehin seinen Urlaub auf Nordseeinseln verbringt und gleichzeitig Hobbyzüchter ist, der sollte mit den lokalen Imkerverbänden Kontakt aufnehmen und die dortigen Möglichkeiten nutzen.

Die instrumentelle Besamung

Wer keine Inselbelegstelle zur Verfügung hat, kann dennoch exakt die Paarung kontrollieren. Die Lösung heißt »instrumentelle Besamung«, eine Technik, die sich seit 1950 als Routinemethode in der Bienenzucht etabliert hat. Zahlreiche kommerzielle Königinnenzüchter benutzen bereits diese vielversprechende Methode, die inzwischen einen weitaus höheren Begattungserfolg aufweisen kann als die natürliche Paarung. Ein erfahrener Besamungstechniker erreicht einen Besamungserfolg von über 95%, während bei der natürlichen Paarung, abhängig von der Witterung, im Mittel nur 70% aller Königinnen erfolgreich begattet werden. Die Besamungsapparate sind inzwischen so weit entwickelt, daß auch Anfänger nach kurzer Übung beachtliche Besamungserfolge verbuchen können.

Das Prinzip der instrumentellen Besamung ist einfach: Man nimmt einen geschlechtsreifen Drohn am Hinterleib zwischen Daumen und Zeigefinger und drückt so lange, bis er seinen Begattungsschlauch ausstülpt. An der Spitze des Geschlechtsapparats sieht man einen milchig trüben Tropfen, das Sperma. Man nimmt das Sperma von 8–10 Drohnen in die dünne, zugespitzte Kapillare einer Besamungsspritze auf und injiziert den Samen in die Geschlechtsöffnung der Königin. Der ganze Vorgang findet unter einem Präparationsmikroskop statt, und der Anfänger hat meist einige Schwierigkeiten, die Vaginalöffnung der Königin zu finden, da sie von einer Hautfalte – der Scheidenklappe – verdeckt ist. Man muß die Hautfalte zur Seite schieben und kann dann die Besamungsspritze

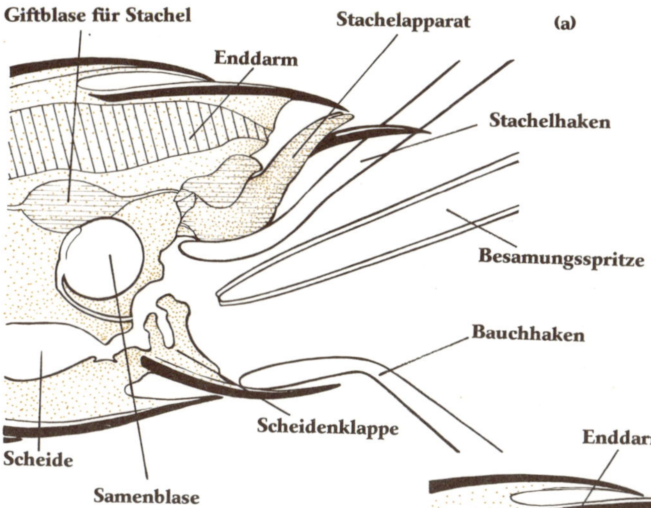

Instrumentelle Besamung der Bienenkönigin schematisch dargestellt. Mit einem Bauch- und einem Stachelhaken wird die Geschlechtsöffnung aufgehalten. Das Sperma befindet sich in der Besamungsspritze. Die Scheidenklappe verhindert die direkte Einführung der Besamungsspritze (a). Mit einer Sonde muß die Scheidenklappe weggedrückt werden (b), erst dann wird die Besamungsspritze eingeführt (c)

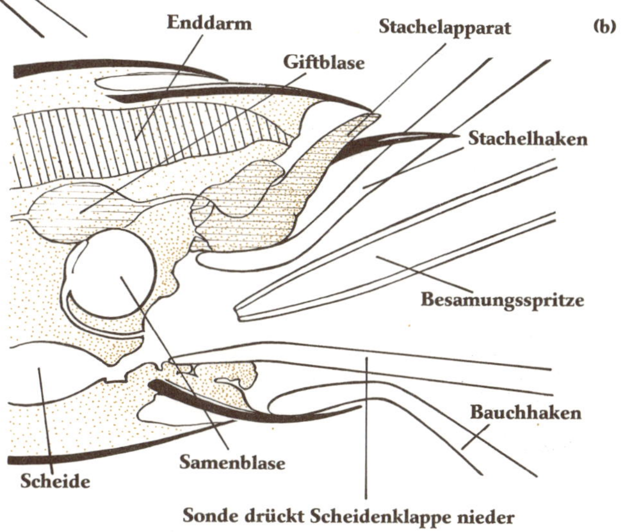

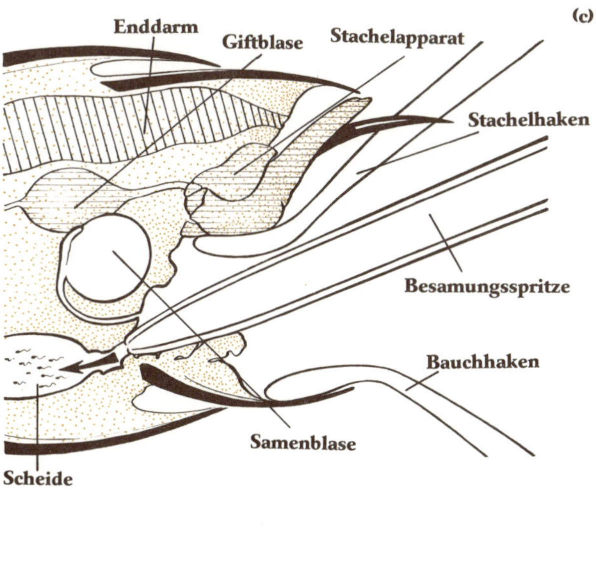

ohne Schwierigkeiten einführen. Während der Besamung wird die Königin mit Kohlensäuregas betäubt. Dies hat zum einen den Vorteil, daß sie sich während des Eingriffs ruhig verhält, zum anderen wird sie nach der Besamung in Eilage gehen. Die Narkose setzt die Entwicklung der Eierstöcke in Gang. Während der Narkose hat man eine gute Gelegenheit, die Königin mit Nagellack in der Jahresfarbe, siehe untenstehende Tabelle, oder mit einem kleinen Nummernplättchen zu markieren und den Vorderflügel zu beschneiden. Geht die Farbmarkierung verloren, so kann man die Königin durch den Flügelschnitt dennoch später leicht als künstlich besamtes Tier identifizieren.

rot	grün	blau	weiß	gelb
1988 1993	1989 1994	1990 1995	1991 1996	1992 1997

Bedingt durch die hohen Produktionskosten, wird man künstlich besamte Königinnen besonders fürsorglich behandeln. Sie sollten möglichst gleich nach dem Schlupf in Begattungskästchen kommen und nicht lange in Honigräumen von Pflegevölkern gehalten werden. Nach der Besamung sollten sie frei im Völkchen umherlaufen können und nicht über längere Zeit gekäfigt sein. Das überschüssige Sperma wandert sonst schlecht aus dem Geschlechtsapparat aus und kann die Eilage behindern. Lange gekäfigte Königinnen zeigen ohnehin Schäden an Beinen und Fühlern. Man sollte bei den hohen Investitionen, die man bei der künstlichen Besamung hat, nicht an imkerlichen Grundlagen sparen.
Während die künstliche Besamung für den Berufsimker als Honigproduzent eine kaum rentable Sache ist, kann der Hobby-Imker an der Technik sehr wohl Freude haben. Man sollte aber auf jeden Fall den Anspruch vermeiden, die Rentabilität der eigenen Honigimkerei durch die künstliche Besamung zu vergrößern. Das gelingt mit Sicherheit nicht. Die Produktion der Drohnen und Königinnen, die man für die künstliche Besamung benötigt, zehrt an den Völkern, und man wird Pflegevölker für Geschlechtstiere nur noch sehr begrenzt für die Honigerzeugung einsetzen können.
Insbesondere die Erzeugung geschlechtsreifer Drohnen erfordert große Opfer. Oft pflegen die Völker ihre Drohnen nur mangelhaft, und obwohl Drohnen im entsprechenden Alter von 10–12 Tagen reif sein sollten, ist die Spermaentnahme meist mühselig, da schlecht gepflegte Drohnen in ihrer Entwicklung weit zurückbleiben. Die einzige Alternative ist oft, daß man die Drohnen in weisellosen Pflegevölkern hält, in denen sich die Arbeiterinnen auch in schlechten, trachtarmen Zeiten ausreichend um das Wohlergehen ihrer männlichen Kollegen kümmern können.
Der Arbeitseinsatz, den die künstliche Besamung dem Imker abverlangt, ist ganz erheblich und nicht zu unterschätzen. Wer künstliche Besamung – ob als Hobby oder als Nebenerwerb – durchführt, sollte daher auf eine große Honigernte verzichten und sich stärker auf die Produktion von Königinnen konzentrieren. Für die Allgemeinheit gesehen, ist der Königinnenzüchter ohnehin von wesentlich größerer Bedeutung als der reine Honigproduzent. Der Königinnenzüchter betreibt die Auslese und bestimmt damit, wie sanftmütig, wie ertragsstark und wie vital unsere Bienenvölker sind. Versagen die Züchter, so ist die Krise in der Imkerei vorprogrammiert.

Die Zuchtauslese

Da die Paarung je nach Methode mehr oder minder gut kontrolliert werden kann, fragt man sich natürlich nun, nach welchen Kriterien ausgelesen werden soll. Wie soll die gewünschte Honigbiene denn bitteschön aussehen? Eine Frage, die seit mehreren Jahrzehnten an Imkerstammtischen zu gewaltigen und vernichtenden Wortschlachten führte. Heutzutage haben sich die Wogen weitgehend geglättet, obwohl immer noch einzelne erbitterte Gefechte auf der Suche nach der besten Biene gefochten werden. Am einfachsten tut man sich hier mit einer pragmatischen Einstellung zum Problem Zucht. Bedingt durch die Struktur der Imkerschaft mit

(a)

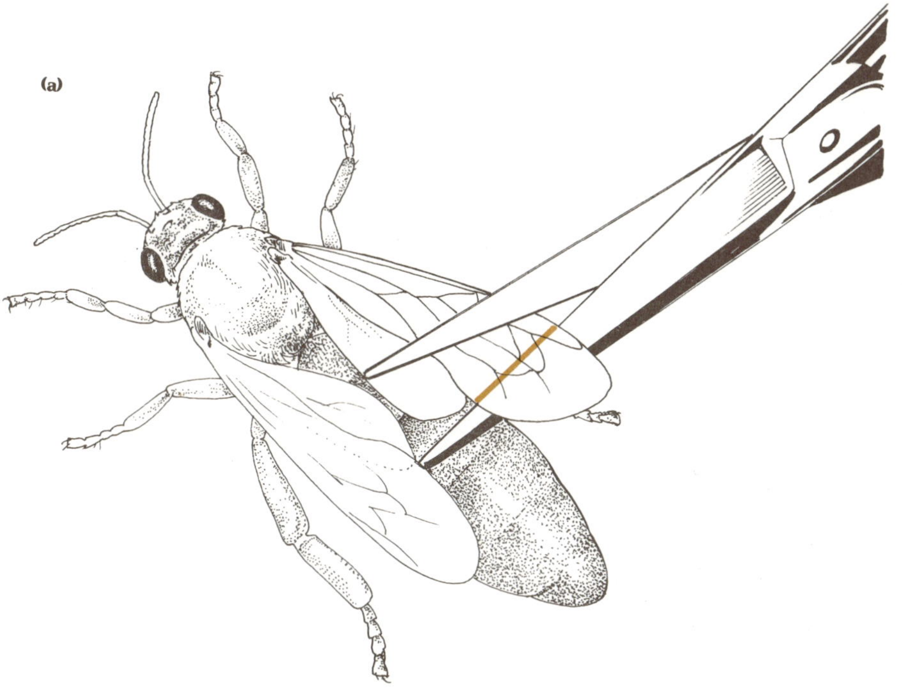

Schneiden des Flügels (a) und Markierung der Königin (b)

(b)

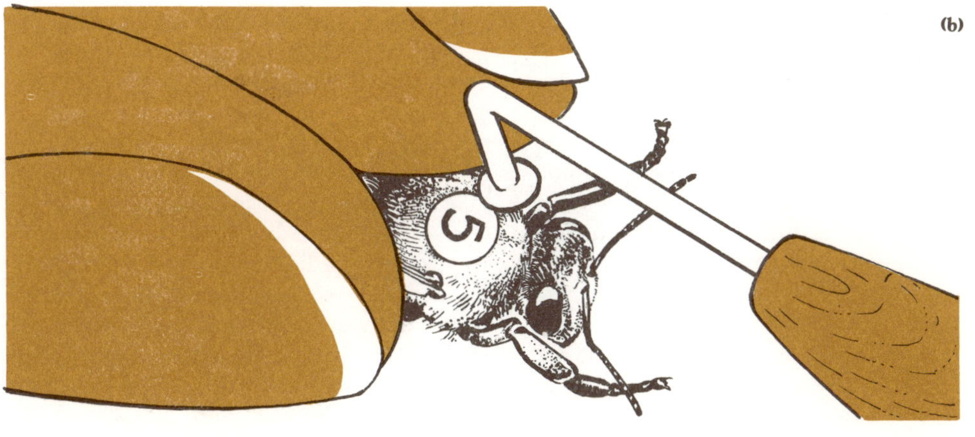

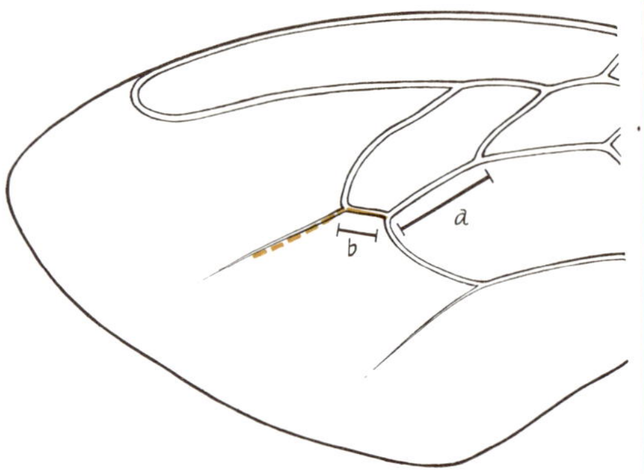

Vorderflügel einer Arbeiterin. Das Verhältnis der Strecken a und b bestimmt den Cubitalindex

kleinen bis kleinsten Betrieben bei gleichzeitig minimalen wirtschaftlichen Profiten, erscheint als das einzig realistische Zuchtverfahren die Zucht innerhalb eines Reinzuchtgebiets. Nur so profitiert ein Imker von der Zuchtarbeit des Nachbarn, und das Problem der Rassenhybriden (siehe Kapitel Bienenrassen auf Seite 61 ff.) wird nicht entstehen. Da es nun aber leider immer wieder Imker gibt, die trotz dieser Erkenntnis (oder in Unkenntnis) wiederholt neue, fremde Rassen in ein solches Reinzuchtgebiet einbringen, ist es notwendig, Kontrollen durchzuführen, ob z. B. auf Landbelegstellen gepaarte Königinnen tatsächlich von den gewünschten Drohnen oder aber auch von Drohnen einer unerwünschten Rasse begattet wurden. Die Merkmalskörung der Biene, ein Verfahren, das insbesondere in der Bundesrepublik intensiv (manchmal zu intensiv) von Züchtern betrieben wurde und wird, ist eine Möglichkeit, solche Fehlpaarungen zu enttarnen. Am Beispiel der *Apis mellifera carnica,* der Kärntner-Biene, und der *Apis mellifera mellifera,* der ursprünglichen Landrasse nördlich der Alpen, soll kurz aufgezeigt werden, wie eine solche Merkmalskörung vor sich geht.

Man entnimmt einem Volk 50–100 Arbeiterinnen und tötet sie durch Einfrieren im Tiefkühlfach. Nach 24 Stunden entnimmt man die Bienen und untersucht drei Körpermerkmale, die sehr genau eine Unterscheidung zwischen den beiden Rassen erlauben. Mit einer Lupe und einem Stück Wabendraht kann man die Haarlänge der Rückenbehaarung am Hinterleib messen. Sind die Haare länger als die Dicke des Wabendrahts (0,35 mm), so handelt es sich nicht um eine Carnica. Ein weiteres Merkmal ist die Breite der dritten Filzbinde auf dem Hinterleib. Sind zwei Drittel des vierten Hinterleibsrings von der Filzbinde bedeckt, so ist dies ein Indiz für eine Carnica. Am genauesten kann man die beiden Rassen jedoch am sogenannten *Cubitalindex* des Vorderflügels unterscheiden. Zur Messung klebt man den Vorderflügel auf ein Dia-Rähmchen und projiziert den Flügel auf eine Leinwand. Nun mißt man die Strecken a und b, wie in der nebenstehenden Abbildung gezeigt, aus und setzt diese ins Verhältnis. Der Cubitalindex errechnet sich aus CI = a : b und sollte im Fall der Carnica nicht kleiner als CI = 2,5 sein. Da man viele Arbeiterinnen pro Volk untersucht hat, kann man die Verteilung der einzelnen Arbeiterinnen in Merkmalsklassen untersuchen.

Findet man mehrgipfelige Verteilungen, (siehe Abbildung rechts oben), so deutet das auf Fehlpaarungen der Königinnen hin.

Trotz aller Merkmalskörung sollte der interessierte Züchter jedoch sein Hauptziel nicht aus den Augen verlieren: Es geht darum, eine vitale, aber sanftmütige Honigbiene zu züchten. Ein hoher Cubitalindex mag zwar typisch für die Carnica sein, aber dies allein garantiert noch lange nicht, daß die Biene nun auch tatsächlich im Verhalten die gewünschten Eigenschaften zeigt. Hier wurden in der Vergangenheit oftmals schmerzhafte Irrwege gegangen, da man glaubte, die »schöne« Biene mit den »richtigen« Körpermerkmalen sei auch automatisch in ihrem Verhalten dem Ideal entsprechend. Dies ist leider nicht so, und der Irrweg war tatsächlich schmerzhaft im Sinne des Wortes: Auch schöne Bienen können stechen!

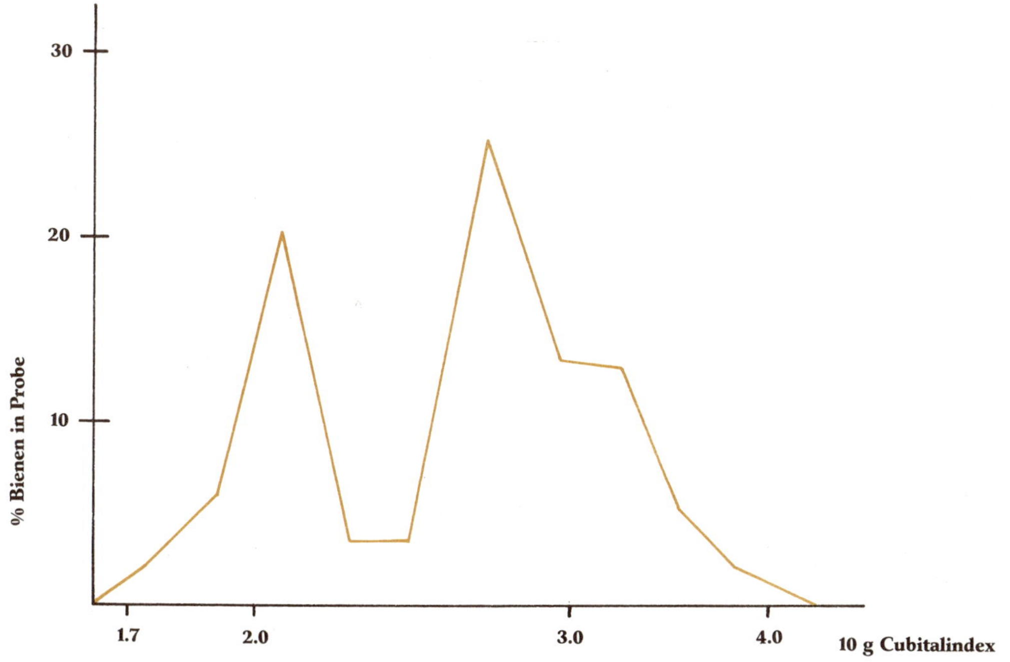

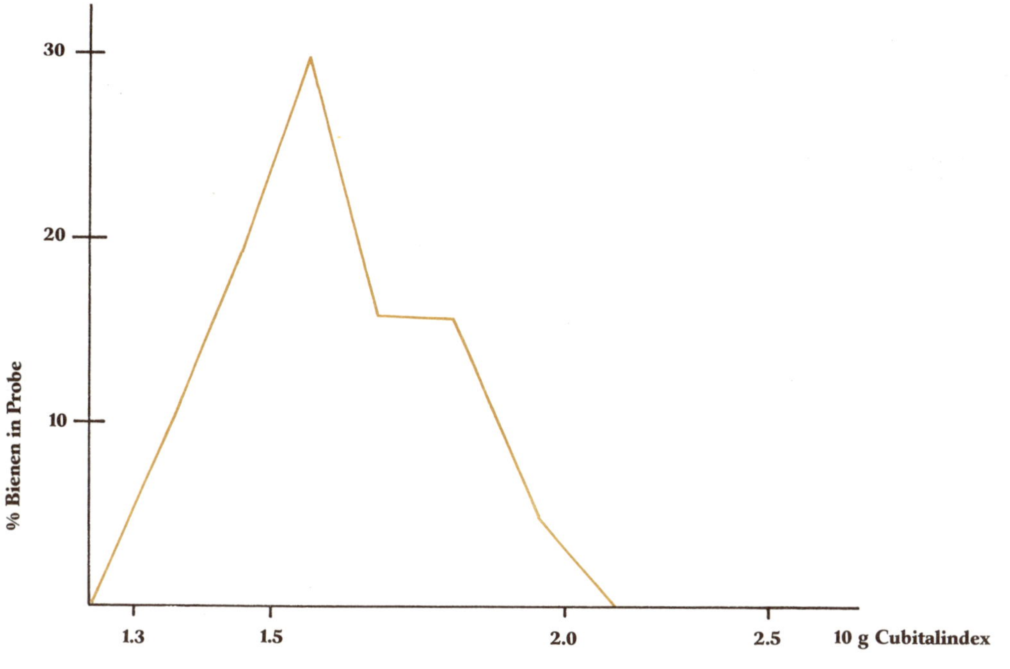

Auswertung des Cubitalindexes (X-Achse, logarithmische Skala) in zwei Bienenvölkern. Die Y-Achse zeigt an wie viele Bienen mit dem entsprechenden Index gefunden wurden. Oben ein Volk mit uneinheitlichem Merkmalsbild. Unten ein reines Volk mit Apis mellifera mellifera

Krankheiten der Bienen

Kein Organismus ohne Parasit! So lautet eine Grundregel in der Biologie. Auch die Honigbienen bleiben davon nicht verschont, und zahlreiche Krankheitserreger, Parasiten und Schädlinge können die Freude an der Imkerei verderben. Die meisten Krankheiten sind heute jedoch in ihrer Ursache und Biologie gut verstanden, und es gibt zahlreiche Möglichkeiten, sie zu vermeiden und zu bekämpfen.

Erkrankungen der Brut

Die Brut der Honigbiene ist insbesondere durch bakterielle und mykotische Infektionen gefährdet. Pilze und Bakterien fühlen sich bei Temperaturen um 35° Celsius extrem wohl und vermehren sich ungehemmt. Zudem fördert die hohe Luftfeuchte im Bienenvolk den Wuchs dieser Erreger.

Kalkbrut

Die häufigste Bruterkrankung ist die sogenannte Kalkbrut. Es handelt sich um eine Pilzerkrankung, die insbesondere die Streckmaden befällt. Der Pilz *(Ascosphaera apis)* durchwuchert den Körper der Larven und bricht kurz vor der Verdeckelung durch die Larvenhaut. Die Larve ist meist schon tot. Der Pilz wird dann weiter auf der Oberfläche wuchern. Die Larve trocknet schließlich ein und bleibt dann weißlich oder schmutzig grün gefärbt in der Zelle liegen.
Äußerlich kann man die Kalkbrut daran erkennen, daß die Bienen die toten, vertrockneten Larven aus dem Volk räumen. In schweren Fällen wird man vor dem Flugloch viele tote, mumifizierte Larven finden. Auf der Bodeneinlage wird man schon bei schwächerem Befall Larvenmumien finden. Zieht man eine Brutwabe und schüttelt sie leicht, so kann man bei starkem Befall hören, wie die ausgetrockneten Larven an die Zellwände stoßen und ein Klappern verursachen.
Meist wird die Krankheit einen gutartigen Verlauf nehmen, wenn man die Bienen an einen trockenen, trachtreichen Standort bringt. Bei starken Völkern ist der Putztrieb meist so gut ausgebildet, daß die erkrankten Larven schnell und rechtzeitig aus dem Volk entfernt werden. Dadurch tritt die Erkrankung gar nicht offen in Erscheinung. In schweren Fällen versagt allerdings diese Selbstheilung, besonders an feuchten Standorten mit mäßiger Trachtlage. Da es zur Zeit keine befriedigenden Fungizide gegen den Kalkbruterreger gibt, bleibt als einzige Lösung, stark befallene Brutwaben aus dem Volk zu entfernen. Man sollte die Königin des Volkes gegen eine aus einer kalkbrutrobusten Linie austauschen. Auf jeden Fall sollte man alle Werkzeuge und Gerätschaften gründlich desinfizieren.

Steinbrut

Obwohl es sich auch hier um eine Pilzinfektion handelt, läßt sich das Krankheitsbild der Steinbrut meist leicht von dem der Kalkbrut unterscheiden. Die Pilzwucherungen sind nicht nur auf den Larvenkörper begrenzt, sondern überziehen die ganze Zelle mit einem Pilzgeflecht. Zunächst hat die infizierte Larve eine graugrünliche Färbung und wird später eher bräunlich. In der Regel werden nur schwache Völker von der Steinbrut befallen. Gelegentlich befällt der Erreger *(Aspergillus flavus)* auch erwachsene Bienen. Der Imker wird diese allerdings nicht im Volk beobachten können, da es die erkrankten Bienen vor ihrem Tod meist verlassen.
Schimmelpilze und andere Aspergillus-Arten sind bekannt durch die Produktion der sogenannten Aflotoxine. Dies sind hochgiftige Stoffe, die auch für den Menschen gefährlich sind. Zudem ist erwiesen, daß diese Stoffe

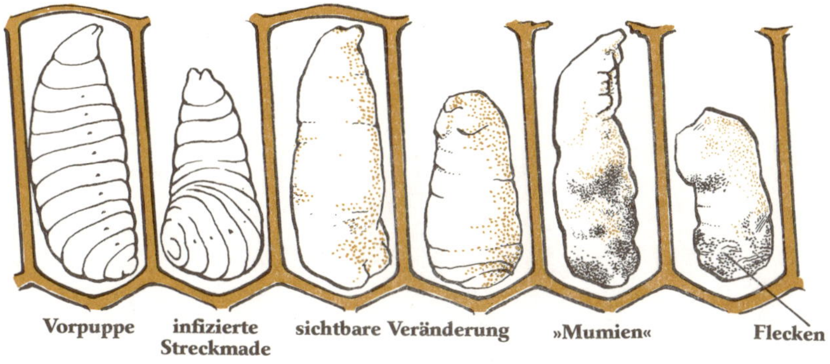

Schadbild im Querschnitt

Am Kalkbruterreger erkrankte Larven in der Wabe

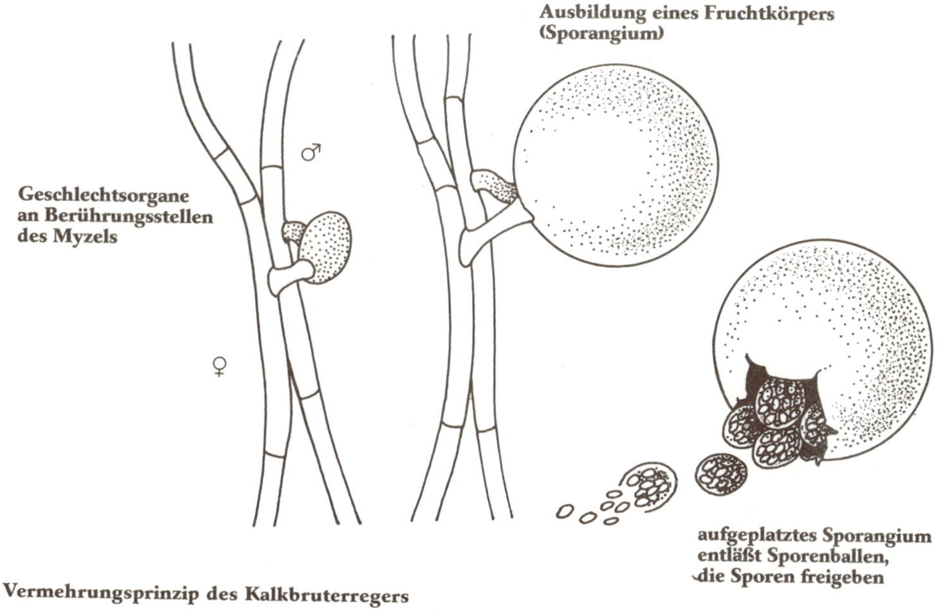

Vermehrungsprinzip des Kalkbruterregers

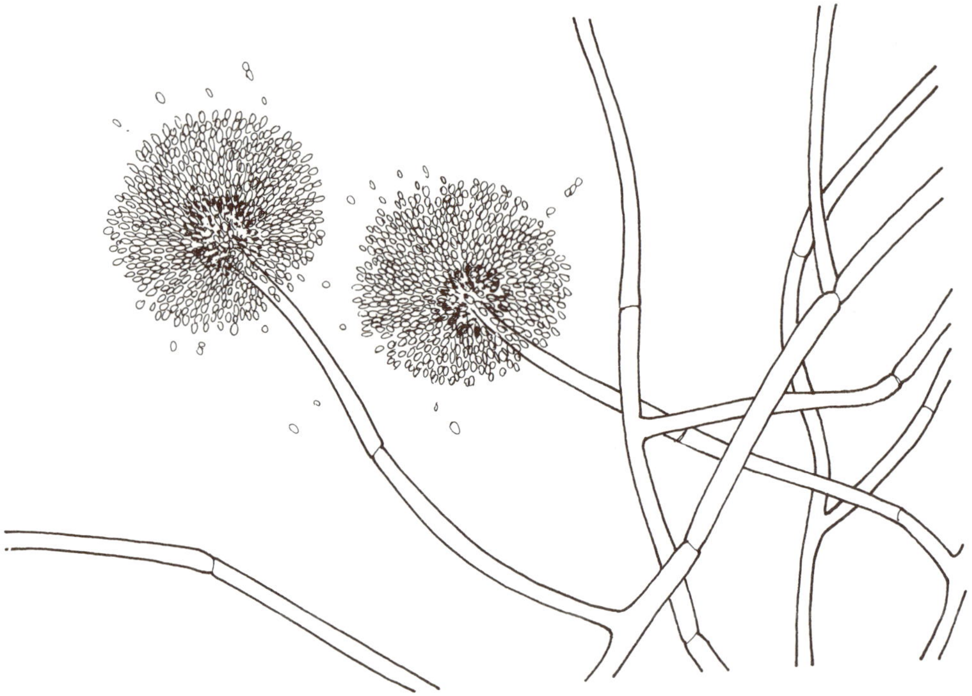

Der Erreger der Steinbrut, Aspergillus flavus, im mikroskopischen Präparat

krebserregend sind. Entsprechend rigoros muß man bei der Bekämpfung der Steinbrut vorgehen und die Völker mitsamt den Waben vernichten. Die Beuten sollte man mit scharfen Mitteln, z. B. 2prozentiger heißer Natronlauge, gründlich desinfizieren.

Amerikanische Faulbrut (AFB)

Die amerikanische Faulbrut, auch bösartige Faulbrut genannt, gehört zu den anzeigepflichtigen Krankheiten des Bienenvolkes. Es handelt sich um eine bakterielle Infektion, die die Brut innerhalb kurzer Zeit zu einer übelriechenden, fauligen Masse werden läßt. Ein sicheres Indiz für eine Faulbrutinfektion ist die sogenannte »Streichholzprobe«. Wenn man mit dem Hölzchen in die braunen Reste der Larve stößt und es dann wieder herauszieht, bilden sich bei der amerikanischen Faulbrut lange, schleimige Fäden. Erreger dieser Krankheit ist der *Bacillus*

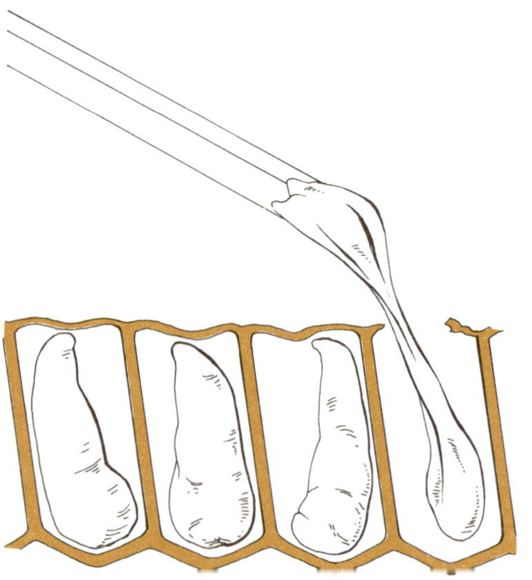

Die Streichholzprobe. Die erkrankten Larven ziehen schleimige Fäden und haben einen charakteristischen, süßlichen Geruch. Typisch sind auch die eingefallenen Wachsdeckel verdeckelter Zellen mit erkrankter Brut

larvae, ein Stäbchenbakterium mit einer Länge von 5 μm und einem Durchmesser von 0,8 μm (1 μm = 1/1000 mm). Die Bakterien können äußerst resistente Dauerformen, sogenannte Sporen, bilden, die dann auch ganz entschieden die Therapie der Krankheit erschweren. Einige Kenngrößen der Sporen sollen dies verdeutlichen.

- 100° Celsius überleben die Sporen bei geringer Luftfeuchtigkeit mehrere Stunden, ohne daß sie ihre Virulenz verlieren.
- Im Honig bleiben die Sporen über 1 Jahr virulent.
- Bevor sie endgültig abgetötet sind, muß man sie mindestens ½ Stunde bei 95° Celsius in Wasser kochen.
- Antibiotika sind völlig unwirksam gegen die Sporen der amerikanischen Faulbrut.
- Erst hohe Dosen extrem harter Röntgenstrahlung sind geeignet, die Sporen abzutöten.

Die Vernichtung der Sporen ist in der Therapie deshalb besonders wichtig, weil sich die Larve über die Sporen im Futter infiziert. Die Stäbchen selbst sind für die Larven völlig ungefährlich und werden bei der Verdauung zerstört.

Nur die jungen Larven sind für eine Infektion mit Faulbrutsporen empfänglich, ältere sind weitgehend resistent. Erst nach der Verdeckelung findet die erste Vermehrungsphase des Erregers statt. Die Bakterien durchdringen den Darm und lösen den Larvenkörper auf. Wenn man die Streichholzprobe durchführt, ist die Sporenbildung bereits in vollem Gange.

Der Imker kann erst dann eingreifen, wenn sich das Krankheitsbild eindeutig darstellt. Die Bienen werden schon viel früher eingreifen und haben mehrere hocheffiziente Mechanismen, um die bösartige Faulbrut in Schach zu halten. Der erste besteht in der Eigenschaft der Bienen, infizierte Larven unter dem Wachsdeckel zu erkennen und – noch bevor sich die gefährlichen Sporen bilden – aus dem Volk zu entfernen. Hierzu werden die Zellen zunächst entdekkelt und – im Fall einer Infektion – die Larven herausgeholt. Es gibt hierbei sehr große genetische Unterschiede zwischen den Honigbienen verschiedener Herkunft und Rasse. Man unterscheidet sogenannte hygienische und unhygienische Bienen, die entsprechend unterschiedlich empfindlich auf die bösartige Faulbrut reagieren. Die hygienischen Bienen haben einen ausgeprägten Putztrieb, der rechtzeitig für die Beseitigung der infizierten Larven sorgt. Bei den unhygienischen Bienen ist dieser Putztrieb weniger stark ausgeprägt, so daß die Erkrankung ihr volles Bild entfalten kann.

Weiterhin können die Bienen offensichtlich die Sporenpassage durch den Ventiltrichter in ihrem Honigmagen regulieren. Aufgenommene Sporen werden dabei fast nicht an die Larven weiterverfüttert oder im Honig eingelagert, sondern nahezu ausschließlich in den Darm abgesondert. Dort keimen die Sporen zum Teil in die ungefährliche Stäbchenform aus oder werden außerhalb des Nestes abgesetzt.

Auch bei den Larven gibt es deutliche genetische Unterschiede bezüglich der Empfänglichkeit für Faulbrutinfektionen. Es gibt nahezu resistente Linien, bei denen die jungen Larven nur während einer sehr kurzen Periode infiziert werden können und bereits wenige Stunden nach dem Schlupf aus dem Ei resistent sind.

Solange die Infektion im Volk nicht sehr stark verbreitet ist, können die Bienen selbst den Erreger beseitigen. Probleme tauchen allerdings dann auf, wenn die ersten stark sporenhaltigen Schleime aus den Zellen entfernt werden müssen. Jetzt werden die hochvirulenten Sporen durch das Putzen der Zellen im ganzen Volk verteilt, und die Chance auf eine Selbstheilung schwindet dahin. Die Zeitspanne zwischen initialer Infektion bis zum Auftreten des ersten Krankheitsbildes kann von einigen Wochen bis zu mehreren Jahren dauern.

Die bösartige Faulbrut verbreitet sich einerseits durch verfliegende und räubernde Bienen, zum anderen kann aber auch der Imker sehr effizient zur Verbreitung beitragen. Extrem gefährlich ist hierbei die Honigschleuder, in die infizierte und nicht infizierte Waben hinein- und aus der ausschließlich infizierte herauskommen. Gibt man die Waben den Völkern zurück, hat man die Krankheit wirkungsvoller verteilt, als dies mit der übelsten Räuberei jemals möglich wäre. Nicht selten setzt der Imker selbst die Faulbrutinfektion, indem er Honige unbekannter Herkunft an seine Bienen füttert.

Die beste Behandlung besteht – wie bei allen Krankheiten – in vorbeugenden Maßnahmen. Der Imker sollte bei seiner Arbeit streng auf Hygiene achten und sein Gerät immer wieder gründlich desinfizieren. Der Wabenbau sollte regelmäßig erneuert werden, Honige unbekannter Herkunft dürfen nicht an die Bienen verfüttert werden.

Wenn trotz aller Vorsorge dennoch eine Infektion auftritt, so muß der erste Schritt des Imkers die Meldung der Krankheit an die Veterinärbehörde sein. Er sollte im Verdachtsfall eine Brutprobe an die nächstliegende Untersuchungsstelle schicken. Man schneidet dabei ein Stück befallene Brutwabe ohne Honigzellen aus und packt es – in Zeitungspapier gewickelt (nicht in luftdichte Plastikfolien!) – in einen Karton.

Bei erkanntem Faulbrutbefall muß ein Sperrgebiet errichtet werden, Bienenbewegungen innerhalb des Sperrgebiets werden untersagt. Das hohe Infektionsrisiko befiehlt eine solche Vorgehensweise, um ein Ausbreiten der Krankheit zu vermeiden. Die Veterinärbehörde wird im Sperrgebiet alle bekannten Bienenstände auf Faulbrut untersuchen und entsprechende Behandlungen anordnen.

Generell gibt es zur Zeit zwei Wege vorzugehen. *Der erste* führt über die Vernichtung des ganzen Volkes. Das Flugloch wird verstopft und ein glimmender Schwefelspan in die Beute gehängt (Achtung! Brandgefahr!). Die toten Bienen kehrt man dann in einen Plastiksack. Das Gewicht der Bienen muß bei der Versicherung für die Vergütung angegeben werden. Die Waben sollte man mitsamt Rähmchen und allen alten Beuten verbrennen. Bei einer gründlichen Desinfektion lösen sie sich sowieso meist in ihre Bestandteile auf. Auf jeden Fall sollte man hier mit einem gesonderten Paar von Imkerhandschuhen arbeiten. Alles Gerät sollte nach der Arbeit gründlich sterilisiert werden. Bei gut erhaltenen Beuten sollte man ebenfalls zunächst eine Desinfektion versuchen. Man wäscht die Geräte und Beuten zunächst in heißer Ätznatronlauge (2%). Danach flämmt man die Materialien gründlich (das Holz muß eine tiefbraune Färbung bekommen) mit einem Gasbrenner ab. Wer Kunststoffkästen hat, hat hier einen entscheidenden Nachteil. Solche Kästen sind kaum zu sterilisieren.

Im zweiten Verfahren versucht man, die Bienen der befallenen Völker noch über ein Kunstschwarmverfahren zu retten. Die Entscheidung hierüber obliegt dem eingeschalteten Seuchenwart oder der Veterinärbehörde. Man kehrt alle Bienen in eine Schwarmkiste, gibt den Schwarm 3 Tage in Dunkelhaft und kann ihn dort entweder mit einer Zuckerlösung (1 : 1, man kann hier auch Antibiotika – z. B. Terramycin® – beifügen) füttern oder ganz ohne Futter stehenlassen. Danach gibt man den Schwarm am alten Standort in eine nicht infizierte Beute mit neuem Wabenbau.

Nicht nur das Bienenmaterial, auch der Bienenstand muß entseucht werden. Um die Beuten herum muß der Rasen möglichst kurz gemäht und das Gras mit den Waben verbrannt werden. Die gemähte Fläche wird zusätzlich mit Chlorkalk bestreut. Wer ein Bienenhaus hat, den trifft ein Faulbrutbefall besonders hart. Es gilt, das gesamte Bienenhaus zu entseuchen. Der kleinste Kotspritzer einer Biene kann einen neuen Infektionsherd darstellen. Überall wo Bienenflug möglich ist, muß man gründlich mit mindestens 6prozentiger Sodalösung auswaschen. Die Flugfront versieht man am besten mit einem neuen Anstrich.

Solche Maßnahmen sind natürlich nur dann sinnvoll, wenn alle Imker im Sperrgebiet sich gemeinsam an der Bekämpfungsaktion beteiligen. Nur wenn die tierseuchenpolizeilich vorgeschriebenen Maßnahmen von allen durchgeführt werden, ist mit einer Ausmerzung der Seuche zu rechnen. Die Schäden, die dem Imker durch die Faulbrutbehandlung entstehen, werden in der Regel ersetzt. Allerdings nur dann, wenn er das Auftreten der Krankheit rechtzeitig der entsprechenden Behörde meldet.

Europäische Faulbrut (EFB)

Das Krankheitsbild der europäischen Faulbrut, auch Sauerbrut genannt, ist dem der amerikanischen sehr ähnlich. Der Hauptunterschied besteht darin, daß bereits die Rundmaden stark betroffen sind und man sie in entdeckelten Zellen eingetrocknet findet. Im Gegensatz zur amerikanischen Faulbrut lassen sich Schorfe und Rückstände in den Brutzellen leicht entfernen. Wenn man Zelldeckel aufklappt, so findet man auf ihrer Unterseite lackartige Rückstände (»Deckellack«).

Der Erreger der europäischen Faulbrut ist bakteriologisch noch nicht eindeutig geklärt. Zwei Erreger stehen hierbei im Vordergrund: *Bacillus alvei* und *Streptococcus pluton*. Meist findet man Mischinfektionen, und man nimmt an, daß erst S. pluton die Made infiziert und später B. alvei die Made zu der säuerlich riechenden Masse zersetzt.

Die Infektiösität der europäischen Faulbrut ist nicht ganz so groß wie die der amerikanischen Faulbrut und stark von Standorten abhängig. Während die Infektion vielerorts glimpflich verläuft, kann sie andernorts zu extremen Verlusten führen und sich äußerst hartnäckig jeglicher Therapie widersetzen.

Die Vernichtung von befallenen Völkern erwies sich als zwecklos. Immer wieder kommt es zu schweren Rückschlägen, weil die Krankheit bei vielen infizierten Völkern nicht ausbricht. Das Kunstschwarmverfahren mit entsprechenden seuchenhygienischen Maßnahmen bietet sich an. Die europäische Faulbrut ist in der Schweiz anzeigepflichtig. Generell empfiehlt es sich, auf jeden Fall bei einer Bruterkrankung eine Brutprobe an eine Untersuchungsstelle zu schicken, um den Befall mit amerikanischer Faulbrut ausschließen zu lassen.

Sackbrut

Diese Brutkrankheit wird durch Viren verursacht. Die Larven sterben dabei im Streckmadenstadium ab. Zieht man eine infizierte Larve mit einer Pinzette aus der Zelle, so fällt sie wie ein mit Wasser gefüllter Sack in sich zusammen. Eine klare oder bernsteinfarbige Flüssigkeit befindet sich in der Larvenhaut, und die inneren Organe sind völlig aufgelöst. Später vertrocknen die Larven zu schwarzbraunen Schorfen. Eine Bekämpfung der Sackbrut gibt es nicht. Da es sich um eine Virusinfektion handelt, sind Antibiotika weitgehend wirkungslos. Die einzige Maßnahme, die der Imker treffen kann, besteht in der Umweiselung des Bienenvolks mit einer Königin aus einer wenig empfindlichen Rasse (z. B. Carnica).

Erkrankungen der erwachsenen Bienen

Nicht nur die Brut, auch die erwachsenen Bienen können von Krankheiten befallen werden. Milben, Einzeller, Bakterien und Viren setzen als Parasiten ausgewachsener Arbeiterinnen dem Bienenvolk genauso zu wie die oben genannten Brutkrankheiten.

Nosema

Der weltweit häufigste – und damit schlimmste – Parasit der Honigbiene ist *Nosema apis*, ein kleiner Einzeller, der in die Gruppe der Microsporidia gehört. Mit Nosema infizierte Völker zeichnen sich durch einen extrem hohen Verlust an Altbienen aus. Dies macht sich insbesondere nach der Auswinterung bemerkbar. Im Frühjahr gehen stark infizierte Völker mangels Sammlerinnen zugrunde.

In Österreich können bei großflächigem, starkem Nosema-Befall Sperrgebiete eingerichtet werden.

Ähnlich wie der Erreger der amerikanischen Faulbrut in der Larve, ist auch Nosema außerhalb der Biene auf ein Sporenstadium angewiesen. Im Darm keimt die Spore, und die Keimlinge dringen in die Zellen der Darmwand ein. Hier teilen sie sich und wachsen als Parasitenzellen weiter, bis man schließlich bis zu 500

Nosemazellen pro Darmzelle findet. Die Darmzelle platzt dann auf, und Sporen werden freigesetzt, die erneut als Infektionsherd fungieren. Kranke Bienen neigen dazu, Kottröpfchen im Nest abzusetzen und dadurch andere Bienen im Volk zu infizieren. Schlechtes Wetter verstärkt dieses Verhalten, und die Infektion wird sich im Volk schneller ausbreiten. Brut und frischgeschlüpfte Bienen werden nicht von Nosema befallen. Zwischen Völkern verbreitet sich die Krankheit über verfliegende Bienen oder durch mangelnde Hygiene bei der imkerlichen Arbeit. Typisch ist hier z. B. Umhängen verkoteter Waben oder Weiterfütterung unverbrauchten Winterfutters ohne vorherige Erhitzung an andere Völker.

Trotz der großen Schäden, die die Nosematose in jedem Frühjahr setzt, gelingt es dem Volk doch häufig, sich selbst von der Infektion zu befreien. Besonders wirksam ist dabei eine Tracht, bei der die alten Bienen schnell verbraucht werden und viele Jungbienen im Bienenvolk vorhanden sind. Starke Völker sind daher die beste Vorsorge gegen eine Nosema-Infektion. Eine Waldtracht dagegen sollte möglichst schnell geerntet werden, da sie den Darm der Bienen stark belastet und sie bei schlechtem Wetter dazu veranlaßt, im Stock abzukoten.

Wenn die Bienen im Winter mit dem Brutgeschäft beginnen und damit Pollen zur Herstellung des Futtersaftes aufnehmen müssen, wird der Darm belastet. Dies ist die entscheidende Phase im Infektionszyklus der Nosematose. Können die Bienen nach der Pollenaufnahme nicht bald auf einem Reinigungsflug abkoten, so werden sie das im Stock tun, und die Infektion nimmt ihren Lauf. Ein geschützter Standplatz, der auch bei mäßigen Wetterbedingungen noch einen Reinigungsflug ermöglicht, wirkt daher der Nosema-Infektion entgegen. Wer regelmäßig den Wabenbau der Völker erneuert, jährlich durch neue Ableger und Vereinigung von Altvölkern seinen Bestand verjüngt und starke Völker produziert, sollte nur wenig Probleme mit der Nosematose bekommen. Fumidil B gegen den Nosema-Parasiten, in der Schweiz und in Österreich im Handel käuflich, ist derzeit aber in der Bundesrepublik nicht mehr zugelassen und somit nicht erhältlich. Die Vorbeugung durch konsequente Erneuerung des Bienenmaterials und Desinfizierung des imkerlichen Geräts und der Beuten sind ohnehin die besten Möglichkeiten, die dem Imker derzeit zur Bekämpfung der Nosematose zur Verfügung stehen.

Amöbenseuche

Ein anderer Parasit der inneren Organe der erwachsenen Biene sind Amöben *(Malpighamoeba mellificae)*. Das Krankheitsbild ist dem der Nosematose sehr ähnlich: Es finden sich Kotflecke im Bereich des Fluglochs und innerhalb der Beute. Starke Altbienenverluste treten insbesondere nach den ersten Reinigungsflügen im Frühjahr auf.

Im Gegensatz zu Nosema parasitieren die Amöben in den Nierenkanälchen der Honigbienen. Die Biologie der Amöben ist immer noch ungeklärt. Sie bilden viele verschiedene Formen, und es gibt sie als freie Schwimmamöbe, als Kriechamöbe oder als eine der vielen Zystenformen (starre Form, oft mit einer Schutzhülle). Die Infektion findet, wie bei der Nosematose, über den Kot infizierter Bienen statt.

Im Sommer stellt die Amöbeninfektion kein Problem dar. Erst nach 3–4 Wochen bilden sich die infektiösen Stadien in der Biene. Bis dahin ist die infizierte Sommerbiene längst außerhalb des Volkes gestorben. Bei guter Tracht tritt daher eine Selbstheilung schnell ein. Die Bekämpfung sieht denn auch der Nosematose sehr ähnlich, und man wird meist durch allgemeine imkerhygienische Maßnahmen die Amöbenseuche gut unter Kontrolle halten können.

Schwarzsucht

Die Schwarzsucht steht als Sammelbegriff für ein Krankheitsbild, das sehr verschiedener und meist unklarer Genese ist. Bei einem schwarzsüchtigen Volk zeichnen sich die kranken Bie-

nen durch einen schwarzen, glänzenden, haarlosen Panzer aus. Sie sind flugunfähig, und man findet sie häufig mit gespreizten Flügeln zitternd vor dem Flugloch. Die biologischen Ursachen dieser meist nicht infektiösen Krankheit sind völlig unklar. Man weiß allerdings, daß sie gehäuft bei starker Waldtracht auftritt. Als einzige Maßnahme zur Behandlung der Schwarzsucht bleibt daher, aus einer bestehenden Waldtracht wegzuwandern.
Noch weniger kann man bei allen Viruserkrankungen und bakteriellen Infektionen erwachsener Bienen tun. Die Symptome bestehen meist in krabbelnden und toten Bienen am Flugloch. Solche Infektionen spielen in der Regel nur dann eine Rolle, wenn bereits andere Krankheiten das Volk ohnehin geschwächt haben. Die Bekämpfung der primären Krankheit hilft mit, das Volk auch von den Effekten der Sekundärinfektionen zu befreien.

Ruhr

Ähnlich wie bei der Nosematose und der Amöbenseuche werden an der Ruhr erkrankte Bienen im Volk oder am Flugloch abkoten. Es handelt sich dabei in erster Linie um eine Überlastung oder Funktionsstörung des Darms ähnlich dem menschlichen Durchfall. Bakterien oder Amöben sind dabei nicht Ursache der Erkrankung, und sie ist nicht infektiös. Große Kälte, lange Winter, früh einsetzendes Brutgeschäft sind Parameter, die eine Ruhr auslösen können.
Zur Vorbeugung der Ruhr muß man im Wesentlichen die gleichen Maßnahmen treffen wie zur Nosematose-Prophylaxe. Das Winterfutter sollte den Darm möglichst wenig belasten. Reiner Rohrzucker ist hier am besten. Starke Völker werden weniger schnell an Ruhr erkranken als schwache. Heilen kann man die Ruhr kaum. Man kann auf günstige Flugtage hoffen und dann durch Fütterung einer warmen Zuckerlösung den Reinigungsflug verstärkt stimulieren. Auf jeden Fall sollte man Bienen zur Untersuchung auf Amöbenseuche einschicken. Sobald es die Witterung erlaubt, sollten Waben und Beute ausgetauscht werden, um eventuellen Infektionen vorzubeugen.

Maikrankheit

Im Maien, im Maien, da wird es manchmal noch einmal recht kalt! Dann kann es passieren, daß ein akuter Wassermangel im Volk eintritt. Die jungen Bienen zeigen in einem solchen Fall Zeichen einer akuten Verstopfung. Sie torkeln bei der ersten Schönwetterphase an das Flugloch und versuchen abzukoten. Man sieht dann oft breiige Kotwürstchen an der Flugfront.
Die Bienen erholen sich vom Abkoten allerdings nicht, sondern gehen oft massenweise zugrunde, eine Schwächung des Volkes, die man gerade vor den ersten Trachten auf jeden Fall vermeiden möchte. Um dem Risiko der Maikrankheit zu entgehen, kann man entweder Wasser in einer Bienentränke oder – bei langen Schlechtwetterperioden – direkt dünne Zuckerlösungen anbieten.

Tracheenmilbe

Bei der Tracheenmilbe *(Acarapis woodi)* handelt es sich um ein winziges, achtbeiniges Tierchen, das in den Tracheen, den Luftröhren, der Bienen lebt. Es kann sich dabei so zahlreich vermehren, daß die Biene unter akuter Atemnot leidet. Am Bienenvolk erkennt man den Milbenbefall durch das Auslaufen flugunfähiger Bienen. Manche fliegen noch einige Meter, stürzen dann aber zu Boden. Bei Verdacht auf eine Tracheenmilbeninfektion muß man eine Probe an die entsprechende Untersuchungsbehörde schicken. Die Krankheit ist – bedingt durch ihre hohe Infektionsgefahr – anzeigepflichtig.
Bei einer Neuinfektion dringt das Milbenweibchen in den Hauptstamm der ersten Trachee am Bruststück einer Arbeiterin ein und legt innerhalb von 2 Tagen bis zu zehn Eier. Innerhalb von 12 Tagen entwickeln sich die Eier zu neuen Weibchen, die von den kurz zuvor geschlüpften

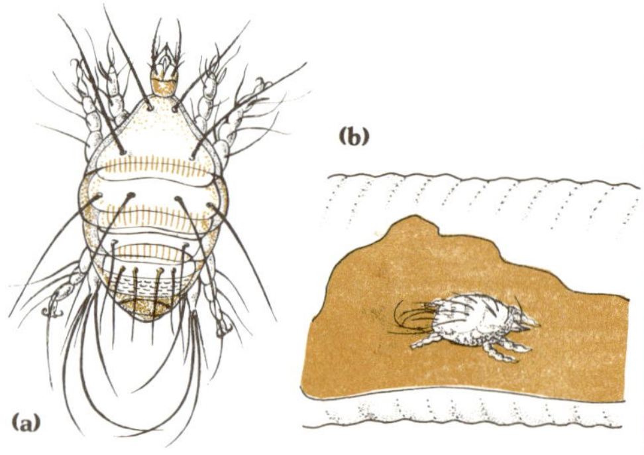

Weibchen der Tracheenmilbe im Detail (a) und in der Trachee (b)

Männchen begattet werden. Die Milben durchbohren die Tracheenwand und leben vom Blut, der Haemolymphe, der Bienen. Dabei kleckern sie des öfteren, und das Bienenblut tritt aus, trocknet und nimmt eine schwarze Farbe an. Unter dem Mikroskop kann man daher an vielen Stellen schwarze Schorfe in den Tracheen finden, ein sicheres Zeichen für eine Infektion mit der Tracheenmilbe. Nach mehreren Generationszyklen wird es einigen Weibchen in der Trachee zu eng, und sie krabbeln an die äußersten Spitzen der Bienenbehaarung. Sie nehmen dabei eine richtige Lauerstellung ein, indem sie sich mit den hinteren Beinpaaren festhalten und mit dem vorderen hin und her pendeln auf der Suche nach einem neuen Wirt.
Die Milbe muß dabei allerdings auf junge Bienen stoßen, die noch keine 10 Tage alt sind. Danach sind die Bienen resistent. Die Haarkranzreuse, die die Tracheenöffnung umgibt, ist dann so starr, daß die Milbe nicht mehr eindringen kann.
Aus der Vermehrungsbiologie der Milbe ergibt sich schon das Konzept für die Behandlung: eine reichhaltige Sommertracht mit guter Pollenversorgung. Die Bienen werden hierbei im Mittel nur 2 Wochen alt, und der Umsatz an Jungbienen ist hoch. Wenn die Altbienen jedoch abgehen, bevor sie infektiöse Milbenweibchen haben, so wird die Infektion zurückgedämmt und schließlich ganz verschwinden. Umgekehrt kann eine Milbeninfektion vor der Überwinterung für ein Volk das Aus bedeuten. In den langlebigen Winterbienen können sich die Milben zu astronomischen Zahlen vermehren und das Volk vernichten. Klimabedingungen und Standort sind somit entscheidend für den Verlauf einer Tracheenmilbeninfektion.
Wer infolge einer hohen Infektion zu einer ungünstigen Jahreszeit die Milben bekämpfen muß, kann dies mit Akariziden (Milbenvernichtungsmitteln) tun. Man muß dabei allerdings beachten, daß der Honig nicht durch die Akarizide verunreinigt wird. Die Behandlung sollte daher am besten in der trachtfreien Zeit im Winter durchgeführt werden. Derzeit steht Folbex VA, ein Räuchermittel, für die Behandlung der Tracheenmilbeninfektion zur Verfügung. Eine Desinfektion der Geräte und Beuten ist für die Bekämpfung der Milbe nicht sinnvoll. Dennoch sollte die Beutenhygiene zu den Routinearbeiten des Imkers gehören.

Varroatose

Während sich die bisherigen Parasiten meist den Blicken des Imkers entziehen und nur mikroskopisch erkennbar sind, hat der Imker bei der Milbe *Varroa jacobsoni* erstmals selbst die Möglichkeit, den Parasiten zu erkennen und die Krankheit eindeutig zu diagnostizieren. Die Milbe ist bereits mit dem bloßen Auge gut sichtbar, und man kann sie besonders zwischen den Bauchschuppen der Bienen finden. Während die bisher aufgeführten Krankheiten meist im Frühjahr zu Problemen führen, bringt die Varroatose die meisten Völkerverluste im Spätsommer. Dann vermehrt sich die Milbenpopulation explosionsartig. Findet man mehr Milben als Bienen im Volk, so ist sein Zusammenbruch vorprogrammiert.
Schon dies zeigt, daß die Varroatose eine Krankheit besonderer Art ist. Die Milbe befällt als Blutsauger nämlich sowohl die Brut als auch die erwachsenen Bienen. Die Vermehrung findet in der Brut statt, die Verbreitung von Volk zu Volk über die Bienen.
Das Varroa-Weibchen kriecht kurz vor der Verdeckelung in eine Brutzelle und setzt sich

von oben

von vorn

von unten

Das Weibchen des derzeit gefährlichsten Parasiten unserer Honigbienen, die Milbe Varroa jacobsoni. Sie befällt Brut und erwachsene Bienen gleichermaßen

auf die Larve. Die Larve spinnt sich und die Milbe ein, so daß die Milbe weiterhin an ihr saugen kann. Die Milbe wird bald mit der Eilage beginnen und in täglichen Abständen zunächst ein weibliches, dann ein männliches und danach nur noch weibliche Eier legen. Bereits 10 Tage nach dem Verdeckeln wird das erste begattete, infektiöse Weibchen auf der bald schlüpfenden Puppe herumkrabbeln. Die Paarung findet dabei in der Zelle statt. In den 2 weiteren Tagen bis zum Schlupf der Biene werden noch mehr Weibchen der Varroa-Milbe das infektiöse Stadium erreicht haben. Besonders gerne und gut vermehren sich die

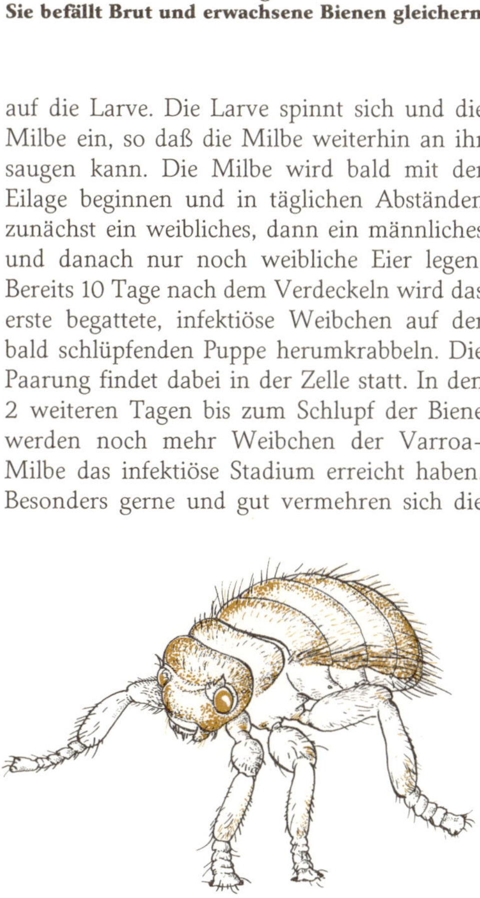

Nicht verwechselt werden sollte die harmlose Bienenlaus, »Braula coeca«, mit der Varroa-Milbe. Sie hat im Gegensatz zur Varroa, die einen stark abgeflachten Körperbau aufweist, einen runden Körper. In Körperfarbe und -größe sind sich Braula und Varroa jedoch sehr ähnlich

Milben in der Drohnenbrut. Die Entwicklungszeit der Drohnen ist länger, und entsprechend mehr Milben können hier entstehen. Mit der schlüpfenden Biene gelangen die Milben aus der Zelle heraus. Sie wechseln danach erst einmal über auf andere Bienen, bevor sie zu einem neuen Vermehrungszyklus in eine Brutzelle gehen. An der Biene setzen sie sich mit Vorliebe zwischen den Bauchschuppen fest, stechen die Biene an und saugen Blut. Nicht umsonst wird im Volksmund auch von der Vampirmilbe gesprochen. Durch Verflug und Räuberei werden die Milben von Volk zu Volk verbreitet.

Nicht verwechseln sollte man die harmlose Bienenlaus mit der gefürchteten Varroa-Milbe. Die Laus lebt als Schmarotzer im Bienenvolk und richtet keinen größeren Schaden an. Man findet sie häufig auch auf der Königin. Mit ihrer runden Körperform kann man sie leicht von den flachen Milben unterscheiden.

Die Wirkungen der Varroatose auf das Bienenvolk können verheerend sein und kommen oft sehr plötzlich. Zunächst wird man beobachten, daß die schlüpfenden Bienen Verkrüppelungen an den Flügeln und am Körper aufweisen. Die Lebensdauer der Bienen ist verkürzt. Durch die Stichwunden etablieren sich häufig bakterielle oder virale Sekundärinfektionen. Der Untergang des Volks wird dadurch noch beschleunigt. Im späten August kommt es dann oft zum Zusammenbruch innerhalb weniger Stunden. Völker, die erst noch in scheinbar gutem

Zustand waren, sind plötzlich kahlgeflogen, und Massen toter Bienen liegen vor dem Flugloch.

Die Varroatose ist inzwischen auf dem europäischen Festland flächendeckend verbreitet. Regelmäßige Diagnosen sind daher zu einem festen Bestandteil der imkerlichen Betriebsweise geworden. Die Kontrolle der Bodenunterlage im Winter (dies kann auch mit einer diagnostischen Akarizidbehandlung mit Perizin® einhergehen) ist dabei am wirksamsten. Die Varroatose ist in den meisten Ländern anzeige- und behandlungspflichtig.

Bei einem starken Befall wird eine Behandlung unumgänglich. Prinzipiell gibt es derzeit zwei Verfahren, die Varroatose zu bekämpfen. Die erste Möglichkeit ist eine Akarizidbehandlung, die zweite ein Verfahren, das ohne den Einsatz von Medikamenten auskommt und sich gerade für den Hobby-Imker besonders eignet.

Derzeit gibt es drei Präparate auf dem bundesdeutschen Markt, die für die Bekämpfung der Varroatose zugelassen sind (Folbex-VA®, Perizin® und Ameisensäure). Alle drei sind in ihrer Wirkung hervorragend und stellen bei sachgemäßer Anwendung keinerlei Gefahr für den Honig dar. Insbesondere Perizin® ist dabei sehr einfach zu verwenden, da man eine kleine Menge des Medikaments in die Wintertraube der Bienenvölker träufelt. Die Bienen verteilen das Medikament dann gleichmäßig im gesamten Bienenvolk.

Die Ameisensäure, die in Form von getränkten Dämmplatten im Bienenvolk als Verdunstungspräparat angeboten wird, kann auch in der Brutsaison angewandt werden. Die Ameisensäure wirkt dabei auch auf die Milben in der Brut, ist in seiner Wirkung auf Milben außerhalb der Brut jedoch nicht so effizient wie die beiden anderen Präparate. Manchmal wird als Folge der Behandlung über Königinnenverluste geklagt.

Für Klein- und Hobby-Imker stellt das sogenannte Bannwabenverfahren eine echte Alternative dar. Das Prinzip ist denkbar einfach. Man weiß, daß spätestens nach 4 Wochen alle weiblichen Milben wieder in eine Brutzelle gehen. Man sperrt die Königin daher auf eine Wabe und läßt sie dort Eier legen. Sobald die Wabe verdeckelt ist, entnimmt man sie und sperrt die Königin auf eine neue Leerwabe. Das Ganze wiederholt man 4mal und vernichtet die entnommene Brut. Diese beinhaltet alle reproduktionswilligen Milbenweibchen, und somit hat man die gesamte Milbenpopulation eliminiert. Für Imker, die nur eine Frühtracht ausnutzen, wird das Verfahren sogar keine merklichen Einbußen im Honigertrag bringen. Auch die Mehrarbeit hält sich in Grenzen, da man gemeinsam mit dem Bannwabenverfahren auch eine effiziente Schwarmverhinderung betreibt. Wer allerdings eine Spättracht ausnutzen will, sollte dieses Verfahren nicht anwenden. Für Imker im Neben- oder gar Vollerwerb ist das Verfahren ohnehin zu aufwendig und erscheint nicht rentabel.

Vereinzelt wird man immer wieder Stimmen hören, die die Abtötung infizierter Völker propagieren. Dies ist im Falle der Varroatose als völliger Unsinn zu bewerten. Die Diagnose hinkt der tatsächlichen Verbreitung leider immer ein erkleckliches Maß hinterher. Reinfektionen würden bald die alte Infektionslage wieder herstellen. Zudem ist eine Ausmerzung einzelner Infektionsherde, wie z. B. bei der Faulbrut, bei der Varroatose unmöglich. Die Bienen haben keinen natürlichen Abwehrmechanismus, mit dem sie einen schwachen Befall selbst eliminieren könnten.

Im Gegensatz zu den meisten anderen Krankheiten müssen wir bei der Varroatose erkennen, daß die Bienen keinen biologischen Mechanismus zur Verhinderung der Krankheit oder gar zur Selbstheilung haben. Dies hat seine Gründe. *Varroa jacobsoni* ist kein natürlicher Parasit unserer Honigbiene. Es hat während der langen Evolution der westlichen Honigbiene und der Milbe keine Anpassung von Wirt und Parasit gegeben. Der ursprüngliche Wirt der Milbe ist die östliche Honigbiene, *Apis cerana*. Für die östliche Honigbiene ist die Varroa-Milbe ein eher unbedeutender Schmarotzer als ein ernst zunehmender Parasit. Apis cerana hat höchst effiziente Methoden entwickelt, sich der lästigen Krabbler und Blutsauger zu erwehren. Sie haben ein extrem ausgeprägtes Schüttelverhalten, mit dem sie jede frisch aufgestiegene Milbe sofort herunterwerfen können, außerdem verfügen sie über ein gegenseitiges Putzverhalten. Die Arbeiterinnen entlausen sich regelrecht, wobei die Milben oft zerbissen werden. Das wichtigste ist jedoch, daß die Milben sich nicht in der Arbeiterinnenbrut vermehren können. Sie erzeugen nur in der Drohnenbrut Nachkommen und erzielen dadurch nie die Populationsgrößen, die bei unserer heimischen Apis mellifera zum Zusammenbruch der Bienenvölker führt.

Durch unverstandene Entwicklungshilfe wurde unsere Honigbiene nach Asien in das Gebiet der Apis cerana transportiert. Ein dummes und leichtfertiges Unterfangen, wie sich bald zeigte. Zum einen wurden die Königinnen oft fehlbegattet: Cerana-Drohnen und Mellifera-Drohnen fliegen auf den gleichen Drohnensammelplatz und begatten Königinnen beider Arten. Es kommt dadurch oft zu Fehlpaarungen (Cerana x Carnica und umgekehrt), und fehlgepaarte Königinnen sind unfruchtbar. Die Völker werden dadurch bald eingehen.

Wesentlich schlimmer als diese Fehlpaarungen, die nur lokal ein Problem für die Imkerei darstellen, sind die globalen Schwierigkeiten, die durch den Transport von *Apis mellifera* in das tropische Asien entstanden. Die Parasiten wechselten in beide Richtungen ihre Wirte. Die östliche Honigbiene geht in Asien jetzt an den »harmlosen« Parasiten der westlichen Honigbiene (z. B. Tracheenmilbe) zugrunde, und in unseren Breiten haben wir mit den Parasiten der östlichen Honigbiene zu kämpfen. Auch hier zeigt sich wieder die generell große Gefahr, die darin liegt, Tierarten in fremde Umwelten einzuführen. Die Folgen können katastrophal sein und ganze Ökosysteme binnen weniger Jahre aus den Angeln heben.

Gesetze, Steuern und Finanzielles

Im Gegensatz zur Regelung des sozialen Zusammenlebens im Bienenvolk bedarf das soziale Zusammenleben in menschlichen Staaten einer Rechtsprechung. Gesetze sind erlassen, um die Sozialstruktur als ein stabiles Gesellschaftssystem zu erhalten. Auch die Imkerei bleibt nicht hiervon verschont. Hauptsächlich das Bürgerliche oder Zivile Gesetzbuch bestimmt die Spielregeln in der Imkerei. Dem Imker sind dabei einige besondere Rechte zugebilligt, allerdings sind ihm auch eine Reihe von Pflichten auferlegt, damit er in den Genuß der Rechte kommen kann.

Der Standort

Das wichtigste für die Imkerei ist der Standort. Zum Glück herrscht gerade hier größere Freizügigkeit, als manch einer glauben mag. Die Imkerei ist überall dort erlaubt, wo die Bienenhaltung »ortsüblich« ist. Bestehende Imkereien können daher nicht von neuen Bebauungsplänen verdrängt werden. Zudem bedeutet dies, daß in allen ländlichen Gebieten die Bienenhaltung nicht untersagt werden kann. In dicht bebauten Stadtkernen kann es zu Schwierigkeiten kommen, aber schon in Schrebergärtengebieten wird in der Regel der Bienenhaltung nichts im Wege stehen. Auch wenn formal die Nachbarn nicht über die Imkerei informiert werden müssen, empfiehlt es sich dennoch, sie vor der Errichtung des Standes zu unterrichten. Das erspart in der Regel eine Menge Ärger.

Wer ein Bienenhaus auf seiner Wiese im Grünen bauen möchte, muß sich schon näher mit den Gesetzesbestimmungen auseinandersetzen. Man sollte auf keinen Fall versuchen, über den Umweg eines Bienenhauses ein Wochenendhaus im Grünen erstellen zu wollen. Dies würde einen eindeutigen Mißbrauch der Rechte der Imkerei darstellen, und regelmäßig werden zweckentfremdete »Bienenhäuser« abgerissen. Weder staatliche Behörden noch die Imkerorganisationen haben für solche Gebäude Verständnis, die in der Tat nur die ohnehin schon stark strapazierte Natur noch weiter belasten. Das Bienenhaus im Außenbereich (Amtsdeutsch), wenn man überhaupt eines bauen will, sollte daher so klein und unauffällig wie möglich gestaltet sein. In der Bundesrepublik Deutschland sind die maximale Breite (2,8 m bei Flugfronten an beiden Seiten, sonst nur 2,4 m) und die maximale Höhe der Innenräume (2,2 m) genau vorgeschrieben. Nur Holz darf als Baustoff verwandt werden. Von bunten Farben am Haus muß man absehen, lediglich dunkle Holzschutzmittel sind erlaubt. Mit Fenstern muß man sparen, nur 10% der Grundfläche sind als Fensterfläche erlaubt. Eine Heizung oder sonstige Feuerungsanlagen sind prinzipiell untersagt. Das Bienenhaus muß wieder entfernt werden, wenn keine Bienenhaltung mehr betrieben wird. Dies geht sogar so weit, daß mindestens drei Viertel der in der Genehmigung bewilligten Völkerzahl im Bienenhaus vorhanden sein muß. Ein kleiner Schleuderraum darf noch angebaut werden; dieser darf jedoch nicht größer als 8 m^2 sein.

Für Bienenhäuser im Innenbereich, also in der bebauten Zone, gelten diese Vorschriften natürlich nicht. Hier kann man ohne die obigen Einschränkungen bauen und geht den normalen Baugenehmigungsweg.

In der Schweiz sind die Bauvorschriften kantonal geregelt und sehr unterschiedlich. In Österreich informiere man sich vor Baubeginn bei den zuständigen Behörden.

Generell sollte man allerdings beim Bau eines Bienenhauses vorsichtig sein. Wer eines erbt, der wird im Bienenhaus weiterimkern und die alte Betriebsweise weiterführen. Ein Neubau sollte aber doch eher an die Bedürfnisse der Magazinimkerei angepaßt sein. Magazine werden im Außenbereich frei aufgestellt, während man im Innenbereich einen Schleuder- und einen Lagerraum benötigt.

Die Haftung

Wenn Haustiere Schaden anrichten, z. B. der Hund den Postboten ins Hosenbein beißt, so wird der Halter zur Verantwortung herangezogen. Bei Bienenstichen, sicher der häufigste Schaden, den Bienen anrichten, ist die Rechtslage prinzipiell genauso. Nur wenn der Halter festgestellt werden kann, kommt eine Haftung in Betracht. Dies kann bei Bienen in der Regel nicht mit absoluter Sicherheit festgestellt werden. Es gibt immer noch wildlebende Bienen, und die Dichte von Bienenständen ist meist so hoch, daß es oft nicht möglich ist, eine einzelne, fliegende Biene einem Bienenstand zuzuordnen. Wenn allerdings Personen auf dem Bienenstand gestochen werden, kann das anders aussehen. Generell sollte man im Zweifelsfall nicht auf das Gesetz pochen, sondern eher diplomatisch vorgehen. Ein Glas Honig und ein klärendes Gespräch über Bienenstiche und das Verteidigungsverhalten von Bienen trösten über so manchen Stich hinweg.
Um dem Ärger eines Schadensfalls zu entgehen, empfiehlt es sich, einem Imkerverein beizutreten. Dieser versichert seine Mitglieder automatisch über die Beiträge in einer Imkerversicherung. Dabei ist nicht nur die Haftpflicht abgedeckt, sondern auch eine Versicherung der Bienen und des Inventars. So ist man gegen Unwetter-, Brand-, Diebstahl- und Frevelschäden gesichert. Nicht abgedeckt sind Schäden, die durch unsachgemäßen Gebrauch von bienengefährlichen Pflanzenschutzmitteln hervorgerufen werden. Hierfür haftet der Verursacher, der leider nicht immer leicht ausfindig zu machen ist.

Das Finanzamt

Der Hobby-Imker mit wenigen Völkern im Garten wird sich über die Einnahmen aus dem Honigverkauf keine Gedanken machen müssen. Wer allerdings seinen Honig in großem Stil verkauft, muß diese Einnahmen bei der jährlichen Steuererklärung angeben. Der Kleinimker braucht sich jedoch keine Sorgen zu machen. Seine Ausgaben sind in der Regel im Verhältnis zu den Einnahmen so hoch, daß ohnehin kein Profit anfällt. Das Finanzamt wird erst hellhörig, wenn die Imkerei zum Neben- oder gar zum Haupterwerb wird. Derzeit müssen in der Bundesrepublik Deutschland ab DM 2400.– (Verheiratete DM 4800.–) die Einnahmen versteuert werden.
Ab 30 Völkern kann die Gemeinde einen sogenannten Einheitswert der Imkerei festsetzen, und der Imker wird zur Grundsteuer herangezogen. Gewerbesteuer muß in der Regel nicht gezahlt werden, da die Imkerei zu den landwirtschaftlichen Betrieben zählt. Ab 30 Völkern ist die Imkerei dann aber der Liebhaberei entwachsen, und der Verdienst steht im Vordergrund. Die Betriebsweise wird sich an ökonomischer Effizienz orientieren, und insbesondere die Buchführung will und muß dann gelernt sein. Neben den Einkünften sind selbstverständlich auch die Investitionen und Ausgaben zu berücksichtigen.
In der Schweiz und in Österreich informiere man sich bei den Imkerverbänden oder bei den zuständigen Finanzämtern.

Das Imkern im Nebenerwerb

Ab 30 Völkern beginnt die Imkerei mehr Zeit zu fordern, als eine Arbeitskraft allein in der Freizeit schaffen könnte. Die Familie muß dann schon kräftig anpacken, um die anfallenden Arbeiten – insbesondere zur Zeit der Honigernte – erledigen zu können. Im Nebenerwerb lohnt es sich, einen Schleuderraum sowie ein

Honig-, Waben- und Gerätelager einzurichten. Die Schleuder sollte ausreichend groß konzipiert sein und mindestens zwölf Waben fassen. Bei dieser Größenordnung sollte man auf jeden Fall eine motorgetriebene Version wählen.
Im Nebenerwerb ist die Wanderung von großer Bedeutung, und man sollte schon deshalb ausschließlich eine Magazinimkerei betreiben. Dabei muß man sich allerdings vorher genau überlegen, inwieweit Fahrstrecke und Arbeitsaufwand der zu erwartenden Honigernte gegenüberstehen (Übernachtungsgelder in der Kalkulation mitberücksichtigen!). Es lohnt sich nur, mit solchen Völkern zu wandern, die auch tatsächlich einen ordentlichen Honigertrag versprechen. Schwache Völker haben auf dem Wagen nichts verloren. Mit ihnen wären finanzielle Verluste vorprogrammiert.
Wer wandert, benötigt einen Lastwagen oder einen PKW-Anhänger mit ausreichender Zuladekapazität. Das Zugfahrzeug sollte im Falle der Anhängerlösung kräftig sein und am besten über Allradantrieb verfügen. Oft liegen günstige Wanderstandorte weitab gepflasterter Straßen in unwegsamem Gelände. Wer 20 Völker transportiert, hat schnell – nach guter Tracht – über 1 t Ladung. Nur wenige PKW dürfen mit Anhängelasten bis zu 1,5 t gefahren werden.
Es wird von der Arbeitsbelastung im Hauptberuf abhängen, wie sehr man sich in der Nebenerwerbsimkerei engagieren kann und will. Etwa 10 Stunden wird man pro Jahr und Volk an effektiver Arbeitszeit rechnen müssen. Nicht viel, wenn die Arbeit gleichmäßig über das Jahr verteilt wäre. Es ist aber eindeutig ein Saisongeschäft. Die Zeit der Honigernte stellt dabei den Hauptengpaß dar. Hier rechnet man mit ½ Stunde Arbeitszeit pro Volk, und die Ernte muß innerhalb weniger Tage eingebracht werden. Mehr als 20 Völker pro Tag sind hier kaum von einer Person allein zu bewältigen. Der Nebenerwerbsimker ist daher entweder auf die Mitarbeit von Familienmitgliedern oder bezahlten Aushilfskräften angewiesen. Schüler verdienen sich beim Honigschleudern – wobei man von Bienenstichen verschont bleibt – gerne ein Taschengeld.

Diese Ausgaben schlagen natürlich in der Buchführung negativ zu Buche. Generell sollte man sehr genau über die Ausgabenseite Buch führen, die oft schwerer zu erfassen ist als die Einnahmen aus Honig und Wachs. Ausgaben sind auch die Kosten für Futterzucker, für Fachliteratur und Vereinsbeitrag, Reisekosten zu Imkerversammlungen und für Wanderungen, Winterverluste, Abschreibung eines Fahrzeugs, Anhängers und anderer Großgeräte, Heizkosten für Wachsschmelzen und Zuckerlösen, Imkerversicherungen etc. Erst nachdem man alle Ausgaben abgezogen hat, erhält man den steuerpflichtigen Reingewinn, der nicht immer positiv sein muß. Auf jeden Fall sollte man bei der Abfassung der Steuererklärung einen Fachmann zu Rate ziehen, der auch über die neuesten Veränderungen im Steuerrecht informiert ist. Steuerrechte sind häufigen Änderungen unterworfen, und was in einem Jahr absatzfähig ist, muß es im nächsten Jahr noch lange nicht sein.

Die Stockkarte

Doch nicht nur für das Finanzamt muß Buch geführt werden. Bei einer größeren Völkerzahl verliert man schnell die Übersicht, was an imkerlichen Eingriffen an den verschiedenen Völkern notwendig ist. Über jedes einzelne Volk muß daher Buch geführt werden. Es gilt zu notieren, ob die Königin gesehen wurde, ob Brut im Volk vorhanden war, wie viele Waben mit Bienen besetzt waren und wie viele Futtervorräte im Volk vorhanden sind. Am einfachsten geschieht dies mit einer sogenannten Stockkarte, in die man alle Eingriffe und Manipulationen am Bienenvolk einträgt. Im Sommer kann man zudem eine Stockkarte direkt an der Beute befestigen und hat so während der Arbeit immer einen Überblick über den Zustand der Völker. Stockkarten werden vom Fachhandel angeboten, aber man kann auch eigene Buchführungssysteme entwickeln.

STOCK-KARTE

Betriebsjahr 19..............

Imker: .... Standmaß: ....

KÖNIGIN Zuchtb. Nr.: .... VATERVÖLKER Zb.-Nr.: .... Vorjahrs-Ho-Leistung: .... kg

Zeichen: .... Jahrg.: .... oder deren gemeinsame Mutter: .... Vorjahrs-Standmittel: .... kg

Rasse/Linie: .... Schwarm-Z. oder Großmutter: .... diesj. Ho-Leistung: .... kg

Belegstelle: ....

Züchter: .... Nachsch.-Z. Rasse/Linie: .... zugesetzt: .... diesj. Standmittel: .... kg

Beute Nr.	Datum	allgemeiner Befund								gegeben +, genommen —						Anmerkungen (Wanderung, Honigraum, Schwarm, ♀, Fütterung usw.)
		bel. W	Brut* W	Ei	o	v	Futter kg	Waben-sitz*	Sanftmut*	W	MW	Brut	Bienen kg	Honig kg	Zucker kg	
																Einwinterung:
																Totenfall:

* 4 = sehr viel (gut); 3 = viel (befriedigend); 2 = mäßig; 1 = gering bis fehlend

Beispiel für eine Stockkarte

Die Rendite

Wer mit der Imkerei beginnt, sollte ohnehin wissen, daß eine großartige Rendite gerade in der Aufbauphase nicht zu erwarten ist. Oftmals schwärmt der Imker von den Einkünften aus der Honigernte, aber nur zu leicht vergißt er die harte Arbeit, die nötig war, um die Ernte einzubringen. Der Honigpreis muß die Völkerverluste ausgleichen, die Arbeit an Wochenenden und Feiertagen, die Neuanschaffung von Beuten und Material, die Fahrtkilometer zwischen Bienenstand und Wohnung und vieles mehr. Der Hobby-Imker mit einer begrenzten Völkerzahl hat kaum eine Chance, hier jemals ein wirtschaftliches Plus zu erzielen.

Aber muß dies denn sein? Ist der wirtschaftliche Gewinn das Ziel der Freizeitimkerei? Sicher nicht! Es soll Ausgleich sein für den streßgeplagten Büromenschen. Bewegung an der frischen Luft, in freier Natur, die sich nicht in oft sinnlos verpulverten Joggingkilometern ergeht, sondern aktiv für die Erhaltung der Natur genutzt wird. Der Honigertrag wird damit zur Nebensächlichkeit degradiert. Imkerei soll primär Spaß machen und die Freude am gut gedeihenden Bienenvolk kann manches Kilo Honig aufwiegen.

Der Hobby-Imker sollte denn auch in allererster Linie seinen Bienenstand so organisieren, wie es seinen eigenen Vorstellungen entspricht. Eigene Ideen und Kreativität sind hier gefragt. Die Freude an der Imkerei muß das wichtigste Ziel bei der Bienenhaltung bleiben. Der Freizeitimker sollte sich nicht um die Buchführung scheren, und bei 10 Völkern sind auch die Stockkarten nicht so wichtig. Der Imker wird seine Völker individuell kennen und rechtzeitig die richtigen imkerlichen Maßnahmen ergreifen können, auch ohne eine detaillierte Buchführung. Welchen Kasten er benutzt und welches Wabenmaß er nimmt, ist dabei völlig unerheblich. Ob Bienenhaus oder Freiaufstellung muß letztendlich jeder Freizeitimker im stillen Kämmerlein für sich selbst entscheiden und ganz nach seinem Geschmack organisieren. Der Freizeitausgleich muß beim Hobby-Imker im Vordergrund stehen, und eines sollten wir nicht vergessen: Der Natur ist es reichlich egal, wie die Bienen gehalten werden. Hauptsache sie stehen rechtzeitig und in ausreichender Anzahl als Bestäuber für die Blütenflora zur Verfügung. Deshalb ist es für uns alle wichtig, möglichst viele Mitmenschen für dieses Hobby zu begeistern, eine kleine Mühe mit großer, unschätzbarer Wirkung.

Anhang

Glossar

A*bleger*
Kleines Bienenvolk, das vom Imker aus beispielsweise fünf Waben zusammengesetzt wird. Ableger dienen zur Völkervermehrung und spielen eine wichtige Rolle bei der Schwarmverhinderung

Abschäumen
Im frisch abgefüllten Honig befindet sich noch viel Luft, die sich im Laufe der Zeit als Schaum an der Oberfläche absetzt. Dieser Schaum wird mit einem Schaber vorsichtig entfernt, bevor der Honig zum Verkauf angeboten werden kann

Abschwefeln
Abtöten eines Bienenvolks mit Hilfe eines glimmenden Schwefelspans. Der Schwefelspan sollte oben in der Beute plaziert werden, da die Schwefeldämpfe nach unten sinken

Absperrgitter
Kunststoff- oder Metallgitter mit einer Maschenweite nicht über 7 mm. Es verhindert die Passage von Drohnen und Königinnen, erlaubt jedoch Arbeiterinnen freien Durchgang. Der Honigraum im Bienenvolk wird in der Regel durch ein Absperrgitter vom Brutraum getrennt

Aflotoxine
Giftstoffe des Steinbruterregers, *Aspergillus flavus.* Die Gifte sind auch für den Menschen gefährlich; Honig aus an Steinbrut erkrankten Völkern sollte vernichtet werden

Akarizid
Milbenvernichtungsmittel

Alarmierungsverhalten
Verhalten der Wächterbienen, wenn der Stock von Feinden angegriffen wird. Die Wächterbienen setzen einen Duftstoff (Isopentylacetat) frei, der stark nach Bananen riecht. Dies alarmiert andere Arbeiterinnen im Nest, die zur Nestverteidigung rekrutiert werden

Alarmpheromon
Isopentylacetat ist die Hauptkomponente des Alarmpheromons. Es wird von den Wächterbienen freigesetzt, um Nestgenossinnen zur Nestverteidigung zu alarmieren

Ammenbiene
Biene im Alter von 3–7 Tagen mit stark entwickelten Futtersaftdrüsen. Sie ist als reine Stock- oder Innendienstbiene für Bruternährung und -pflege verantwortlich

Amöbenseuche
Infektionskrankheit erwachsener Bienen

Apis
Wissenschaftlicher Name für die Honigbiene

A. cerana – die indische oder östliche Honigbiene. Eine höhlenbrütende Honigbiene, die ihr Verbreitungsgebiet ausschließlich im asiatischen Raum hat
A. dorsata – die Riesenhonigbiene. Eine freibrütende Honigbiene im asiatischen Raum
A. florea – die Zwerghonigbiene. Freibrütende Honigbiene im asiatischen Raum
A. laboriosa – die Felsenbiene. Freibrütende Honigbiene im Himalaya. Der Riesenhonigbiene Asiens sehr ähnlich
A. mellifera – die westliche Honigbiene. Ursprüngliches Verbreitungsgebiet Europa, Kleinasien, Afrika. Inzwischen durch Transport durch den Menschen weltweit verbreitet

B*acillus larvae*
Erreger der amerikanischen Faulbrut

Bannwabe
Wabe auf der die Königin gesperrt wird (z.B. durch Absperrgitter). Bannwaben sind für die biotechnische Behandlung der Varroatose von Bedeutung. Die Brut auf der Bannwabe zieht die Varroa-Milben an. Durch regelmäßige Entnahme der Bannwaben kann man den Befallsgrad des Volkes deutlich reduzieren

Baurahmen
Wabenrähmchen mit einem schmalen Anfangsstreifen Mittelwand. Die Arbeiterinnen werden bei günstiger Volksentwicklung im Frühjahr den Baurahmen mit Drohnenbau erweitern

Bauschied
Schied, das man zwischen Unterboden und Brutraum legt, damit die Bienen nicht die Waben am Boden festbauen

Begattungsvölkchen
Kleines Volk (2000–3000 Arbeiterinnen), in dem unbegattete Königinnen bis zur Paarung gehalten werden

Begattungszeichen
Weißlicher Schleimpfropf in der Geschlechtsöffnung frisch gepaarter Königinnen. Es sind Teile des Begattungsapparates des Drohns, die nach der Paarung in der Scheidenöffnung der Königin hängenbleiben

Belegstelle
Standort, an dem kontrollierte Paarungen durchgeführt werden können

Berlepsch, Baron August von (1815–1877)
Deutscher Bienenforscher. Propagierte die Imkerei mit beweglichen Rähmchen

Beute
Vom Imker gefertigte Bienenbehausung

Blatthonig
Honigtau an Laubgewächsen. Wird von Läusen, die an den Pflanzen parasitieren, ausgeschieden und von den Bienen eingetragen

Blätterstock
Hinterbehandlungsbeute, in der die Waben im Kaltbau orientiert sind. Die Waben sind wie die Blätter eines Buches zugänglich

Bodeneinlage
Einlage im Unterboden zur Untersuchung des Wintergemülls oder zu Diagnosezwecken bei Verdacht auf Krankheiten

Bogenschnitt
Einfaches, aber wenig wirksames Verfahren in der Königinnenzucht. In einer Eiwabe wird ein bogenförmiges Stück Wabe ausgeschnitten und die Wabe in das Pflegevolk eingehängt. Entlang der Schnittkante werden die Bienen nun bevorzugt Königinnenzellen anlegen

Brutnest
Bereich im Bienenvolk, in dem die Brut angelegt ist

Brutraum
Der Brutraum ist durch ein Absperrgitter vom Honigraum abgetrennt. Die Königin legt nur im Brutraum, so daß der Honigraum von jeglicher Brut frei bleibt und die Honigernte erleichtert wird

Brutwabe
Wabe, auf der sich hauptsächlich Brut befindet

Brutzarge
Zarge, in der sich das Brutnest befindet

Buckelbrut
Drohnenbrut, die sich in Arbeiterinnenzellen entwickelt (z. B. in Folge drohnenbrütiger Königinnen oder legender Arbeiterinnen). Da die Drohnenlarven zu groß sind für die kleinen Arbeiterinnenzellen, werden die Brutzellen stark nach oben gewölbt verdeckelt, was zu einem »buckligen« Erscheinungsbild führt

C*arnica-Biene*
Honigbienenrasse, die im deutschsprachigen Raum am häufigsten als Wirtschaftsbiene eingesetzt wird

Citral
Gemeinsam mit Geraniol ein wichtiges Pheromon bei der Orientierung des Schwarmes. Es wird aus der Nasanoffschen Drüse der Arbeiterinnen freigesetzt. Duftet stark nach Zitronen

D*ämmschied*
Schied, das beim Einengen in das Volk eingehängt wird; meist aus gut isolierendem Material. Es soll einen günstigen Wärmehaushalt im Volk gewährleisten

Dampfwachspresse
Gerät zur Gewinnung von Bienenwachs aus alten Waben

Deckelwachs
Hochwertiges Wachs, das bei der Entdeckelung der Honigwaben vor dem Schleudern anfällt

Drohnenbau
Waben, in denen Drohnenzellen angelegt sind

Drohnenbrütigkeit
Königin, die nicht in der Lage ist, befruchtete Eier zu legen, und daher auch Drohneneier in Arbeiterinnenzellen legt. Führt zu Buckelbrut

Drohnensammelplatz
Paarungsareal von Königinnen und Drohnen

Dzierzon, Johannes (1811–1906)
Deutsch-polnischer Bienenforscher. Erfand unabhängig von Langstroth die Imkerei mit beweglichen Rähmchen

E*inengen*
Verminderung des Beutenvolumens durch Einhängen von Schieden oder Abnahme von Zargen

Einfliegen
Orientierungsphase neu aufgestellter Bienenvölker

Einfüttern
Futtergabe vor der Winterruhe

Einlöten
Mittelwände werden in die gedrahteten Rähmchen »eingelötet«. Der Wabendraht wird dabei mit Hilfe eines schwachen Stromes erhitzt, so daß der Draht in die Mittelwand einschmilzt

Einwinterung
Vorbereitung eines Bienenvolks für die Winterphase

Eiweißfettkörper
Dieses Organ übernimmt bei der Honigbiene viele Leberfunktionen. Der Eiweißfettkörper ist bei den langlebigen Winterbienen besonders stark ausgebildet

Eiweißteig
Puderzuckerteig, der mit Pollen oder Pollenersatzmitteln versetzt ist

Entdeckelungsgabel
Gerät zur Entfernung des Deckelwachses auf Honigwaben

Erweiterung
Vergrößerung des Beutenvolumens durch Entnahme von Schieden oder Aufsetzen neuer Zargen

F*ächeln*
Verhalten von Arbeiterinnen bei heißen Tagen am Flugloch. Die Bienen stehen mit dem Kopf zum Flugloch und schwirren heftig mit den Flügeln. Dadurch entsteht ein Luftstrom im Bienenvolk, der zur Kühlung der Nesttemperatur führt

Faulbrut
Ansteckende Bruterkrankung

Flugbiene
Außendienstbiene, die in der Regel älter als 10 Tage ist. Sammelbienen und Kundschafterbienen gehören hierzu

Folbex VA
Räucherpräparat zur Bekämpfung der Varroatose und der Tracheenmilbe

Freiaufstellung
Aufstellung der Bienenvölker außerhalb eines Bienenhauses oder anderer Schutzvorrichtungen

Frisch, Karl von (1886–1982)
Österreichischer Biologe, 1972 Nobelpreis für seine Arbeiten auf dem Gebiet der Tanzsprache der Bienen

Frühtracht
Tracht im Frühjahr

Fungizide
Pilzvernichtungsmittel

Futtergeschirr
Je nach Beutenart verschiedene Vorrichtung zur Fütterung des Bienenvolks mit Zuckerlösung

Futterteig
Geschmeidiger Teig aus Puderzucker und Honig. Kann statt mit Honig auch mit Wasser + Invertase angesetzt werden. Die Invertase verhindert das Aushärten des Teiges

Futterwabe
Wabe mit Honig, der nicht unbedingt für den Menschen zum Verzehr geeignet ist

G*eraniol*
Wichtiges Pheromon bei der Orientierung des Schwarmes. Es wird gemeinsam mit Citral aus der Nasanoffschen Drüse der Arbeiterinnen freigesetzt. Duftet stark nach Geranien

Glucoseoxidase
Wichtiges Enzym im Honig, das maßgeblich für seine antibakterielle Wirkung verantwortlich ist

H*eidehonig*
Honig, der im Spätsommer von der Besenheide *(Calluna vulgaris)* eingetragen wird

Herbizid
Unkrautvernichtungsmittel

Hinterbehandlungsbeute
Beute, bei der die Waben von der Rückseite zugänglich sind

Hochzeitsflug
Paarungsflug der Königin zum Drohnensammelplatz

Honigmagen
Organ der Arbeiterinnen zur Speicherung des Nektars auf Sammelflügen und während des Schwärmens

Honigraum
Raum in der Beute, durch Absperrgitter vom Brutraum abgetrennt. Die Königin legt daher nur Eier in den Brutraum, was die Honigernte erleichtert

Honigsieb
Doppelsieb zum Filtrieren des frisch geschleuderten Honigs vor dem Abfüllen

Honigtau
Zuckerhaltige Ausscheidungen von Blatt- und Schildläusen

Honigwaben
Waben, die ausschließlich Honig enthalten

Honigzarge
Zarge, in der sich der Honigraum befindet

Höselschalen
Schalen, in denen den Bienen gemahlener Pollen oder Pollenersatzmittel angeboten werden. Die Bienen höseln das Pollenpuder und tragen es in das Volk ein. Bei fehlendem Pollenangebot kann es nützlich sein, auf diese Weise Eiweiß zuzufüttern

Huber, François (1750–1832)
Schweizer Bienenforscher

I*nsektizide*
Insektenvernichtungsmittel

Inselbelegstelle
Belegstelle auf einer Insel. Hier können garantierte Reinpaarungen gewährleistet werden

Instrumentelle Besamung
Besamung der Königin mit Hilfe eines Besamungsapparats. Neben der Inselbelegstelle die einzige Möglichkeit, kontrollierte Paarungen zu erzielen

Invertase
Substanz, die den Rohrzucker (Saccharose) in Glukose und Fruktose spaltet

Inzucht
Paarung von verwandten Individuen

Italiener-Biene (Apis mellifera ligustica)
Eine gelbe Biene, die insbesondere von Berufsimkern in den USA und Australien als Wirtschaftsbiene eingesetzt wird

J*anscha, Anton (1734–1773)*
Österreichischer Bienenforscher und Imkermeister Maria Theresias

Jungvolk
Volk, das sich aus einem Ableger mit junger Königin zu einem Vollvolk entwickelt hat

K*alkbrut*
Pilzerkrankung der Brut

Kaltbau
Waben sind in der Beute senkrecht zum Flugloch orientiert

Kandierung
Kristallisieren des Honigs

Kanitzkorb
Spezieller Bienenkorb, der hauptsächlich in Norddeutschland als Beute eingesetzt wurde

Kellerhaft
Frisch gefüllte Begattungskästchen sollten, bevor sie im Freien aufgestellt werden, zunächst 48 Stunden in einem dunklen, kühlen Keller gehalten werden

Kittharz
Wird von Arbeiterinnen an Pflanzen und Bäumen gesammelt und im Volk für die Versiegelung von Fugen und Ritzen in der Nisthöhle verwandt. Kittharz kann eine hohe antibiotische Wirkung haben

Klotzbeute
Altertümliche Beute. Man arbeitete eine Höhlung in einen abgesägten Baumstumpf und verschloß diese mit einer Tür an der Rückseite

Königin
Einziges weibliches Geschlechtstier im Bienenvolk

Königinnendetermination
Königin und Arbeiterin sind genetisch prinzipiell nicht verschieden und stammen beide von befruchteten Eiern ab. Welches Ei Königin bzw. Arbeiterin wird, bestimmen ausschließlich die Arbeiterinnen. Eier, die sich zur Königin entwickeln sollen, werden mit dem Königinnenfuttersaft aus den Futtersaftdrüsen der Arbeiterinnen ernährt. Nur diese Diät bestimmt, daß aus einem befruchteten Ei eine Königin entsteht

Königinnenfuttersaft
Futtersaft, mit der die Königinnenbrut ernährt wird (Gelée royale, Royal jelly)

Königinnensubstanz
Pheromon der Königin, das beim Schwärmen, bei der Paarung und für die soziale Koordination im Bienenvolk eine entscheidende Rolle spielt

Königinnennäpfchen
Wachs- oder Kunststoffbecher, die bei der Königinnenzucht als künstliche Königinnenzellen verwendet werden

Körbchen (Corbicula)
Struktur an den Hinterbeinen zum Sammeln von Pollen. Typisch für alle Bienen

Korbimkerei
Alte Form der Imkerei. Sie wird heute noch an wenigen Stellen in der Lüneburger Heide betrieben

Korbschleuder
Siehe Tangentialschleuder

Kotblase
Struktur im Enddarm der Biene. Winterbienen müssen in der Kotblase während der gesamten Überwinterung ihren Kot lagern

Kunstschwarm
Bienen, die von einem oder mehreren Völkern zusammen in einen Schwarmkasten gekehrt wurden

Kuntzsch-Zwilling
Alte deutsche Hinterbehandlungsbeute

L*angstroth, Lorenzo L. (1810–1905)*
Amerikanischer Bienenforscher

Larve (Made)
Embryonales Entwicklungsstadium der Honigbiene zwischen Ei und Verpuppung. Insgesamt werden 5 Larvenstadien durchlaufen. Häutungen grenzen die Larvenstadien voneinander ab

Leerwabe
Wabe ohne Brut, Pollen oder Futter

Leerzarge
Zarge ohne Waben

Ligustica
Siehe Italiener-Biene

Lüftungsgitter
Sind bei der Wanderung von Völkern besonders wichtig. Bei mangelnder Belüftung verbrausen die Völker in kurzer Zeit

M*ackensen, Otto*
Amerikanischer Bienenforscher, Pionier in der instrumentellen Besamung der Bienenkönigin

Magazinbeute
Weltweit das am meisten verbreitete Beutensystem. Die Magazinimkerei weist sich insbesondere durch hohe Flexibilität an Umweltbedingungen sowie durch effiziente Betriebsweisen aus

Maikrankheit
Durchfallerkrankung adulter Bienen im Frühjahr

Mittelwand
Dünne Wachsplatte, auf der das Wabenmuster eingeprägt ist. Es erleichtert den Bienen den Wabenbau, da ein Großteil des Wachses in Form der Mittelwand den Bienen bereits zur Verfügung gestellt wird

Mittelwandstreifen
2 cm breiter Streifen, der am oberen Rähmchenträger angelötet wird. Die Bienen sollen solche Rähmchen zu Drohnenwaben ausbauen

Mobilbau
Imkerei mit beweglichen Rähmchen. Erstmals von Langstroth und Dzierzon Ende des 18. Jahrhunderts in die praktische Imkerei eingeführt

N*achschaffungskönigin*
Königin, die nach Verlust der Mutterkönigin vom Volk aus der Brut nachgezogen wurde

Nachschaffungszelle
Zelle, in der eine Nachschaffungskönigin aufgezogen wird. Da die Bienen im Gegensatz zu den Schwarmzellen, die eigens für die Königinnenaufzucht angelegt werden, bei der Nachschaffung auf irgendwelche Brut, die gerade im richtigen Alter ist, zurückgreifen müssen, liegen die Nachschaffungszellen meist in der Wabenmitte. Schwarmzellen findet man meist am Wabenrand.

Nasanoffsche Drüse
Drüse auf dem Rücken der Arbeiterin unter dem sechsten Hinterleibsring. Sie ist wichtig bei der Orientierung des Schwarmes. Die Pheromone Geraniol und Citral werden hier abgesondert

Nektar
Sekret in den Blüten von Blütenpflanzen, um Insekten für die Bestäubung anzulocken

Normalmaß
Gängiges Rähmchenmaß im deutschsprachigen Raum

Nosema Erreger (Nosema apis)
Darmparasit der Honigbiene

O*berbehandlungsbeute*
Beute, bei der die Waben von oben zugänglich sind

Opalithplättchen
Kleine numerierte Zeichenplättchen zur Markierung von Königinnen

Ovarien
Eierstöcke. Königin sowie Arbeiterinnen haben Ovarien. Bei den Arbeiterinnen ist die Ovarentwicklung jedoch unterdrückt, solange sich eine Königin im Volk befindet

P*aarungsdistanz*
Maximale Entfernung, die Drohnen und Königinnen zum Drohnensammelplatz zurücklegen

Pflegevolk
Bienenvolk, das für die Königinnenzucht verwendet wird

Pfundrähmchen
Rähmchen, das mit 1 Pfund Honig gefüllt ist und komplett vermarktet wird, ohne den Honig zu schleudern

Pheromone
Duftstoffe, die das soziale Zusammenleben der Insekten steuern. Wichtig ist dabei, daß das Pheromon in einem Organismus freigesetzt wird und eine Reaktion in einem *anderen* Organismus auslöst

Pollen
Blütenstaub. Die männlichen Geschlechtszellen der Blütenpflanzen

Pollenfalle
Vorbau vor dem Flugloch, den die Bienen passieren müssen. Die Bienen müssen dabei durch eine Reuse klettern, wobei die Pollensammlerinnen ihre Pollenhöschen verlieren. Die Höschen fallen in einen Sammelkasten und können vom Imker geerntet werden

Pollenhöschen
Gesammelter Pollen in den Körbchen der Hinterbeine einer Pollensammlerin

Pollentracht
Natürliches Futterangebot mit reichlichem Pollen (z. B. Raps)

Pollenersatz
Milchpulver und Sojamehl werden häufig als Pollenersatzfutter im Höselkasten oder als Eiweißfutterteig verabreicht. Natürlichem Pollen sollte jedoch der Vorzug gegeben werden

Pollenwabe
Wabe, auf der sich hauptsächlich Pollen befindet

Propolis
Siehe Kittharz

R*adialschleuder*
Honigschleuder, bei der die Waben sternförmig angeordnet sind

Rähmchendraht
Etwa 0,35 mm dicker Draht, mit dem die Rähmchen verspannt werden, bevor die Mittelwand eingelötet wird

Räuberei
Im Spätsommer und zu trachtarmen Zeiten kommt es immer wieder vor, daß einige Völker die Honigvorräte anderer Völker ausrauben. Dies kann zu erheblichen Völkerverlusten führen, wenn man nicht rechtzeitig gegen die Räuberei einschreitet (z. B. Abtransport der Räuber auf einen entlegenen Bienenstand)

Raucher
Der Raucher (oder auch Smoker) ist eines der wichtigsten Geräte in der Imkerei. Die Bienen werden durch den Rauch abgelenkt und attackieren den Imker während seiner Arbeiten am Bienenvolk nicht

Reinigungskrücke
Ein skurriles Gerät zur Reinigung des Bodens von Hinterbehandlungsbeuten

Reinigungsausflug
Während des Reinigungsausflugs im zeitigen Frühjahr entleeren die Winterbienen ihre prall gefüllte Kotblase. Während der Winterphase im Stock koten die Bienen nicht ab

Reizfütterung
Versuch, durch Fütterung von Zuckerlösung oder Honig ein Volk zur Brutproduktion zu stimulieren. Effekt zweifelhaft

Roberts, William
Amerikanischer Bienenforscher, Pionier in der instrumentellen Besamung der Bienenkönigin

Rohwachs
Ungereinigtes Bienenwachs

Ruhr
Darmerkrankung erwachsener Bienen

S*ackbrut*
Brutkrankheit. Ausgelöst durch Viren

Samenblase
Siehe Spermatheka

Scheibenhonig
Ungeschleuderter Honig, der in Wabenstücken auf den Markt kommt

Scheidenklappe
Hautfalte, die die Vaginalöffnung bei der Königin verschließt

Schied
Gut isolierendes Brett, meist in der Größe eines Rähmchens, mit dem man den Beutenraum einengen kann

Schlüpfkäfig
Wird bei der Königinnenzucht verwendet. Es ist ein Käfig, in dem Königinnen aus den Zellen schlüpfen können. In Schlupfkäfigen können viele Königinnen gleichzeitig in einem Bienenvolk schlüpfen

Schwänzeltanz
Wichtiges Element der Bienentanzsprache zur Übermittlung von Qualität, Richtung und Entfernung eines Futterplatzes

Schwarmfangkasten
Kasten zum Fang eines Schwarmes. Sollte möglichst leicht sein und über ausreichende Lüftungsmöglichkeiten verfügen

Schwarmzellen
Königinnenzellen, die kurz vor dem Schwärmen des Bienenvolks angelegt worden sind. Sie befinden sich meist am Rand der Waben

Schwarzsucht
Viruserkrankung erwachsener Bienen

Selbstwendeschleuder
Waben stehen in dieser Schleuder tangential zur Drehrichtung und werden automatisch, ohne Entnahme der teilweise geschleuderten Waben, gewendet

Smoker
Siehe Raucher

Sommertracht
Blütentracht zur Sommerzeit

Sonnenwachsschmelzer
Gerät zur Gewinnung von neuwertigem Wachs aus Entdeckelung und Drohnenbau. Aus Altwaben kann im Sonnenwachsschmelzer nur schlecht Wachs gewonnen werden

Spättracht
Tracht im Spätsommer, in Süddeutschland meist Waldhonig (Honigtau)

Spermatheka
Organ der Königin, in dem sie das Sperma nach der Paarung lagert

Spermien
Männliche Samenzellen

Sperrbezirk
Gebiet, in das nach veterinärpolizeilicher Anordnung keine Bienenvölker hinein und keine heraus gebracht werden dürfen

Sternschleuder
Siehe Radialschleuder

Stockbiene
Biene im Innendienst (Ammen-, Putz- und Baubiene)

Stockmeißel
Gerät zur Entnahme von Waben aus dem Bienenvolk

Superorganimsus
Gruppe von Einzelindividuen, die nach außen hin gemeinsam als ein Organismus erscheinen

T*angentialschleuder*
Waben stehen in dieser Schleuder tangential zur Drehrichtung. Jede Wabe muß bei diesem Bautyp von Hand gewendet werden

Tracheenmilbe (Acarapis woodi)
Parasit in den Tracheen erwachsener Bienen

Tracht
Reichhaltiges Nektar- oder Honigtauangebot, das die Bienen erschließen können

Trogbeute
Veraltete Oberbehandlungsbeute

U*mlarven*
Grundlegende Methode bei der Königinnenzucht. Junge Larven werden in künstliche Weiselbecher transferiert und in Pflegevölkern zu vollwertigen Königinnen herangezogen

Umlarvlöffel
Werkzeug in der Königinnenzucht. Ein feiner Spatel zum Transferieren von jungen Larven in die künstlichen Weiselbecher

Umweiseln
Austausch der alten Königin durch eine neue (entweder durch das Bienenvolk oder durch den Imker)

Unterboden
Bodenteil der Beute. Ein hoher Unterboden eignet sich besonders gut, um Futtergeschirre, aber auch Bodeneinlagen aufzubewahren

V*arroa-Milbe (Varroa jacobsoni)*
Gefährlicher Parasit der Brut und erwachsener Bienen

Ventiltrichter
Organ, das den Honigmagen zum Mitteldarm abschließt

Verbrausen
Volk tötet sich selbst in einem Teufelskreis durch Überhitzung. Mangels Lüftung steigt die Temperatur im Volk. Dies veranlaßt die Bienen zu fächeln, um dadurch die Stocktemperatur zu senken. Durch diese Erhöhung des Energieverbrauchs kommt es allerdings zu einem weiteren Temperaturanstieg, da keine Frischluft zugeführt werden kann. Schließlich wird die Temperatur so hoch, daß die Waben schmelzen und das Volk zugrunde geht.

Vereinigen
Zusammenfügen zweier Völker in eine gemeinsame Beute

W*abenschrank*
Imker mit Hinterbehandlungsbeuten und Trogbeuten lagern hier ihre Waben

Wabentasche
Eine Wabe wird in einer Wabentasche königinnendicht, d. h. beidseitig mit Absperrgittern, verpackt. Bannwaben, auf denen die Königin gesperrt werden soll, werden in solche Wabentaschen gesetzt

Wabenzange
Zange zur Entnahme von Waben aus Hinterbehandlungsbeuten

Wachsdrüsen
Hinterleibsdrüsen, mit denen die Arbeiterinnen Wachs bilden

Wächterbiene
Bienen im Alter von 10–11 Tagen, die am Flugloch das Bienenvolk bewachen

Waldimkerei
Siehe Zeidlerei

Waldhonig
Honigtauhhonig aus der Waldtracht

Waldtracht
Tracht spät im Jahr (von Honigtauerzeugern)

Wanderung
Die Wanderung mit den Bienenvölkern ist ein zentrales Element der kommerziellen Imkerei. Zur Ertragssteigerung muß der Imker ertragreiche Trachten anwandern

Warmbau
Waben hängen parallel zum Flugloch

Weiselbecher
Künstliche Zellen aus Kunststoff oder Bienenwachs, in die die jungen Larven bei der Königinnenzucht transportiert werden

Weisellosigkeit
Verlust der Königin

Weiselunruhe
Unruhe im Bienenvolk bei Weisellosigkeit. Der erfahrene Imker kann dies schon von außen an einem charakteristischen Brausen des Volkes hören

Winterbiene
Arbeiterin in der Wintertraube. Diese Bienen zeichnen sich durch einen wohlentwickelten Eiweißfettkörper aus und haben eine extrem lange Lebensdauer (bis zu 5 Monaten)

Winterfutter
Zucker, der dem Bienenvolk den notwendigen Energievorrat liefert, den Winter zu überdauern. Normalerweise würden die Bienen mit ihrem Honig überwintern. Da der Imker den Bienen den Honig aber wegnimmt, muß er den Bienen statt dessen Zucker füttern

Wintertraube
Die Bienen überdauern den Winter in der Wintertraube. Sie sitzen dichtgepackt in Kugelform, um der Kälte eine möglichst kleine Oberfläche zu bieten

Z*andermaß*
In Deutschland gebräuchliches Wabenmaß

Zarge
Kasten der Magazinimkerei, in den die Waben eingehängt werden. Durch Unterboden und Deckel wird die Zarge zu einer vollwertigen Beute

Zeichenplättchen
Siehe Opalithplättchen

Zeidlerei
Mittelalterliche Waldimkerei in ausgehöhlten Bäumen

Zuchtrahmen
Rahmen, an dem die Weiselnäpfchen bei der Königinnenzucht befestigt sind

Zuchtstoff
Larven, die nicht älter als 3 Tage alt sind

Zuchtstopfen
Holz- oder Kunststoffstopfen, an dem ein künstliches Weiselnäpfchen befestigt ist

Kontaktadressen

Die Anschriften der nationalen Imkerverbände

Bundesrepublik Deutschland
Deutscher Imkerbund
Geschäftsstelle
Schollengasse 4a
D-5307 Wachtberg 3

Österreich
Österreichischer Imkerbund
Georg-Coch-Platz 3/IV
A-1010 Wien

Schweiz
Geschäftsstelle
Verein Deutschschweizerischer Bienenfreunde
Sauerländer AG
Postfach
CH-5001 Aarau

Die Landesverbände des Deutschen Imkerbundes e. V.

Baden
Landesverband Badischer Imker e. V.
Bahnhofstr. 35
7604 Appenweier

Bayern
Landesverband Bayerischer Imker e. V.
Georg-Strobel-Str. 48
8500 Nürnberg 20

Berlin
Imkerverband Berlin e. V.
Krampnitzer Weg 20a
1000 Berlin 22

Hamburg
Imkerverband Hamburg e. V.
Husumer Str. 31
2000 Hamburg 20

Hannover
Landesverband Hannoverscher Imker e. V.
Johannssenstr. 10
3000 Hannover 1

Hessen
Landesverband Hessischer Imker e. V.
Erlenstr. 9
3575 Kirchhain 1

Nassau
Imkerverband Nassau e. V.
Birkenweg 7
5238 Gehlert/Hachenburg Ww.

Rheinhessen-Pfalz
Imkerverband Rheinhessen-Pfalz e. V.
Lindenstr. 8
6744 Kandel

Rheinland
Imkerverband Rheinland e. V.
Im Bannen 38–54
Postfach 14 46
5440 Mayen 1

Saarland
Landesverband der Imker im Saarland e. V.
Parkstr. 33
6685 Schiffweiler-Saar 2

Schleswig-Holstein
Landesverband Schleswig-Holsteinischer und Hamburger Imker e. V.
Hamburger Str. 109
2360 Bad Segeberg

Weser-Ems
Landesverband der Imker Weser-Ems e. V.
Mars-la-Tour-Str. 13
2900 Oldenburg i. O.

Westfalen
Landesverband Westfälischer und Lippischer Imker e. V.
Langewanneweg 75
4700 Hamm (Westf.)

Württemberg
Landesverband Württembergischer Imker e. V.
Am Reichelenberg 13
7000 Stuttgart 1

Register